女たちの世紀へ

寺島アキ子

目次

第一部

四姉妹

四姉妹　その一

黄ばんだその写真には、一人の老女を中心に、四人の娘たちが写っている。

老女は、黒っぽい被風《ひふ》を着て、扇子を手にカメラをにらんでいる。

四人の娘のうち、一番の年上は髪を島田に結い、振り袖《そで》を着て気取っている。あとの三人は、三つ編みのお下げ髪に袴《はかま》をつけて「女学生風」。一人はちょっと不機嫌な表情で、わざとカメラを無視している。もしかしたら、写真屋にポーズをつけられて、それが気に入らなかったのかもしれない。次の娘はうつむき加減に緊張している。最後の娘は、興味深げにカメラを見つめている。

老女の名はトラ。幕末に生まれ、早死にした娘に代って、四人の「孫娘」を育てることになった。

長女貴子。美人で、気位が高い。

次女智子は、秀才で、特に英語が得意。

三女幸子、容貌でも頭脳でも姉たちにはかなわないと、引け目を感じている。

四女和子は、誰からも愛される素直な娘であった。

写真の裏には「大正十一年元旦」と書いてある。

つまり、この老女はわたしの曽祖母、そしてその孫娘――わが母とその姉たちの写真である。

春

春が近づくと、何かが起こりそうな期待が高まってくる。判で押したような単調な一日の生活、その三百六十五回の繰り返し――しかし、去年からは、それが変わりそうな予感があった。

長女の貴子は、去年の春「広島女学院」保母科を卒業した。今年は、次女の智子が英文科を卒業する。そして三女の幸子は普通科を卒業し、末娘の和子は五年生になるのだった。

去年から彼女たちは、春が近づくと、息苦しいほどの「期待」を感じていた。いや、貴子の場合は、今は期待ではなく焦慮《しょうりょ》に身を焼かれる思いだった。去年は確かに「期待」だった。だが、その期待もむなしく、一年が終わろうとしているのだから。

「どうしても、『華族』さんと結婚するわ」

隣室の祖母が鼾《いびき》をかきはじめると、貴子は今夜も言い出し、

「お姉様は古いわよ」

智子は、幸子の方へ寝返りをうち、あくびまじりに続けた、

「今どき、華族だなんて……」

「お祖母様の大伯母様は、殿様の奥方になられたのよ。今なら侯爵夫人だわ」

旧藩主は、確かに侯爵であった。

「殿様だの、侯爵だのって、大時代ねぇ。あたしはそんなの嫌い。デモクラシーがいいわ。あたしアメリカへ行きたい」

「華族さんより、『成金』さんの方がええ。うち、お金持ちのとこへゆくわ」

三女の幸子は、姉たちのように標準語を使えなかった。

「それも時代遅れ！」

智子はピシャリと言った。

「恐慌前ならね。でも、今は成金さんも落ち目よ」

「あんた、そんなこと誰に聞いたの？」

貴子が聞いた。

末娘の和子は、姉たちの会話を聞きながら、さっきから考え込んでいた。――あたしは何をしたいのかしら。華族さんも、成金さんも、縁のなさそうな人たちだし、ましてアメリカへ行くなんて夢のようなことに思える――和子は、そんな自分が情なかった。

突然、隣室で咳払《せきばら》いが聞こえた。祖母が目を覚ましたのだ。おしゃべりを続けていた姉妹たちは声を呑《の》んだ。

「何事じゃ。床のなかでおしゃべりをするなど、はしたない」

祖母は起き上がって、襖《ふすま》をにらんでいた。

姉妹ははね起きて、

「申し訳ございません」

と、襖に向かって頭を下げた。一言もしゃべらなかった和子までが、一緒に頭を下げた。

祖母のトラは、大きく吐息をついた――どうしたものか。彼女は、このところ、いや、この二年間、毎日のようにそのことを考える。どうしたものか――四人の孫娘たちの「行く末」のことである。娘の久枝のときは迷わなかった。新しい時代になったのだ、これからは女でも学問を身につけさせなければならない。そう思って、東京へ送り出した。娘は、優等で女子高等師範学校を卒業し、教師になった。そして、勤めた私立女学校の校長に望まれて、妻となり、四人の娘たちを産んだ――そこまではよかった。だが、そのあとがよくなかった。数年後、夫の浮気から結婚生活は破綻《はたん》し、久枝は四人の娘たちを連れて婚家を出た。だが、実家のある広島に帰れば、親戚や近所の口もうるさいと思ったのか、博多の女学校に教師として就職した。しかし体をこわし、早死にをし、結局この年寄りの手に四人の孫を残すことになってしまった。

自分の結婚を考えても、娘の結婚を考えても「結婚が女の幸せ」とは思えない。しかし、学問を身につけたことで、娘が幸せになったとも考えられない――孫娘たちの行く末に思い迷うトラだった。

長女の貴子は、卒業したミッションスクールの付属幼稚園で働きながら、旧藩主の親戚筋に当たる婦人に、華道、茶道などを習っている。長女だからというので特別扱いにしてきたせいか、気位が高い。嫁にゆくつもりかもしれないが、あの気位の高さに釣り合う嫁ぎ先を、この年老いた寡婦《かふ》が見つけてやれるだろうか……。次女の智子は、家庭に納まるような女ではなさそうだ。家のなかのことは何をやらせても不器用だが、勉強、ことに英語が得意で、それで身を立てたいと思っているようだ。しかし、上の学校に入れてやるだけの資力は、もうない。三女の幸子は、学校の成績もあまりよくないし、まぁ平凡な主婦になるかもしれない。末の和子は、素直ないい娘だし、学校の成績もよかったが、まだ海のものとも山のものともわからない——トラは、そんなことを考え続けて、寝つけなかった。

嫁にゆくことが女の幸せだとは、自分の経験からもとても考えられなかった。トラは十六歳のとき、一度も会ったことのない上野田行之進に嫁いだ。明治二年春のことであった。

当時十九歳だった行之進はすでに家督を継いでいたが、結婚して間もなく、訪ねてきた友人が持ってきた牛肉を、その友人と庭で煮て食べたために「閉門」を命じられ、弟に家督を譲り、隠居の身となった。

幕末のころは、牛肉を食べるときは神棚仏壇に目張りをし、火を潰す（汚す）というのでタバコも吸わなかった。おまけに、肉を煮た鍋は煮え湯をかけ、二日間さらすという具合だったから、明治になってもまだ「藩政」が続いたころのこと「閉門蟄居《へいもんちっきょ》」を命じられても仕方なかったかもしれぬ。だが、トラはそんな「藩のやり方」に納得のゆかないものを感じた。御維新になって、世の中新しくなったというのに、牛肉を食べて「閉門蟄居」とは——。

その年の夏、藩籍奉還ということになり、殿様は知事様になった。さらにその翌々年には廃藩置県が行われ、知事は中央から任命されることになった。

そのころになると、東京では「牛肉屋」ができて「牛肉食わぬと文明開化に遅れる」と、大いにはやっているという噂《うわさ》も聞こえてきた。これでは、閉門蟄居になった者は馬鹿をみたとしか思えない。それなのに、トラの夫は腹を立てるどころか、のんきなものだった。藩が廃止されたのだから、閉門も、蟄居もなかろうに――「俺は隠居の身だ」を口実に働こうとはしなかった。そのおかげで、トラは苦労のしどうしだった。

十九歳で家督を継ぎ、結婚をし、家督を譲り、隠居をした行之進はそれから四十年余り、働きもせず「毎晩好きな酒を飲んで」八年前に死ぬまで、のんきに暮らした。その間トラは、家計をやりくりし、働き、娘と息子を育て上げ、その上、娘の生んだ四人の子供まで引き取って育てたのだった。そのためには屋敷も土地も手放した。生きていたころは娘が、今はアメリカにいる息子が送金してくれるようにはなったが、「でも、よくまぁーやってこられたものだ……」とトラは思い、いやいや、思い出に浸ってはいられない、まだまだ苦労は続くのだから――と心を引き締めるのだった。

朝、姉妹たちには、それぞれ分担の仕事があった。智子は外回りの掃除、幸子と和子は家のなかの掃除、それが終わると洗濯。朝飯の支度と弁当作りは、祖母と貴子の仕事だった。

朝飯がすむと四人は袴をつけ、弁当や教科書の風呂敷包みを持って、茶の間に座った祖母の前に手をつく。

「行って参ります」

「お授業やお稽古《けいこ》が終わったら、すぐ帰りんさいよ」

祖母の挨拶《あいさつ》も、毎朝同じだった。

四人は家を出ると、貴子、智子、幸子、和子の順に一列に並んで、学校へ向かう。それも祖母の命令だった。きょろきょろ周囲を見回したり、おしゃべりをすることは、もちろんご法度であった。

貴子は去年優等で卒業し、智子も和子も成績優秀な生徒、三女の幸子だけがパッとしない成績だったが、博多の小学校でも四人は、当時珍しい高等師範を出た女教師の子供たちとして「特別扱い」だった。そのために、広島へ転校しても、女学校に入っても「自分たちは特別な生徒なのだ」という意識があった。藩の重臣の家に生まれた祖母の意識の反映もあったかもしれない。とにかく「成績優秀」で「礼儀正しい」し、東京の言葉を使う彼女たちにクラスメートたちは一目置いていた。教師たちの受けもよかった。

貴子は、保母師範科卒業後、校長のすすめで付属幼稚園に勤めたが、いつまでもそこで働くつもりはなかった。勤めがイヤだというわけではなかったが、自分にはもっと素晴らしい未来があるはずだという思いが強かった。

智子や和子にとって、いや幸子にとっても、学校で過ごす時間は楽しかった。しつけに厳しいミッションスクールだったが、祖母の厳しさに比べれば、はるかにゆるやかで、自由だったから――しかし、授業が終わると急いで帰らなければならなかった。クラスメートとおしゃべりをしてちょっと遅くなったりしようものなら、祖母がこわい顔をして玄関の前に立っている。手には扇子を持って――どういうわけか、そんなとき祖母はいつも扇子を持っていた。たとえ、冬であっても。

一度、智子が放課後にアメリカ人の教師と話をしていて、学校を出るのが遅くなってしまったことがある。幸子や和子は、校門の所でやきもきして姉を待っていた。ようやく出てきた智子をせかして、三人は短距離競争の選手のように走った。

袴の裾《すそ》を蹴《け》って走る女学生たちに、町の若い衆が興味をもったのか、

「よう、ねえちゃんら、そんとに急いで、どこへ行くんかい？」

と、三人の前に大手を広げた。

幸子と和子は青くなって智子の後に隠れ、智子もひるんだ。しかし、すぐに気を取り直して、

「何よ。そこ、どいてちょうだい」

「そうおこらんでもええじゃろうが。ちいとばかり話していきんさいや」

若い男は、ニヤニヤしながら智子の肩に手をかけようとした。と、そのとき、

「無礼者ッ！」

甲高い声がした。稽古帰りの貴子であった。

あっけにとられている男に、貴子はさらに浴びせた、

「退りおろう」

「お姉様――」

すがろうとする和子を振り払って、貴子は真直ぐ男に向かって歩き出した。男は、その剣幕に思わず道をあけた。そして、智子も幸子も和子も、慌てて姉のあとを追った。

貴子は、いつものように先頭を歩きながら、言った、

「世が世ならば、あんな男には口も聞かせやしないのに」

「世が世ならば」というのは、祖母の口真似だった。

学校から帰っても、友だちの家に遊びに行ったり、友だちが遊びに来たりということはなかった。早い夕食がすむと、貴子は祖母と向き合って裁縫をし、三人は並んで予習、復習をする。祖母と貴子の裁縫は、一家の衣服の繕いや仕立て直しもあったが、ほとんどは、親戚に頼まれたというよりは祖母が「頼んで」引き受けてきた仕立て物だった。

八時になると、祖母と孫娘たちは讃美歌《さんびか》を歌い、祖母が「聖書」の一節を読み、お祈りをして九時には床に入る。

トラは「クリスチャン」であった。見たところ、それらしさは少しもなかったが、熱心なクリスチャンだった。それには理由がある。——娘の久枝が三歳、息子の節夫はまだ一歳にもならぬ年の暮れだった。トラは節夫を背負い久枝の手を引いて、実家に戻ろうか、それともいっそ川に飛び込んで死のうか……と、元安川のほとりを歩いていた。家にはもう金はなかった。それなのに、夫の行之進は付け買いの酒に酔いしれて、家でうたた寝をしている。川沿いの道は暗かったが、これからのことを考えると、トラの気持ちはもっと暗かった。実家に帰れば、親子三人食べさせてもらうことは可能だろう。でも、この子たちの将来はどうなるのだろう……と、背中の節夫が、まるでそれに応えるかのように泣き出した。

「ドウシマシタ?」

闇のなかから、背の高い男が現れた。手にしている提灯《ちょうちん》の明かりに照らし出されたその顔を見て、トラは腰が抜けそうになった。紅毛碧眼《こうもうへきがん》、西洋人の顔をこんなに間近に見たのは、生まれて初めてだった。

「オー、ベビーオナカスイテイマスネ」

男は、ハンカチーフを出して節夫の顔をふき、

「オー、ツメタイ、ツメタイネ。コドモタチカゼヲヒキマス。ワタシノトコロへ、イラッシャイ」

あんなにも恐ろしいと思っていた男について行ったのは、イエス様のお導きだったのだと、今、トラは思う。

暖炉の火に暖まり、子供たちは温い牛乳とビスケットを、トラは紅茶をご馳走になり、宣教師のたどたどしい問いにぽつりぽつり答えているうちに、実家に頼らずにもう一度がんばってみよう、死のうなどとなぜ考えたのだろう――とさえ思われた。

その夜からトラは、夫行之進に「期待」するのをやめた。「期待をするから不満も出る。これからは自分で考え、自分で解決してゆこう」と決めた。

屋敷はひとに貸し、トラは家族と小さな借家に移った。不必要なものはみな金に替わった。わずかばかりだが、田舎に持っている田畑の小作料も、自分で取り立てに行った。

それればかりか、旧藩士の救済のために始められた織物工場で働き、やがて工女取締りになった。トラの工場勤めは、久枝が教師になるまで続いた。

御維新になって、これからは誰でも働かなければならなくなるというので、座敷に毛氈《もうせん》を敷き、生まれて初めて米をといだ「お姫様時代」を過ごしたトラが、想像もしなかったことであった。

宣教師に救われてから、トラは、日曜ごとの教会通いを欠かしたことはない。洗礼も受けたし、久枝、節夫にも受洗させた。それどころか、夫行之進まで説き伏せて、洗礼を受けさせた。

もっとも行之進は、

「あのメリケン坊主め、アーメンと言いやがって、ひとを馬盥《たらい》に突き落としやがった」と文句を言ったが。

四人の孫娘も、引き取るとすぐ洗礼を受けさせた。

事あるごとに「世が世なれば」と口にしながら、そんなにも熱心なキリスト教信者になったことに、トラは矛盾を感じていなかった。

今も日曜日の朝、トラは四人の孫娘を引率して教会へ行く。

年ごろの姉妹は、教会に集まる青年たちの注目の的だった。しかし、トラが見張っているので、気安く声をかける者はいなかったが、貴子や智子は自分たちに熱い視線が集まっていることに気づいていた。しかし、貴子は「華族と結婚するのだ」と思っていたから青年たちに興味がなかったし、智子の頭は「なんとかしてアメリカへ行きたい」という考えでいっぱいだった。

それでもトラは、青年たちが、孫娘たちになれなれしく話しかけたりしないように、いつも油断なく見張っていた。貴子たちは、小学生のころから日曜学校に出席していたが、女学校も高学年になると、聖書研究会に誘われるようになった。トラは、若い信者たちが集まる研究会に孫娘たちを出席させるのが心配だった。だが、牧師様にすすめられては断わるわけにもゆかない。トラにとって牧師様は絶対だった。仕方なくトラは、水曜日の夜は夕食を早めにすませて、孫娘たちを引率して教会へ行く。聖書研究会には、主として若者たちが集まるから、日曜日と違って、青年たちが孫娘たちに話しかける機会も多かった。その分トラは神経を使い、研究会が終わって家に帰ると、どっと疲れが出るのだった。トラは、孫娘たちの関心が、聖書研究会に集まる青年たちにはないことに気づいていなかった。

智子は日の出と共に起き、祖母や姉妹を起こさないように、雨戸を一枚だけそっと開けて、縁側で英語の勉強をするようになった。冬のあいだは日の出が遅いので、あまり勉強をする時間がなかったが、春になるにつれて勉強時間は長くなった。夜は九時過ぎまで起きていることを決して許さなかった祖母も、朝の勉強には気づかぬふりをしていた。

勉強のかいあって、智子は優等で英文科を卒業した。

同じ春、アメリカの叔父から「今年は、日本に帰るかもしれない」という便りがあった。その便りは、智子を少なからず落胆させた。智子はなんとかして叔父を頼ってアメリカへ行きたいと思っていたから。——しかし、叔父が帰ってくれば、アメリカへ行く方法を相談することもできる。そう智子は思い直した。

春の盛りのある日、

「あたし、東京に行くわ」

貴子が言い出した。妹らは驚いた。

「東京……」

「お祖母様が行かせてくださるの？」

「そうじゃないわ」

「そうじゃないって、じゃ誰が……」

三人はもっと詳しく聞きたいと思ったが、貴子は意味あり気にほほ笑むだけで、それ以上は言わない。どうやら祖母にはないしょの話らしいので、それ以上聞くのははばかられた。

数日後、貴子の師匠である「お春様」が訪ねてきた。旧藩主の縁続きに当たるその未亡人は、旧家臣やその家族にお春様と呼ばれていた。

トラは、お春様の突然の来訪に狼狽《ろうばい》した。昔の主家に繋《つな》がる人というだけでなく、日ごろ貴子に目をかけてくれていることでも、お春様には頭が上がらなかった。「茶の湯」や「生け花」を習っているといっても、別に月謝を払うわけでもなく、盆暮れに届け物をするくらいのことしかしていなかったのだから。

トラのくどくどしい挨拶が終わると、お春様は切り出した、

「貴子さんを、東京へ出しんさるお気持ちはありませんかのう」

「東京へ？」

「実はの、本家が奥を手伝うてくれるええ娘さんはいないだろうか言うてきんさってのう。もしよかったら、貴子さんをお世話しようか思うて……」

意外な申し出に、トラはうろたえた。昔ならば、いや、御維新前ならば、それは名誉なことであっ

た。しかし今は、奥を手伝うといっても、それは「小間使いか女中にならないか」ということである。女学校を、それも師範科まで卒業した貴子に、ふさわしい仕事とは思えない。

「貴子がなんと言いますやら」

「それがのう、ぜひ世話して欲しいと言いんさるんよ」

「貴子が……？」

お春様は大きくうなずいた。

いったい、あの娘はどういうつもりだろう、トラは腹立たしかった。

「とにかく、親戚の者ともよう相談いたしまして……」

そう言ってお春様にはお引き取り願ったが、今のトラには相談する親戚もいなかった。実家を継いだ弟はもう亡くなって、今は甥の代になっていたし、もう一人の弟は朝鮮にいた。相談相手になってくれるはずの息子は、アメリカだった。それにしても、貴子はどういうつもりで「世話して欲しい」などと言ったのだろう。

その日の夕方、帰ってくるなり貴子は座敷へ呼ばれた。

「いつまでもお祖母様のお世話になっているのも心苦しいし、東京へ出れば、道も開けるかと思いまして……」

お春様からトラの反応を聞いていた貴子は、スラスラと答えた。

「いったいどんな道が開けるというんじゃ」

「どんなって……お母様だって東京へ出られたし……」

「久枝は、高等師範へ上がるために東京へ行ったんじゃ」

「わたしも、できたら上の学校へ上がって、勉強したいんです」

それは嘘だった。

その夜貴子は、布団のなかで、妹たちに囁いた、

「侯爵様のお宅には、若い華族さんたちもいらっしゃると思うの」

「でも、そんな華族の若様たちが、小間使いなんかを相手にすると思うの?」智子は手厳しかった。

「小間使いだなんて……奥方様のお相手をしたり、ちょっとした身の回りのお世話をするだけよ」

「つまり、小間使いじゃないの」

「でも、それもええかもしれんわ」

口を出したのは幸子だった。

和子は、姉たちの話を聞いているだけだったが、もしかしたら姉の人生が大きく変わるかもしれないのだと思うだけで、なぜか胸がドキドキした。

布団のなかに頭を入れているから、四人の熱気で、息苦しいほどだった。だが、祖母の目を覚まさせないためには、それも仕方がない。

しかし、トラは眠ってはいなかった——どうしたものか、さっきから考え続けていた。貴子を、東京の高等師範や女子大学に入れるだけの資力はない。だが、貴子が言うように、旧藩主の家で働きながら上級学校へ通えるはずもない。さりとて、幼稚園の保母で終わりたくないという貴子の気持ちもわかる。もしかしたら、東京へ出ることで、旧藩主の家で働くことで、貴子は自分の将来をみつける

ことができるかもしれない、勉学の機会とか、あるいは結婚の相手とか。いやいや、それは甘い――トラの悩みは果てしなかった。

しかしトラは、熱心なお春様のすすめと貴子の強い希望に押し切られて、ついに貴子の上京を許した。大正十一年の春も、もう終わりだった。

貴子の上京は、智子をいら立たせていた。辞めた貴子に代って幼稚園に勤め出した智子だったが、仕事には少しも興味をもてなかった。

「あたしも、お姉様と一緒に東京へ行こうかしら」

「そんなこと駄目よ。お春様が承知なさらないわ」

「あたしは、侯爵さんに雇ってもらう気なんかないわよ」

「じゃあ、どうしようっていうの」

「英語の勉強をしたいのよ」

「学費はどうするの」

「学校にゆかなくたって、勉強はできるわ。たとえば、外国人のとこで働くとか……」

「ツテはあるの？」

そう言われると、一言もなかった。学校の先生や教会の牧師に相談をしてみたが、力になってもらえそうな人はいなかった。頼みは、アメリカから帰ってくる叔父だけだったが、その叔父もまだ帰ってきていない。

幸子や和子にとっても、貴子の「旅立ち」は胸躍る事件だった。いよいよお姉様が世の中に出る。それはまた、自分たちの将来を占うことにもなると思えた。

貴子が出発する前夜、トラは彼女を呼び、東京へ行ってからの心得について、くどくどと説教をし、その最後につけ加えた、

「徳一郎のところへは決して行きんさるな。行ってはなりませんぞ」

徳一郎は、貴子たちの父親であった。しかし、トラは常々言っていた、

「おまえたちに、父親はおらん」

貴子は、そうか「東京」にはあの人がいたのだ——と、初めて思い出した。だが、小学校一年生のとき以来会っていない父親の記憶は、おぼろげだった。それに、亡くなった母や自分たちを「不幸にした男」だという憎しみの方が強かった。

その夜トラは『ルカ伝』の第十章を読んだ、

「往け、視よ。我なんぢらを遣《つかわ》すは、羔羊《こひつじ》を豺狼《おおかみ》のなかに入るるが如し——」

讃美歌は『神共にいまして』が歌われた。

そして姉妹は、貴子の布団をかぶって明け方近くまでしゃべり、トラもあれこれ考え続けて、眠らなかった。

貴子の上京

髪結いで結ってもらった桃割れ、仕立ておろしの銘仙《めいせん》の着物、帯をお太鼓に結び、着物と対《つい》の羽織を着た貴子は、行李《こうり》とともに俥《くるま》で駅へ向かった。夜行なので、祖母と妹たちは家の前で送ることになった。

駅に着くと、お春様が待ちかねていた。

広島を出るのは何年ぶりだろう。母様がいよいよ危ういというとき、お祖母様に連れられて博多に行ったあのときからだ。あれは小学校五年生のときだったから、九年前になる。東京へ帰るのは、十二年ぶりだった。

列車はすいていた。

お春様は、座席に横になった。

貴子は眠られないまま、東京での生活を思い出していた。——いつも若い娘たちのさざめきに満ちていた父の経営する女学校。その庭続きにあった屋敷。女中たちや書生や爺やに、かしづかれ過ごした日々。美しく優しく、生徒たちや使用人たちに慕われていた母。そして、思い出には、当然「父」が登場する——と、貴子は急いで思い出を振り払った。

別に、父についての嫌な思い出があるわけではなかった。もっとも、いつも忙しかった父と親しんだ思い出もなかった。がっしりとした体格で、厳めしい髯《ひげ》をたくわえた立派な父の印象は、決して悪いものではなかったが、それは、貴子にとって思い出してはならない人であった。

博多に移ってから、母は「お父様は、お仕事で外国に行っておられるのです」と言っていたが、貴子たちはそれが嘘だと知っていた。東京の家を出たのは母であって、父ではなかったのだから。

祖母のトラは「お前たちに、父親はおらぬ」といつも言っていた。

母と父のあいだに何があって、母が家を出たのか――当時小学校の一年生だった貴子にはわからない。しかし、父のことを思い出してはいけないのだし、東京へ行っても父に会おうなどと考えてはならないのだった。

いつの間にか貴子も眠っていたらしい。腰掛けたまま、うつらうつらしていたつもりだったが、気がつくと、夜が明けて、列車は海に沿って走っていた。

十二年ぶりの沿線の景色は、貴子の記憶には残っていなかった。富士山を見たような気がするが、あれは、ほかのときに見た記憶かもしれない。いや、もしかしたら、写真や絵で見た富士山の記憶かもしれない。それに、静岡はまだ遠い。

やがて、ぐっすり眠って疲れがとれたのか、お春様が話しかけてきたから、窓の外を見ているわけにもいかなくなった。

春の話題は、もっぱら旧藩主のことだった。

旧藩主は、今年八十歳になられて、宮中で杖を使うことを許された。つまり、それほど偉い方なのだ。一昨年奥方を病気で失われ、それに子宝に恵まれなかったので、親戚から養子をとり、現在はその養子夫妻に本邸を譲り、別邸に住んでおられる。思いやりの深いお方だ。

貴子は「おや?」と思った。「奥方様のお相手をしたり、身の回りのお世話をして欲しい」と、この前お春様は言われたけれど……しかし貴子は、聞きただしはしなかった。もう広島に戻るわけにはゆかないのだ。それに、本邸であろうが、別邸であろうが「侯爵家」には違いあるまい。

春は、弁当を食べ、旧藩主について知っていることを全部話してしまうと、またうつらうつらと居眠りを始めた。貴子は、あいづちを打つ必要がなくなってホッとし、窓外に目を移した。しかし、景色を見ようとしたわけではない。視線を窓にとめたまま、お気に入りの空想にふけり始めた。——侯爵家で、いつかきっと、若い華族様に出会うだろう。その若様は、あたしに恋をなさる——そして結婚。——「華族の生活」といっても、友だちに借りて、祖母に隠れてこっそり読んだ小説から得た知識しかない。——園遊会や音楽会、帝劇での観劇、三越や白木屋での買い物——もちろん自家用車で出かける。そうなったら、妹たちを東京へ引き取ることもできる。智子のアメリカ留学の夢を実現させてやることもできるし、幸子にお金持ちの連れ合いを見つけてやることもできる。和子はまだ子供だから、何が望みかわからないけれど——。貴子の空想は果てしなく続いた。

ときどき、春が目を覚まし、話しかけてきたり菓子や果物をすすめたり、また弁当を広げたりした。そのために、断続的にはなったが、貴子の空想は続いた。

「あっ、富士山」という春の声で我に返ると、確かに、記憶通りの富士山が見えた。

やがてまた日が暮れて、ようやく「間もなく東京です」と車掌の声が聞こえた。

貴子は、あの朝のことを思い出した。——十二年前のあの朝、母は、四人の幼い娘たちを連れて、東京駅を発った。貴子たちは、そのころは珍しかった洋服を着て、帽子をかぶっていた。白い、フリルのたくさんついた洋服だった。智子や幸子や和子は、汽車に乗せてもらって、はしゃいでいた——だが、貴子は母の厳しい表情から、これから先どうなるんだろうと、漠然とした不安を感じていた。

春が身支度を始め、やがて、列車は東京駅に着いた。

その夜、春と貴子は、神田に宿をとった。


翌朝、春は貴子を伴って、市電、省線、俥を乗り継いで、滝野川の侯爵家「別邸」へ向かった。別邸といっても、それは大きな邸だった。

春は、まず正門を貴子に見せてから、裏門へ回った。その裏門の遠かったこと……。貴子は、三十分近く土塀に沿って歩かされたような気さえした。

ようやく裏門にたどり着いてからの取り次ぎが、また大変だった。庭仕事をしていた男に来意を告げると、その男が台所の下女中へ、下女中がもう一人の下女中へ、その下女中が奥へ引っ込み、しばらくすると奥女中が出てきた。そのたびに、春は、決して短くはない自己紹介と、貴子の紹介をしなければならなかった。その奥女中がまた別の奥女中を呼んできて、春と貴子はようやく台所へ上がり、廊下を通って一室に案内された。そこでは女中頭が待っていて、さらに奥の一室へ案内された。

薄暗い部屋で、老人が机に向かって書き物をしていた。貴子は、てっきりそれが旧藩主かと思ったが、そうではなくて、家令だった。奥へゆくほどに春の挨拶は長くなった。ことに家令とは顔見知りらしく、広島に残っている旧藩主の親戚や、旧家臣の消息が長々と話題になった。その上で、やっと貴子が紹介された。それも、まずトラの父親の名前が出て、その「曽孫」だという紹介であった。

「ほう、それはそれは、いい方を見つけてくださった」家令は目を細めた。

やがて、家令は春と貴子を伴って、長い廊下を通り、渡り廊下を渡って、邸内にある能楽堂へ案内した。

旧藩主は、能楽師を相手に稽古をしていた。恰幅《かっぷく》もよく、矍鑠《かくしゃく》として、とても八十歳には見えなかった。

貴子は能楽堂を見たのも初めてだし、稽古とはいえ能を見るのも初めてだった。最初は物珍しかったが、さっぱり意味がわからず、しばらくすると退屈してしまった。

稽古が一段落したところで、家令が旧藩主に近づくと、何やら話した。旧藩主は春の方を見てうなずき、春は三つ指をついて、頭を深く下げた。貴子もあわててそれにならった。しかし、旧藩主が、貴子に気づいたかどうかはわからなかった。

来たときと逆に、家令に、次は女中頭にそれから奥女中に見送られて、春と貴子は別邸を出た。

それから二人は、本郷の「本邸」に向かった。地理不案内の貴子は、ただ黙って従った。途中で遅い昼食をとったせいもあって、本邸に着いたときは、もう夕方近くなっていた。

春は、本邸では、正門の横のくぐり戸からなかへ入った。もっとも、正面玄関へは行かず、中玄関へ回ったが。

ここでもまた、最初に書生、次に女中、最後に女中頭が現れた。

春は、ここでは別邸とは違って、旧藩主の親戚だということを強調した。女中頭は一応、慇懃《いんぎん》に応対していたが、あまり春を重く見ていないふうだった。「本家から頼まれた」と春は言っていたが、どうやら別邸にいた「家令の頼み」だったのだと、貴子にもわかってきた。

挨拶が終わると、春は、「奥様にご挨拶を……」と切り出したが、女中頭はピシャリと答えた、

「奥方様はお出かけでございます」

「では、明朝また改めてお伺いさせていただきまして……」

「いいえ、奥方様には、わたくしが貴子さんをお引き合わせいたします」

「はあ、でも……荷物も、宿に置いてありますし」

「貴子さんのお荷物でしたら、明日にでも、運転手に取りにゆかせましょう」

そうまで言われては、春も返す言葉がなかった。

「それでは、貴子さんのことはくれぐれもよろしくお願いいたします。ご当家にとっては、ご重臣の曽孫に当たる方ですし……」

と、また繰り返し始めると、女中頭はさえぎった、

「承知いたしております。では、ご苦労様でした」

春はムッとした顔で、立ち上がった。

女中頭は、手を打って女中を呼んだ。

貴子も腰を浮かせたが、

「あなたはここにおいでなさい」

貴子は、春を見送ることもできなかった。

「貴子という名は、よくありませんね。そう……『タケ』という名にしましょう」

これでは話が違う、と貴子は思ったが、どう言えばいいのかわからなかった。

「では、奥方様にお引き合わせしましょう」

なんのことはない、奥方様は出かけてなぞいなかった。あれは春を追い返す口実だったのだ。

その奥方様は、まさに奥の一間にいた。女中頭が声をかけ、次の間の襖を開くと、刺繍《ししゅう》台の前に座っていた奥方様が、物憂《ものう》げに振り返った。四十代半ばであろうか、色白で太った奥方様は、重ね餅に着物を着せて、首を据えたようだった。

「このたび、広島から参りましたタケでございます」

「そう」

奥方様は、精気のない瞳を貴子に向けた。

玄関の方から、「お帰りでございます」「お帰りでございます」という声が聞こえた。

「奥方様、お帰りでございます」

と女中頭が言い、奥方様はゆっくりと立ち上がった。

貴子はどうしたらいいかわからないので、そのまま座っていたが、

「何をしているんです。殿様のお帰りですよ」

と女中頭が言うので、あわててあとを追った。

玄関の外には、この家で働く者たちが列を作っていた。

女中頭に続いて玄関の間へ座ろうとすると、「下がって」と言われ、貴子は廊下に膝をついた。

「お帰りなさいませ」と使用人たちの声が聞こえ、女中頭が頭を下げるのが見えたので貴子も頭を下

げた。

やがてその貴子の前を、ズボンの足が通り過ぎていった。それが女中頭の言う殿様だった。

その夜貴子は、女中部屋で、ほかの女中たちと並んで床に入った。女中は五人だった。垢《あか》じみて重い布団は気持ち悪かったが、でも貴子は、その布団を額まで引き上げ、嗚咽《おえつ》を嚙《か》んだ。

こんなことなら、東京へなんか来るんじゃなかった……。

広島の祖母の家で、ぜいたくな生活をしていたわけではなかったが、でも長女である貴子は、何につけても特別扱いで、何をするにも、先ず貴子からだった。その貴子が、台所の板の間に座って、ほかの女中たちと一緒に夕飯をとらなければならなかった。肌襦袢《はだじゅばん》と腰巻き姿で、奥方様の背を流さなければならなかった。そして今、女中部屋で垢じみた布団に寝ている。貴子にとって、それは、これまで考えたこともない屈辱だった。

しかも、その境遇からどうして抜け出したらいいか、名案はなかった。明日早朝この邸を抜け出して、神田の宿へ行き、春に会って、広島へ連れて帰ってもらおうか……だが、いったいどんな顔をして広島へ帰ったらいいのだろう。上京にあれほど反対した祖母になんと言えばいいのだろう。そして、妹たちには……それに、神田の宿へ行くといっても、どう行ったらいいのかわからない。——一晩中、貴子は考え続け、ほとんど眠らなかった。

夜が白むと、女中たちは起き始め、手早く身支度をして部屋を出ていった。貴子も寝ているわけにもゆかず、起きて身づくろいをし、布団を上げた。布団を上げながら「やっぱり広島へ帰ろう」と思った。祖母や妹たちに軽蔑されても、ここで暮らすよりはいい。女中頭に会って「ここで働く気はない」とはっきり言おう。だが、女中頭がどこにいるのかわからなかった。

　廊下に出てみたが、台所で朝食の支度が始まっているらしい物音が聞こえてくるだけで、人影はなかった。女中頭はまだ起きていないのかもしれない。仕方なく貴子は部屋に戻って、座った。広島に帰ろうと心を決めたら、気が楽になり、急に眠気がおそってきた。貴子は壁に寄りかかって、少し眠ったようだった。

「何をしているのです。奥方様はもうお目覚めですよ」

という声が頭上から降ってきた。貴子は、半分眠ったまま「はい」と答えて廊下に出た。女中頭の後について奥へ行く間も、貴子の頭はまだ朦朧《もうろう》としていた。

　奥方は床の上に座っていた。女中頭の指図で、奥方の着替え、洗顔を手伝っている間に、ようやく頭はスッキリしてきたが、次々に仕事を言いつけられ、コマネズミのように動き回らなければならなかったから、ほかのことを考える余裕はなかった。

　奥の食事が終わると、台所で女中たちの食事だった。

　食事のあと、貴子はほかの女中たちと一緒に玄関先に並んで、出かける主人を見送った。その後、奥方の髪を梳《す》くようにと言われた。フケを落とし、腰に届く髪を何度も何度も梳いて結い上げると、もう昼近くになっていた。

　昼食のあと女中頭に呼ばれた。この家で働く気がないと言う機会がようやくできたと、貴子は思った。

　女中頭の部屋の襖をあけて、貴子はハッとした。目の前に、広島から持ってきた行李と風呂敷包みがあった。

「荷物を運んでもらいました」

「あの、お春様は……」

「今朝帰られたそうですよ」

「帰った……」

「旦那様をお送りしたあと、運転手が宿へまわったときには、もう引き払われたあとで、この荷物だけが置いてあったそうです」

目の前が暗くなり、貴子は思わず敷居に手をついた。出発前に祖母は、金をお春様に渡した。貴子にではなく。だから貴子は一銭の金も持っていなかった。そのお春様は広島に帰ってしまったのだ。

午後からは、刺繍台の前に座って過ごす奥方のために、針に糸を通すのが仕事だった。貴子は、刺繍台の上をのろのろと動くポッチャリした白い手に目を止めたまま、実は何も見ていなかった。

――これで、この家から逃れる方法がなくなってしまった。東京の地理も知らない。たとえ東京駅まで行けたとしても、切符を買う金も持っていない。あとは祖母に手紙を書いて、金を送ってもらうしかない――。午後中、貴子はときどき機械的に針に糸を通すだけで、じっと座ったまま、同じことを考え続けた。手紙を書こう、お祖母様に手紙を書こう――。

しかし貴子は、その手紙を書くことができなかった。一日中一人になることはなかったし、女中部屋の電灯は暗く、それさえも早々と消されてしまったから。

一日、二日と、判で押したような日が過ぎていった。仕事には慣れたが、台所での食事と、垢で光った布団にはどうしても慣れることができなかった。家から持ってきた手ぬぐいを当てたが、湿気を吸って重い布団をかぶると「どうしてこんなことになってしまったのだろう……」という思いにさいなまれた。若様との出会いや、恋愛を夢見ていた自分の愚かさが、今さらながら悔まれた。

もっとも、この邸にもかつて若様がいたことは、女中たちの噂話でわかった。だが、その若様たちは結婚したり養子に行ったりして、今はこの邸には住んでいない。住んでいるのは、もう若くはない主人夫婦と、使用人たちだけであった。

智子の上京

東京へ行ったきり、はがき一枚よこさない貴子のことを心配して、トラは眠られない夜を過ごしていた。

お春様に聞いてみても「便りがないのは無事の証拠ですよ」などと無責任なことを言う。

幸子や和子も、貴子のことを心配していたが、楽天家の智子は「すてきな華族の若様に出会って、ポーッとしているんじゃないの。それで、手紙書く暇もないんだわ」などと言っていた。

それればかりではない。智子は、とにかく自分の希望に向かって歩き出した貴子のことを考えると、自分もじっとしてはいられない気持ちになってくるのだった。——姉さんは目的に向かって着々と進んでいるのに、あたしは、卒業した学院や教会の手伝いをしているだけ。この広島では、わたしの能力は生かされない。なんとかして東京へ、そしてアメリカへ行きたい。そこにこそ、あたしのするべきことがあるはずだ。こんな地方の町でグズグズしているわけにはいかないのだ。

アメリカの叔父は、今年帰ってくるかもしれないと手紙に書いてよこした。しかし、まだ帰ってきていない。もしかしたら、帰らないことにしたのかもしれない。それなら、なんとかして叔父の所へ行きたい。でも、もし帰ってくるなら……それならそれで、早く会って、アメリカへ行くことを相談したい。そのためにも東京へ出たい。東京へ行っていれば、横浜へ叔父を迎えにゆける。第一、叔父が日本に帰ってくるとしても、この広島へ帰ってくるとは限らない。いや、おそらく広島へは帰らないだろう。中学を卒業し、高等学校へ入ると言って東京へ出て、そのままアメリカへ行ってしまった叔父だった。アメリカではずいぶん苦労したようだ。でも、様々な所で働きながら勉強し、新聞記者になった叔父だ。そんな叔父が、この広島へ帰ってくるはずがない。やっぱり、東京へ行こう——。

智子は決心を固めた。

着替えを少しずつ友人の家へ運び、学院の教師から回してもらった翻訳の仕事の礼金をもらったその日、智子は、友人の家から風呂敷包みを抱えて、駅へ向かった。

駅前で、祖母へのはがきを投函し、汽車に乗った。

智子の旅は、貴子の旅とは大分違っていた。明るいうちこそ窓外の景色を見たりしていたが、日が暮れると駅弁を買って食べ、座席に横になり、翌朝東京に着くまでぐっすり眠ってしまった。

その夜トラは、表に立って、智子の帰りを待った。手には扇子を持って。幸子と和子が代わる代わる祖母を呼びに来たが、十二時過ぎまでトラは表に立ち続けた。あきらめて家へ入っても、床にはつかず、茶の間に座ったまま朝を迎えた。

発つ前に智子が投函したはがきが着いた。はがきには「東京へ行きます。落ち着いたら、お便りします」とだけ書いてあった。

トラは腹をたてた。東京へ行ったきりはがき一枚よこさない貴子も貴子だが、智子の裏切りはもっと許せない。十年近く育ててきた恩を、仇《あだ》で返す仕打ちではないか。トラは寝込んでしまった。

東京に着いた智子を驚かせたのは、駅の立派さだった。広いプラットホーム、御殿のような階段や通路。智子は、ぜひ東京駅の全容を見たいと思った。

駅を出ると、駅前広場の向こうには、巨大なビルディングの建設が進んでいた。鉄柱がそびえ立ち、鉄柱と鉄柱を継ぐ鉄骨の上で働く人々が小さく見えた。「まるでアメリカみたい」と智子は思った。きっと叔父が送ってくれた絵はがきにあったようなビルディングが建つんだ。ビルディングで働きたいと思っていたことも忘れて、鉄柱群を見つめた。広場を横切って工事現場に近づいた。鉄骨を打つ音や機械のモーターの音、人々の声が、耳を聾《ろう》するほどだったが、智子にはその騒音さえ快く聞こえた。

振り返ると、駅のドームが朝日の中に、ヨーロッパの絵のように見えた。「東京に来てよかった……」智子の胸は高鳴った。

駅を見たり工事現場をのぞいたりしてから、交番で道順をたずね、市電を乗り継いで本郷へ向かったので、貴子がいるはずの旧藩主邸に着いたときは、昼近くなっていた。

玄関で案内を乞《こ》うと、書生が出てきて、姉に会いたいと言う智子に、ぞんざいな口調で裏へ回るように言った。

　裏口からのぞくと、台所は昼食の支度で忙しそうだった。下働きらしいおばさんをつかまえて、姉に会わせて欲しいと言うと、

「塚本たか子……そんな人いたかねぇ」と、ほかの女中たちに聞いた。

「塚本って、タケさんの名字じゃなかったっけ？」、一人が答えた。

「いえ、タケじゃなくて、たかです。貴子」

「よくわからないけどさ、タケさんならもうすぐ昼飯だから、下がってくるよ」

　もしかしたら、姉さんはここにはいないのかもしれない、智子は不安になった。

　台所の騒ぎは一段落して、女中たちは食事を始めたらしかった。

　しばらくして、

「あっ、タケさん、あんたの知り合いじゃないのかい？」という声が聞こえた。

　智子が台所をのぞくと、

「智ちゃん」

　やはり貴子だった。

　貴子は出てくると、「ワーッ」と泣きながら智子に抱きついた。智子は驚いた。これまで、気丈な貴子が泣いたのを見たことがなかったから。

　貴子は智子に、もう一日もここにいたくないと訴えた。貴子の話に、智子は驚くばかりだった。

　と、台所から女中の一人が顔を出して、

「タケさん、奥でお呼びだよ」

「はい」貴子は涙をふきながら答えた。

「とにかく、迎えにくるから、きっと迎えにくるから」智子はそう言うのが精一杯だった。

貴子はまた呼ばれて、小走りに台所へ入っていった。

裏木戸を出て、智子は愕然《がくぜん》とした。智子自身が、姉を頼る気で東京に出てきたのに、その姉が助けを求めている。

通りに出て、智子はさっき市電で来た道を戻りながら考えた。どうしたものか。どうしたらいいのか……しかし、名案は思いつかなかった。なにしろ、この東京でたった一人の身寄りに、会った途端に頼られてしまったのだから。だが智子は、今夜自分が泊まる所さえ決めていなかった。

ふと智子は、朝から何も食べていないことを思い出した。とにかく、何か食べなくちゃ……それから考えよう。

パン屋があった。智子はその店に入った。甘い匂いに智子は目まいを覚えた。いや多分、空腹のあまりの目まいだったのだろう。パンは買ったものの店先で食べるわけにもゆかなかった。店を出ると、少し先に緑が見えた。公園だろうか？　近づくと立派な門が見えた。誰かのお邸だろうか。さらに近づくと、それは帝国大学だった。学生たちが入って行った。智子はその学生たちについて行った。誰かにとがめられるかとビクビクしていたが、誰も何も言わなかった。さすがの智子も、校舎に入ってみる勇気はなかった。そのかわり、芝生に座ってパンを食べた。

空腹がおさまると元気が出てきた。とにかく、今夜泊まる所を見つけなければ……多分、この近くに学生相手の下宿があるはずだ。

下宿はすぐ見つかったが、「女学生さんはお断り」だと言われた。

下宿のほかに、旅館もあった。智子は歩き回って、一番安そうな旅館を選んだ。

番頭らしい男は、お下げ髪で、短い袴に編み上げ靴、風呂敷包みひとつ抱えた娘を胡散臭《うさんくさ》げに見たが、財布を取り出すと、あわてて笑顔を作り、女中を呼んで部屋に案内させた。

薄暗い四畳半だったが、とにかく今夜はなんとかなると、智子はホッとした。

しかし、明日からのことを考えなければならない。こんなみすぼらしい旅館でも、のんびり滞在するほどの金はない。おまけに、姉をあの邸から救い出さなくてはならない——とにかく、勤め口を探すことだ。

智子は、東京駅前の建築中だったビルディングを目に浮かべた。あのビルディングの巨大さに目を奪われていたが、あのあたりには、小さいビルディングもあった。そうだ、あそこへ行けば勤め口を見つけることができるかもしれない。「とにかく、明日、もう一度行ってみよう……」そう考えると気持ちが軽くなった。その夜も、智子はぐっすりと眠った。智子は楽天家であった。

翌朝、朝食をすませると、昨日と反対に市電を乗り継いで、東京駅へ行った。だが今日は駅や建築現場には目もくれず、昨日チラリと目に入った赤煉瓦《れんが》建てのビルが並んでいた通りに向かった。入口の横には会社名を記した金看板があった。横文字の会社も少なくなかった。外国の会社だ。そうだ、アメリカ人の会社に雇ってもらおう。智子は決めた。

外国の会社だと思ったが、入って行くと働いているのは日本人ばかりだった。智子が「雇っていただきたい」と言うと、決まって相手はあきれたような顔をし「うちでは女事務員はいらない」とそっけなく言うか、改めて頭のてっぺんから足の先までジロジロ見回したあげく、どこの出身かとか、学校はどこかと聞いた。智子は真面目に答えたが、相手に雇う気など少しもなく、ただ奇妙な若い娘に対する興味だけで聞いているのだった。

横文字の看板を掲げた事務所に、片っ端から入ってみたが、どこも同じような調子だった。勤め先が見つからなかったらどうしよう……智子はあせり始めていた。

また、今度も無視されるか、無遠慮な視線にさらされるのか——智子は重い気持ちでそのドアを引いた。

金髪で背の高い男が、奥の部屋に入ろうとしていた。智子は大声をあげた、

「ハロー、アモーメントプリーズ」

金髪の男は振り返った。

智子は夢中で続けた。あたしは仕事を探しています。英語はミッションスクールで習いました。スチュアート先生は、あなたの英語なら、アメリカへ行っても充分通用するって言いました。あたしは、アメリカへ行きたいと思っています。いえ、それより今は、仕事が欲しいのです、仕事が——。

金髪の男はびっくりしたように智子の顔を見つめていたが、智子が一息入れたときに「お入りなさい」と言ってくれた。

あきれてポカーンと見送る日本人事務員のデスクのあいだを抜けて、智子は奥の部屋へ通った。

金髪の男は、この事務所の支配人だった。

一週間という「期限付き」で雇ってもらえることになった。期限付きというのは気になったが、とにかく一週間「全力投球」してみようと思った。

貴子は、智子が迎えに来てくれたのだと思い込んでいた。「家出」してきたのだとは、考えもしなかった。だから、次の日もその次の日も智子が現れないので、いら立っていた。何をしているのだろう……東京へ来て嬉しくなって、あちこち見物をして歩いているのかもしれない。「ホントに、智子ったら、お調子者なんだから……」貴子はつぶやいた。

週末、滝野川のお邸で「能の会」が催されるので、この本郷の邸からも、女中たちが手伝いにゆくことになった。

その日は暗いうちに起こされた。しかし、普段はほとんど外出をしない奥方の支度は手間取って、ようやく自家用車に乗り込んだのは八時過ぎだった。貴子も供をして助手席に乗った。ほかの女中たちは、女中頭に引率されて、すでに滝野川に向かっていた。

郊外へ向かう車の助手台で、貴子は久しぶりの開放感に浸った。考えてみれば、お春様に連れられてこの邸へきて以来、初めての外出であった。目にするものすべてが新鮮だったし、ひと月ぶりで見る滝野川別邸は懐かしくさえ感じられた。しかし、そんな感慨に浸っている間もなく、別邸の女中頭の指揮下に入って、茶菓を運ばねばならなかった。

百人近い客だった。三つの座敷をぶち抜いてもまだ狭く感じられるほどだった。その客のなかには、華族の若様たちもいるはずだが、そんなことを考える暇もない忙しさだった。

やがて客たちが能楽堂へ移動し、後片付けが始まった。それが終わると昼食の用意。仕出し屋から届いた幕の内を運んで、並べる。やがて、午前の部が終わって、客たちが座敷へ戻る。頃合いを見計らって、酒の銚子やすましの椀を運び、茶を運ばねばならない。台所は戦場だった。

昼食の後片付けをほぼ終えたら、もう三時近かった。女中たちは遅い昼食の握り飯を、中腰で、なかには立ったままで、ほおばらねばならなかった。そんななかで、貴子は女中頭に「楽屋へ茶を運ぶように」言われた。大急ぎで食べかけの握り飯を飲み下し、支度をする。

茶道具の盆を捧げて庭を横切ろうとしたとき、池のほとりの床机に「若い男」が腰をおろしている姿が目に入った。

「お能、ご覧にならないのですか?」貴子は思わず声をかけていた。

その人は振り向いた。端整な顔立ちが、にっこりした。

「退屈でね。苦手なんですよ、能って――」

能楽堂の前で人影がチラッと動いた。貴子は一礼して、その場を離れた。

華族の若様かもしれない……楽屋で手早く茶を配ばり、庭へ出ると、池のほとりを見た。しかし、そこにはもうその人の姿はなかった。貴子はガッカリした。もう帰ってしまったのだろうか。いや、もしかしたら、席に戻って能を見ているかもしれない。

能が終わって、客たちが帰るあいだ、忙しく立ち働きながら貴子は周囲に目を配ったが、ついにその人を見つけることはできなかった。

忙しい一日だった。――後片付けを終えると、ほかの女中たちと電車で帰った。奥方の車には女中頭が同乗した。

その日、智子は本郷の邸を訪ねた。だが、留守番の下働きから「皆、滝野川のお邸へ行っていて、いつ帰るかわからない」と聞いて「下宿」へ戻った。

智子はこの日の朝、下宿へ移った。仕事もなんとか続けられそうだった。支配人のミスターヒューズは、物おじしない智子の努力を評価しているようだったし、智子の英語は、大学出の男性社員たちの英語よりはマシだった。

給料が週末ごとに支払われる点も、智子にとっては幸いだった。広島から持ってきた金は、月末まではもたなかったろう。

次の日、仕事が終わってから、智子はまた旧藩主邸を訪ねた。

「なんとか、二人で暮らしてゆけるだろうと思うわ」

と智子が言うのを聞いたとき、貴子は、滝野川の邸で会った人のことを思った。ここを出てゆけばもう会うことはないだろう——ちょっと寂しかった。

「じゃ、暗くなったら、もう一度迎えに来て。九時半過ぎがいいわ。裏木戸の外で待っていて」

九時過ぎに智子がもう一度来てみると、邸は真っ暗だった。三十分以上待っても、貴子は出てこなかった。木戸には、かんぬきがかけられているようだった——姉さんは九時半過ぎって言ったはずだけど、あれは聞き違えだったのだろうか。それとも、やめさせまいと、閉じ込められているかもしれない、大声を出そうか、体当たりで木戸にぶつかってみようか、いや、それよりも、下宿に戻って、誰か加勢を頼んでみよう。大学生が六、七人いるはずだし、下宿のおじさんが来てくれればもっと心強い――。智子が戻ろうとしたとき、裏口が「ソーッ」とあく気配があった。

「お姉さん？」

返事はなかったが、小走りに足音が近づき、木戸のかんぬきがはずれた。

「どうしたの？」

「早く」貴子は低い声で言って、先に立って走り出した。

智子も、わけがわからず姉を追った。

大通りに出て、貴子はようやく歩みをゆるめた。見ると、風呂敷包みを抱えている。

「お姉さん、荷物は」

「荷物って？」

「広島から持ってきた行李よ」

「そんな物、持って出られやしないじゃないの。みんなが眠るのを待って、そっと出てきたんだもの」

「どうして？　堂々と辞めますって出てくりゃーいいのに。第一、昨日まで働いた分のペイは」

「え？」

「給料よ」

「そんなもの貰えやしないわよ」

「どうして？」

「だって、逃げ出してきたんだもの」

貴子は早足で歩き続けながら言った。智子はあきれていた。

そのことは、その後も二人のあいだで争いのもとになった。

下宿では、朝食と夕食が出たから、家具什器はなくてもよかった。季節柄、布団は敷布団に夏掛けですんだし、それは下宿から借りることができた。

しかし、貴子も智子も「着たきり雀《すずめ》」で、智子が広島から持ってきたわずかな着替えしかなかった。これでは、下宿のおかみさんに対してだって説明のしようがない。おかみさんは、顔を合わせると「お荷物まだ届きませんねぇ」と言うのだった。

次の日曜日、智子は旧藩主邸へ向かった。貴子にはもう相談しなかった。

「荷物と、先週までのお給料をいただきにきました」と切り出した智子に、女中頭は、眉を逆立てた。

「お給料ですって？　勝手に逃げ出しておいて、よく給料だなんて言えたもんですね」

「でも、その日までちゃんと働いたんですから」

「食べさせて、行儀作法を教えて、その上給料を払えとは。タケやは、行儀見習いですよ」

「タケじゃありません、貴子です」

「うちではタケやです」

これじゃ話してもしょうがない、智子はあきらめた。それでも、行李だけは取り戻してきた。そして、二人はようやく着たきり雀の境遇から抜け出すことができた。

貴子は、はじめのうちこそ、追手がかかるような気がして一足も外へ出なかったが、そんな心配もなさそうだとなるとすっかり退屈した。智子は朝出かけて、夕方まで帰ってこなかったし、話し相手もなく、することもなく、部屋に座っているよりなかったから。

「幼稚園の先生でもしたら」智子は言った。

幼稚園の仕事は好きではなかった。しかし、妹のように外国人の会社で働く気にもなれなかった。――なんのために東京へ出てきたのだろうと、日に何度か思った。東京へ行けば、いつかきっと若い華族に会えるだろう、その若様はあたしに恋をなさる、と思っていた。確かに滝野川のお邸で「それらしい人」に出会ったけれど、でも、恋が生まれるほどの時間はなかった。そして、もう、若い華族に会う機会など決してないだろう。

下宿には、田舎から出て来て大学へ通っている青年が何人かいたが、貴子には全く興味がなかった。智子も仕事に夢中で、学生たちなど眼中になかった。学生たちは姉妹に大いに興味を持ったが、二人がこの調子では近づくすべもなかった。

和子の場合

トラは、お春様から、貴子が旧藩主邸を勝手に抜け出し、智子と二人で暮らしているらしいと聞いて、またまた寝込んでしまった。

もう、とても手に負えない、とトラは思った。貴子や智子だけではない、幸子だって、和子だって、これからどうなってゆくのか——この年寄りの手にはとても負えない。幸子や和子は、貴子のように気が強くはないし、智子のように行動力があるとも思えないが、でもこれからどうなってゆくかわかったものではない。いっそ今のうちに、弟に預けてしまおうか——。

トラの弟、誠次郎は、朝鮮で貿易商をしていた。

子供がなく、「四人の孫娘の誰かを養女にくれないか」と、数年前から言ってきていた。ことに、一番器量がよく優しい和子が気に入っていた。和子は、誠次郎のところへやってしまおう……トラは考えた。いや、考えただけではなく手紙も書いた。

夏休み前のある日、和子が学校から帰ってくると客が来ていた。朝鮮の誠次郎大叔父だった。和子が祖母に呼ばれて座敷にゆくと、大叔父は、

「ほう、ええ娘になったのう」と、相好《そうごう》を崩した。

みやげがまた豪華だった。着物や帯、それに、洋服が下着や帽子や靴までそろえて、トランクに詰まっていた。

「誠次郎が、おまえを養女に欲しいと言うんじゃ」

トラが言った。

予想もしていなかった和子は、それがどういうことなのか、一瞬理解できなかった。——養女って、朝鮮に行くってことだろうか。お祖母様や幸子姉様に、もう会えなくなるってことだろうか——。もし、貴子や智子も一緒に暮らしているころだったら、和子にとって、この家を出ることは考えられなかったろう。しかし、貴子や智子が東京へ行ってしまった今、この家への未練はあまりな

かった。それに、自分もいつか姉たちのようにこの家を出てゆくだろうという予感もあった。だから、和子は——朝鮮ではなく、東京だったら、なおいいのに——とだけ思った。

学校を転校するのは寂しかったが、それも仕方がない。夏休みになった日、和子は大叔父が持ってきた洋服を着、帽子をかぶって、家を出た。

さすがに別れるとなると、涙が溢《あふ》れた。家の前に立って見送る祖母と姉を、何度も振り返って和子は涙をふいた。

大叔父は狼狽して、

「朝鮮といっても、京城までは二日とかからん。帰ってきたかったら、いつでも帰れるのじゃけん、そんとに泣くことはなかろう」

と言った。

見送るトラは後悔していた。一番器量よしで、一番気立ての優しい子だったのに……その和子を手放すことになろうとは。

幸子は、まるで雑誌の挿絵から抜け出たような「洋装姿の妹」に、軽い嫉妬を感じていた。妹よりも背も低く小太りだった幸子には、洋装はとても似合いそうもなかった。

大叔父は和子を連れて、下関と博多で、二、三の知人を訪ねた。

「娘の和子です」と、大叔父は行く先々で和子を紹介した。

町を歩いていて、呉服屋や小間物屋の前を通ると、決まって店をのぞいて「何かいる物はないか？欲しい物はないか？」と和子に聞いた。

和子は幼いころ、一時、母や姉たちと博多に住んだことがあった。大叔父が博多へ行くと言い出したとき、和子は、その町へ行けば、母と暮らしたころのことを思い出すのではなかろうかと期待したが、町並みには全く記憶がなかった。母の膝に座って、俥で町を通ったことがあったが、あれはこの町だったのだろうか——。三、四歳のころのことだから、記憶が定かではないというのも、無理のないことかもしれない。

大叔父は下関、博多での用が済むと、和子を連れて別府へ行った。だから、朝鮮へ渡ったのは、広島を出てから五日目だった。

釜山に近づいたとき、和子は連絡船のデッキに立って、港を見下ろしていた。そこでは、大勢の男たちが働いていた。服装や言葉は、和子が初めて見聞きするものだった。

和子がタラップを降りようとしたとき、何やら怒鳴る声が聞こえた、

「おまえなんかの来るとこじゃない。あっちへ行け!」

日本人らしい男が、白い朝鮮服を着た年寄りを突き飛ばした。よろけた年寄りは、それでも、何やら哀願しながら男に近寄った。

「うるせェ。あっちへ行けったら!」

男はいきなり年寄りを殴り、再びよろめくところを、今度は足で蹴り倒した。

和子は驚いて、タラップの上で動けなくなってしまった。

「下を見ちゃいかん。さ、お父さんにつかまんなさい」

和子は大叔父につかまって、やっとの思いでタラップを降りた。降りてからも、まだ体が震えていた。

それが、朝鮮の第一印象だった。

京城駅には、大叔父の会社の野口という、中年の社員が出迎えにきていた。

大叔父の家は、会社の二階にあった。会社とは別の入口から入り、階段を上がると、そこに大叔母と女中が出迎えていた。

階段の上のドアをあけると、廊下に面して大叔父の書斎や応接間があり、その奥が座敷、茶の間、大叔母の部屋と日本間が続いていた。台所や食堂は洋風に作られていて、最後に案内された和子の部屋も、机に椅子に本棚、そしてベッドの用意された「しゃれた部屋」だった。自分の部屋などもったことのない和子は、なんだか夢を見ているような気持ちだった。

大叔母は、優しく和子を迎えてくれたが、どこか冷たい感じがするのが気になった。若いころにはさぞや美人だったろうと思える顔立ちのせいかもしれない。

その日から、和子の新しい生活が始まった。

大叔父は、すぐに女学校の転校手続きをしてくれたが、夏休み中なので、学校へ通うこともない。広島の祖母の家では、幸子と二人で、掃除、洗濯、繕い物を引き受けていたが、大叔父の家には女中がいたし、手が足りないときは階下から若い社員を呼んで手伝わせるので、和子が手伝うことは何もなかった。

朝食が終わると、大叔父は一応階下の会社へ出かけてゆく。しかし、昼食やお茶の時間には、二階のわが家に戻ってくる。ときには戻って来たきり、そのまま階下に降りてゆかないこともあった。会社の仕事は、野口という男にかなり任せているようであった。

野口は、大叔母の親戚筋に当たる男だということだった。

大叔母は、午前中には時間をかけて化粧をし、午後は三味線の稽古をするくらいで、そのほかの時間はほとんど茶の間の長火鉢《ながひばち》の前に座っていた。週に一度は、呉服屋が来る。その日は呉服屋を相手に午後中を過ごし、あれこれと買い物をした。そんなとき、大叔母は和子にも着物や帯を作ることをすすめたが、和子はあまり興味がなかった。大叔父は、和子に洋服を着せたがり、洋服屋を呼んだり、和子を連れて靴や帽子を買いに出かけたりした。

和子にとって一番の幸せは「本が自由に読める」ことだった。

祖母は、孫娘たちが小説を読むなどということは決して許さなかった。だから、その分を取り戻そうとでもいうように、和子は翻訳小説を読みあさった。なかでもトルストイ、ドフトエスキー、ツルゲーネフ、チェーホフなど『ロシア文学』にひかれた。ここ京城での生活が、ロシアの生活を身近に感じさせるせいかもしれなかった。大叔父からもらう小遣いは、ほとんど本に使った。あとは、小さな人形を買ったりするだけだった。

手紙もよく書いた。しかしトラも幸子も筆不精で、三度に一度くらいしか返事をくれなかった。嬉しかったのは、貴子の手紙が転送されてきて、貴子と智子の「消息」がわかったことだった。二人は、神田の下宿に引っ越して、貴子は近所の幼稚園で働き、智子は丸の内にあるアメリカの会社で働いているということだった。二人にあて手紙を書くと、早速返事が届いた。智子は、貴子の手紙の最後に一、二行、「元気だが、仕事に勉強に忙しくて、手紙を書く暇もない――」と書いていた。和子はその手紙を、繰り返し、繰り返し読み、姉たちの生活を想像した。貴子姉様は、お邸勤めを辞めてしまったようだ。結局、華族の若様とめぐり会うことはできなかったのだ。そう、世の中ってそう甘いものではないもの――その結論は、和子自身の体験から出たものではなくて、京城へ来てから読んだ小説から学んだものであった。それにしても、智子姉様はなんて運がいいのだろう。アメリカの会社で働けるようになったなんて。もしかしたら、アメリカへ行きたいという夢も実現するかもしれない。

そして和子は、自分自身のこと考えた。あたしは姉様たちと違って、こうしたい、こうなりたいという夢や希望を持っていたわけではなかった。でも、このひと月、生活は大きく変わってしまった――その変わりように、和子は茫然としていた。

九月になって、転校した学校での新学期が始まった。

広島の学校とは違って、制服だった。建物や雰囲気もミッションスクールとは大分違っていたし、教科書も別のものだった。しかし、これまでずっと首席で通した和子にとって、授業についてゆけないことはなかった。ただ、友人がいないのが寂しかった。

クラスで一番勉強ができるのは「李恵子」という生徒だった。和子は初め、彼女もまた日本から来た人の娘だと思っていた。彼女は、それほどきちんとした日本語をしゃべり、立ち居振る舞いは日本人よりも日本人らしかった。教室では、教師の質問にハキハキと答えたが、休み時間はいつも一人で、教室か運動場の隅で本を読んでいた。

「何を読んでいらっしゃるの?」

和子がのぞき込むと、恵子は黙って本の表紙を見せた。賀川豊彦の『死線を越えて』だった。翻訳小説ばかり読みあさっていた和子は『死線を越えて』も、著者の賀川豊彦も知らなかった。

その日学校の帰り、和子は本屋に寄って『死線を越えて』を買って、帰るなり読み始めた。

賀川豊彦が、一人のキリスト教徒として神戸の貧民窟に住んだ体験を書いた『死線を越えて』は、和子に衝撃を与えた。賀川の活動に対する感動もさりながら、そこに書かれた貧しさに驚いた。広島の祖母の家でつましく暮らしてきた和子だったが、でも、世の中にこのような貧しさがあることは知らなかった。

翌日、学校で恵子に会うと、和子は声を弾ませて言った、

「きのうからあたしも『死線を越えて』を読んでいるの」

ところが恵子は、突き放すような冷たい口調で答えた、

「あなたに、わかるの」

その言葉は、和子の胸を刺した。

大叔父の家でのうのうと暮らしている自分が、本を読んだだけで、驚き、感動し、それを口にしたことを和子は恥じた。本で読んだだけでわかったような気になっていた自分が疎《うと》ましかった。

そんなある日、授業が終わって校門を出ようとした和子を、恵子が追ってきた。

「『死線を越えて』を読み終えられて?」

「ええ。でも、あなたに言われたとおりだわ。読みはしたけど、どれだけわかったか……」

「あたしだって同じよ」

和子はびっくりして、恵子の顔を見つめた。

「あたしだって、ほんとにわかってはいないのよ。ただ、日本にも、苦しんでいる人たちがいるのだということだけは、わかったわ」

和子は、恵子の言おうとしていることがわからなかった。だが、それが、何か重要なことなのだという気がして、緊張した。

「うちへ来ない？」と恵子は言った。

李恵子の家は、学校からさほど遠くなかった。朝鮮風の大きな邸は、かなり古く、傷みが目立った。

中庭に面した客間に通され、しばらく待つと、恵子がチマチョゴリに着替えて奥から出てきた。

「あら、恵子さん。とても似合っててよ」と言ってしまってから、言ってよかったのだろうかと和子は思ったが、恵子は嬉しそうだった。

「そう、ありがとう。学校から帰って着替えると、自分に戻った気がするわ。学校では、本当の自分ではないの」

「恵子さん……」

「あたし、恵子じゃないの、恵郷《ヘグヨング》というの」

「あたしって、本当に何もわかっていないわ、日本のことも、朝鮮のことも……」

「あたしは、日本のことはわからない。でも自分の国のことは知っているわ」

恵郷は、「自分の国のことは知っている」と言った。もちろんそれは日本のことではなかった。

「いろいろ教えてちょうだい。あたし本当に何も知らないんですもの」

恵郷から聞いたことは『死線を越えて』の貧民窟の描写より、和子に衝撃を与えた。ことに、三年前に起こった「三・一独立運動」、いわゆる「万歳事件」の話を聞いているあいだ、和子は震えが止まらなかった。

三年前の大正八年三月一日、京城を始め朝鮮の各地で、独立を要求する人々が立ち上がった。

「独立宣言書が配られてね。大勢の学生たちがパコ公園に集まったの。あたしも行ったわ。『宣言書』が読み上げられて、それから、みんなで街へ出て行ったの……人はどんどん増えて、もう学生だけじゃなくて、街中の人が通りに出てきたみたいだった。『万歳！　万歳！』って、あたしも夢中で叫んだわ。そしたら、前の方で銃声がして、悲鳴が聞こえて、列が乱れて、倒れる人もいた……あたし、何が起こったんだかわけがわからなかった。そばのお店の人が、手を引っ張って、店のなかに入れてくれたの。そうでなければ、あたしも撃たれていたかもしれない。それとも、捕まっていたかも……大勢の人が殺されたのよ。捕まって、ひどい目にあわされたのよ……」

和子は、釜山に着いたときに出会った事件を思い出していた。いや、それに似たことはこの京城でも、何度か目にしていた。傲慢《ごうまん》で乱暴な日本人、ひたすら耐え、哀願する朝鮮人。恵郷の言うとおり「ここは、恵郷たち朝鮮人の国」なのに――。

あたしだってそうだわ、と和子は思った。いばったり、乱暴な態度はとらないけれど、でも、ひとの国に来てぜいたくな暮らしをしている――。自分も含めた日本人が、疎ましく思えた。

和子はそんなことを、大叔父に話してみた。大叔父は驚いたように一瞬和子の顔を見つめ、そして言った、

「確かにそういう面もあるが、しかし、朝鮮人のためになっていることもあるんだよ」

「ためになっているって?」

「つまり、日本人がもたらした文明だ。わしのようにいろいろ新しい品物を持ってきたり、工場を作ったり、教育もそのひとつだ。その子だって、日本人の女学校に通っているわけだろう?」

でも、そのことを、恵郷は喜んではいない、と和子は思った。しかし、もうそれ以上は何も言わなかった。

叔父の帰国

十月に入って、叔父の節夫が「アメリカから帰る」と知らせてきた。智子が、叔父に出した手紙に対する返事だった。

叔父はシカゴにいるが、春ごろから体をこわしていたようだった。「どうやら快復して、長旅にも耐えられるようになったから——」と、手紙には書かれていた。

智子は、会社の仕事にも慣れ、毎日が楽しかった。

自動車の販売が会社の仕事だったが、なかなか販路が伸びず、それほど忙しいというわけではなかった。しかし、横浜にも事務所があるので、ジェネラル・マネージャーは、週の半分は横浜だった。智子は、その留守中の連絡係を務め、マネージャーが東京の事務所にいるあいだは秘書の仕事をした。

もっとも、速記もできずタイプも打てない智子は、秘書の仕事ができるとは言えなかったが、しかし、通訳としては、東京事務所では一番だった。最初のうちは、技術用語や部品の名称がわからなくて戸惑ったが、猛勉強でそれは克服した。「たかが女学生」と馬鹿にしていた日本人社員たちも、智子を見直したようだった。速記だって、ちゃんと勉強したわけではないが、自分流の記号を考えて、速記らしきことはやっていたし、タイプは毎日終業後、練習していた。

下宿に帰っても、暇さえあれば、紙に自分で書いた文字盤の上で指を動かしていた。そんな智子を見て、貴子は、学校時代の努力家ぶりを思い出した。

その貴子は、近くの幼稚園の保母をしていた。「邸づとめ」よりはマシだったが、しかし、これではなんのために東京へ出てきたのだろうかという思いは、捨てきれなかった。

叔父が帰ってくる日、貴子と智子は休暇をとって、横浜港へ出迎えに行った。

貴子も智子も、叔父に会うのは初めてだった。叔父の節夫がアメリカへ行ったのは、二人が生まれる前だった——智子は、貴子を誘って写真館へ行き、撮ってもらった「写真」を叔父に送っておいた。こちらが叔父を見つけられなくても、叔父の方がこちらを見つけてくれるだろう——と考えたから。

その日、智子は、銀座の店で作った洋服を着ていた。女性が少ない埠頭で、和服と洋装の姉妹の姿は目立った。

船が着き、甲板にいる人やタラップを降りてくる人に、アレだろうか、コレだろうかと目を走らせていた姉妹は、

「貴子と、智子か?」

と呼びかけられて、びっくりした。

祖父は背の高い人だったのに、叔父は母親に似たのか、思ったより小柄だった。それに、四十歳近いはずなのに、意外に若く見えた。

三人は東京へ戻り、智子が予約しておいた「帝国ホテル」に入った。

叔父は、姪《めい》たち、ことに智子の世慣れた応対に驚いた。いや、貴子だって、そんな智子に舌を巻い

ていたのだった。もっとも、智子にとって帝国ホテルは、会社の客を何度か案内したこともあるので、驚かれるほどのことではなかった。

ところが叔父は、翌日その帝国ホテルを引き払ってしまった。智子は、アメリカ帰りの叔父はかなりの金を持っているだろうと思っていたが、そうではなかったのだ。春ごろから体調を崩してほとんど働けなかった彼は、貯えも底をついて、いわば「旗を巻いて」帰ってきたのだった。

しかし、帰っても、頼れる人はいない。それどころか、年老いた母親と、四人の姪たちを養わなければならないのだと「覚悟」していた。姉が亡くなってからは、母や姪たちの生活を支えるために、金を送り続けてきた。アメリカでの生活に限界を感じ、日本に帰ってきたのは、いわば、彼にとって背水の陣をしく思いだったのだ。だから、貴子や智子が、まがりなりにも自立していることに、ホッとした。

節夫は、帰国した翌日から就職先を探し始めた。

アメリカでは、日本人の若い男ができる仕事はなんでもした。一時期は、日系人の新聞社で働いたこともあった。そして、とにかく大学を卒業した。その後も様々な職場で働き続けながら、新聞や週刊誌に寄稿し、何回か取り上げられた。だから日本へ帰ってからも、「新聞記者として働きたい」それも「英文で書く新聞記者になりたい」と考えていた。

幸い、築地にあるアメリカ新聞の支社で雇ってもらえた。月給も、百五十円だった。百五十円といえば、役所の課長級の月給である。

節夫は、大森に安い家を借りた。広島にいる母と幸子を呼び寄せるつもりだった。

四半世紀近いアメリカ生活は、日本の生活習慣も、言葉さえも半ば忘れさせていたが、職場がアメリカの新聞社だということで救われた。

叔父が大森に家を借りたと聞いた週末、貴子と智子は、叔父の家を訪ねた。

駅から歩いて二十分――それは、かなり古びた「しもたや」であった。表は通りに面していたが、裏には大根畑が続いていた。三間ほどの小さな家だが、家具が何もないので、空き家のようにガランとしていた。

貴子は、その家を見てがっかりした。

智子は、家のことなどどうでもよかった。それより、ぜひアメリカ行きの相談に乗ってもらおうと思っていた。

「アメリカへ行って、何をしようというんだね」

「何って、いろいろ勉強したり……」

「何の勉強？」

「……」

智子は返事につまった。

節夫は、昔の自分を見る思いだった。ひとと同じように高等学校や大学へ行っても仕方がない、それより、ひとのしないことを、新しいことをしよう――、若い節夫はそう考えた。そして、海の向こうのアメリカという国は、新しさの象徴のように思えた。

しかし、アメリカにたどり着いても、金を持たぬ、知り合いもない少年は、ただ生きてゆくために働かねばならなかった。ガラス拭《ふ》き、皿洗い、給仕、工員――勉強どころではなかった。サンフランシスコからロスアンゼルスに移り、そこでも同じような仕事をした。日系人の新聞社に雇ってもらったが、そこでも仕事は使い走りだった。しかし、初めて、新聞記者になりたいと思った。

そのためには、勉強しなければならない。「学資」が欲しかった。セントルイスで万国博覧会が開催されると聞いて、そこでなら金儲けができるかもしれないと思い、セントルイスへ行った。だが、そう簡単に金儲けができるはずはない。しかし、そこで出会った親切なアメリカ人の紹介で、神学校で小使いとして働きながら勉強することができた。そのときに、シカゴの新聞に投稿した原稿が取り上げられた。それで、神学校を卒業すると、シカゴへ出て、ハウスボーイとして働きながら大学に通った。

大学を卒業したときは、三十歳を越えていた。新聞や週刊誌に原稿を書いては送り、たまには取り上げられることもあったが、それだけでは食べてゆけず、住み込みの庭師をしていた。

今、日本に帰ってきて、ようやく新聞社に入れたけれど、日本人社員の仕事は、日本の新聞記事の翻訳が主だった。そしてそれは、日本語を忘れかけていた節夫にとっては、難しい仕事だった。

「結局、アメリカ市民としても、日本人としても、中途半端な人間になってしまったんだ……」

叔父の話は、智子に衝撃を与えた。アメリカでの苦労話より、「アメリカへ行って、何をしようというんだ」という叔父の言葉が痛かった。アメリカへ行きたいと思いつめてきたが、アメリカで何をするのかということは考えなかった。もっと英語がうまくなりたいと思ったが、その英語で何をするのかということは考えていなかった。

その日、叔父は二人を駅近くまで送って、そば屋に入り、夕食をおごってくれた。

「おふくろも呼ばにゃいかんと思っているんだが……」

と叔父は言った。

「そうして」

貴子は頼んだ。

「幸子も一緒に、ぜひ呼んでください。そうすれば、あたしたちもまた一緒に暮らせるし」

「ただねぇ、わたしも、就職はしたが……」

節夫は、仕事に自信を失っていた。

「あたしたちだって働いているんだし、幸子の生活くらいはみられるし、ねぇ」と貴子は言ったが、智子は、さっき叔父に言われたことで頭がいっぱいだったので、よく聞いていなかった。

「なんとかせにゃいかんなぁー」

それは、帰ってきてからずっと節夫を悩ましていたことだった。しかし、迷っていても仕方がない。仕事への不安もあるが、家も借りたことだし、決心するか。

「智子は、月給いくらもらっている?」

「七十円もらっているんですよ」

貴子が答えた。

「ほう、そりゃあたいしたものだ」

「あたしは、その半分くらいだけど」

それなら、なんとかやってゆけるかもしれない、と節夫は思った。

トラは、帰ってきたはずの息子が、はがき一枚よこさないのにいら立ったり、不安になったりしていた。アメリカからの送金も、夏以来途絶えていた。こうなると、貴子や智子が東京へ行ってしまったことは幸いだった。和子も朝鮮の弟のところへ養女に出してしまったし、幸子と二人、細々と仕立て物で生計を立ててきたが、もう限界だった。仕立て賃は安かったし、それさえも、いつも仕事があるというわけではなかった。

「二十四年も留守にして、ようよう戻ってきちゃったに、広島へ帰ってもこん。ほんまにどういう気なんじゃろう、節夫は……」

幸子は、祖母の不機嫌が収まることを願って、小さくなっていた。和子が朝鮮へ行ってしまってからは、一日中祖母と顔をつき合わせている生活だった。

幸子は、姉たちのように上級科へはゆかなかった。勉強は好きではなかったし、智子のように奨学金をもらう力もなかった。そして、祖母には学費を出してくれる力がなかった。

このまま、来る日も来る日も祖母と二人、縫い物をする日が続くのだろうか……もしかしたら一生。「お金持ちのお嫁さんになりたい」なんて言ったことがあったっけ。でも、そうなれるとは、幸子は考えていなかった。あたしは、姉さんたちのように頭もよくないし、和子のようにきれいでもないもの。でも、華族さんと結婚したいと言った貴子お姉様の望みもかなえられなかったし、智子姉様もアメリカへは行っていない、ましてあたしは——結局、幸せをつかんだのは和子だわ。何も望みがないなんて言っていたくせに、お金持ちの養女になったんだもの——幸子は、うつむいて針を運びながら、繰り返しそんなことを考えていた。

節夫が日本に帰ってきてから半月ほどたって、ようやく手紙が来た。その手紙には、「幸子を連れて、東京へ来るように」と書いてあった。迎えにゆきたいが、就職したばかりで休むわけにもゆかない。家は借りてあるし、貴子たちも一緒に住むと言ってくれているから——と。

トラも幸子もホッとした。

もっとも、トラは、住みなれた広島を離れて、東京へ行きたくはなかった。しかし、このまま広島で暮らしてゆけるはずもなかった。

トラと幸子も東京へ

トラと幸子が東京へ向かったのは、秋も終わりだった。

やはり、家をたたんで引っ越しをするとなると、そう簡単ではなかった。しかし、とにかく、二人は東京行きの汽車に乗った。

トラは、扇子を手に、座席の上に正座したまま、ほぼ一昼夜、何も食べず、何も飲まなかった。手洗いに行くのが不安だったのだ。幸子は、不安はあるものの、でも、初めてと言ってもいい「長旅」が嬉しかった。幼いころの旅は、記憶していなかったので、見るものすべてが珍しく、乗客を見回したり、窓の外の景色を眺めたりして、飽きなかった。

東京駅には、節夫、貴子、智子がそろって出迎えた。

トラと幸子が、それぞれ大きな風呂敷包みを背負い、両手にも風呂敷包みを下げて、列車を降りてきた姿を見て、三人はあきれた。

トラと幸子にしても、そんなつもりではなかったのだが、荷物を鉄道便で送ったあと、使っていた布団や、こまごました生活用具が残って、こんなことになってしまったのだった。

節夫は、二十四年ぶりに見る「母の姿」に驚いた。かつては、小柄ながら、背筋を「シャン」と伸ばしていた母が、今は、ますます小さくなり、腰を曲げている——。

貴子や智子も、顔を合わせるなり「叱られるかもしれない」と心配していたのに、祖母が何も言わないので、拍子抜けした。

長旅で疲れたトラは、節夫が案内したすし屋でも、すしを二つ、三つつまんだきりだったし、大森の家に着くと、すすめられるまま、すぐ床に入ってしまったので、貴子が旧藩主邸を勝手に抜け出したことも、智子の家出のことも、何も言わなかった。

貴子と智子は、半月ほど前に下宿を引き払い、この家に越してきていた。

その夜、姉妹たちは以前のように、一間に布団を敷いた。もっとも、和子はいなかったが。

幸子は、姉たちから、旧藩主邸のことや今の暮らしのことを聞かしてもらえると思っていたが、貴子はあまり話したがらず、智子は「明日はマネージャーのお供で、役所に行かなきゃならないのよ」と、さっさと眠ってしまった。

仕方なく幸子は、貴子に、大叔父の養女になった和子のことや、祖母と二人きりの生活のことを話したが、いつの間にかその貴子も、眠ってしまったようだった。

四人して布団をかぶり、おしゃべりをしたあの楽しい時間は、もう戻ってこないのだ――と、幸子は悟った。

貴子は眠ってはいなかった。ただ、惨めだった旧藩主邸のことや、不本意な今の生活について、語りたくなかったのだった。

翌日は、これまでどおり節夫は築地の新聞社へ、貴子は神田の幼稚園へ、智子は丸の内の会社へ出勤した。

それぞれが、出勤時間に間に合わせてあわただしく朝食をとるので、広島でのように、全員そろってお祈りをしてから食事というわけにはゆかなかった。

トラと幸子は、皆が出かけてしまうと家に取り残された。それは、広島での暮らしと同じだった。違うのは、仕立て物の賃仕事をしないでいいことだけだった。朝飯の後片付けをしてしまうと、二人はちゃぶ台を挟んで、顔を見合わせた。それから、思いついて、広島から持ってきた荷物をほどいた。しかし、台所に棚が一つつってあるきりで、あとは、なんでも押入れに入れるより仕方がなかった。

やがて、二人は掃除を始めた。家中を拭き上げて、小さな裏庭の草取りもしたが、これも午前中で終わってしまった。昼食は朝の残りですませ、午後は、節夫のトランクや貴子の行李をあけて、汚れ物を探し、洗濯をしたが、もともと少ない衣類しかないので、それもすぐに終わってしまった。幸子は、叔父から預かった金を持って、夕飯の材料を買いに出たが、トラは何もすることがなく、ポッンと留守番をしていた。

幸子は、貴子に教えられた乾物屋や魚屋に行き、買い物をした。広島に比べて、なんでも高いので驚いた。それと、昨夜はわからなかったが、東京って案外田舎なんだな、という印象だった。大森は、ようやく住宅地としてひらけ始めたところだったから、無理もない。

その夜、夕飯のあとで、トラは言った、

「わたしらも、何かしたらどうじゃろうか」

「何かって……?」

「仕立て直しとか、洗い張りとか」

「そんなことすることないよ」

節夫は不機嫌な声を出した。

「それに、ひとのトランクを勝手に開けたりしないで欲しいね」

トラは、黙り込んでしまった。

「幸子、働きたいの?」智子が聞いた。幸子はうなずいた。

でも、難しいな、と智子は思った。幸子は保母の資格も持っていないし、得意なこともないし――。

「いいじゃないの、働かなくても。のんびりしていれば」貴子は言った。そして、あたしだって、働きたくなんかないわ、と思った。

節夫、貴子、智子が働きに出て、トラと幸子が家事を引き受けるという日が続いた。

トラは口数が少なくなり、智子が、パーティーだったと遅く帰ってきた夜も、何も言わなかった。

祖母と幸子が「東京へ」引っ越したということは、和子も手紙で知った。

あたしも東京へ行きたかった。以前のように姉様たちと暮らしたかったと思ったが、養女になった自分には、それは許されないということはわかっていた。

和子は、京城の生活にすっかり慣れた。

大叔父は相変わらず和子を甘やかし、大叔母も一応は和子に優しかった。もっとも、時として、冷たさを感じることもあったが。大叔父が和子をかわいがるのが、大叔母には気に入らないようだった。和子は、大叔母には逆らわないように、不必要に近づかないようにしていた。

しかし、和子は寂しかった。それは大叔母が冷たいせいでもなかったし、大叔父がかわいがってくれるから、その寂しさが癒されるというわけでもなかった。きっと、ほかの姉妹たちが、祖母や叔父と一緒に東京で暮らしているのに、自分だけがここにいる——それが「寂しさの原因」だろうと、和子は思った。そんなとき、和子は歌を歌った。祖母の家では、讃美歌しか許されなかったが、ここでは何を歌うのも自由だった。大叔父は、そんな和子のためにオルガンを買ってくれた。

歌や読書ばかりではなく、和子は家の仕事もよくした。大叔母は家事を全くしない人だったが、和子は、学校で習ったり、自分で工夫したりした料理を作るのも嫌いではなかったし、刺繍やレース編みで飾ったテーブルクロスを作ったり、人形の衣裳を作って、着替えさせたりするのが好きだった。

その上、大叔父が温室で育てている観葉植物の世話もよくした。

大叔父は、そんな和子がますます気に入り、その分大叔母は、和子に対して冷たくなった。


トラと幸子が東京へ出てきて最初の日曜日、朝食が終わると、

「東京見物はどう？」と智子が言い出した。

広島では、日曜日の朝は教会に行くと決まっていた。貴子や智子は、もうその習慣を忘れていたが、トラはつい先週まで、幸子を連れて、教会へ行っていたのだった。しかし、トラは教会に行きたいと言わず、幸子はそんなトラの顔を、チラッと盗み見ただけだった。

貴子が言った。

「そうね、お祖母様も幸子も、東京へ来てから、まだどこへも行ってないんですものね」

「わしゃ、留守番しとるけん、あんたらお行き」

「どうして？　一緒に行きましょうよ」

「出かけると疲れるし、おっくうじゃけん」

「確かにおっくうだな。君たち三人で行ってきなさい」と節夫も言って、結局、姉妹三人で出かけることになった。

「銀座へ行きましょうよ、銀座へ。ねっ」

智子の提案で、新橋で電車を降りて、銀座へ出た。

銀座は、商店が並んでいて人出も多く、幸子は、はじめて東京へ出てきた実感をもった。

三人は、通る人々を眺めたり、店をのぞいたり、珈琲店に入って一休みしたりした。

珈琲店の二階の窓から、通りを見下ろしていた幸子が、突然言った、

「あれ、日本橋行きじゃー」

市電が通り過ぎた。

「ここから近いん？」

「たいして遠くないわ」智子が答えた。

「うちらが生まれた所じゃね」

姉妹は、日本橋牡蠣殻町《かきがらちょう》の生まれだった。

「のう、お父さんには会うたん？」

「何を言うの。会うはずないじゃないの」

貴子が堅い表情になった。

「あたしたちには関係のない男なのよ」

幸子は、東京に着いた夜から、そのことを確かめたかった。しかし、祖母の前ではさすがに口にできなかった。今また貴子の厳しい口調に、幸子は黙るしかなかった。

智子は聞いていたのかいなかったのか、突然すっとんきょうな声を上げた、

「あの車よ。あたしたち、あの車を売ってるの」

窓の下を、黒塗りの自動車が走り過ぎて行った。

その夜、幸子が、翌朝のために米をといでいたとき、智子が台所に入ってきた。

「朝はパンにすればいいのよね。そうすりゃ、お米なんかとぐことないんだから」

と言いながら、水をくんで、飲んだ。そして、独り言のように言った、

「お父さん、もう日本橋にはいないのよ」

「えっ、じゃあ、どこに……」

「引っ越しちゃったって。じゃ、おやすみ」

智子はそのまま台所を出て行ってしまった。

智子姉さんは行ってみたんだわ。あたしも行ってみよう――幸子は考えた。記憶に残っている洋館の家。鍵穴に指を入れて、その指が抜けなくなって泣いた日のこと。女中や書生たちが集まって、大騒ぎになったっけ。お母様が、指に油をたらしてそっと抜いてくれたっけ――幸せだったあのころ。そうだ、あたしも行ってみよう。きっと行ってみよう、幸子は心に決めた。

しかし、日本橋へ行く機会はそう簡単にはこなかった。

節夫、貴子、智子が勤めに出、トラと幸子は留守番をする日が続いた。

幸子は、買い物に出るとき、少しずつ行動範囲を広げた。しかし、まだ大森周辺を離れる勇気はなかった。

十二月に入ったある日、帰ってきた智子を見て、トラは唖然《あぜん》とした。智子は、髪を衿元でバッサリ切って、おかっぱ姿になっていた。トラは物言いたげではあったが、何も言わなかった。今この家の生活の半ばが、智子によって支えられていることが、トラの口を封じたのかもしれない。

貴子は、

「いやあね、まるで小学生じゃないの」

幸子は、

「もったいないのうー」

と言い、節夫は、

「モダンだね。なかなか似合うじゃないか」と言った。

トラは、東京に出てきてから、何があっても文句を言わない。それどころか、自分の意見を言うこともほとんどなかった。気の強かったトラの変わりように、姉妹たちは驚いていた。


「あら、智子姉様すてきだわ」

髪を短くした智子の写真が、京城の和子のところへも送られてきた。

その写真を見て、大叔母は眉をひそめたが、大叔父は、

「ほう、なかなかええのう。和子もこんなふうにしたらどうじゃ」と言った。

和子は、その写真を、李恵郷にも見せた。

恵郷は、智子の断髪より、智子がアメリカへ行きたがっているということに興味をもった。

「あたしもアメリカへ行きたい。アメリカは自由の国よ——でも」

恵郷は続けた、

「でも、どんなに息苦しくても、ここで生きてゆくしかないんだわ——自分の国ですものね」

和子は、返す言葉がなかった。

智子は最近、アメリカへ行きたいと言わなくなっていた。叔父も帰ってきてしまったし、アメリカへ行っても、今の会社のような勤め先を見つけることができるかどうかもわからないし、とすれば、アメリカへ行く理由もなくなってしまったのだった。

とにかく智子は、仕事が面白くて仕方がなかった。いや、仕事ばかりではなく、遊ぶことにも精力的だった。

「クリスマスイブに、マネージャーの家でパーティーをするの。ねえ、あなたたちも手伝ってくれない？」

「パーティーなんて……」

「英語できんもん」

貴子と幸子は、しり込みした。

「日本人も来るのよ。そうだわ、『華族の若様』だって来るわよ。どう、お姉さん」

「でも、着てゆくものがないわ」

「いいのよ、適当で。ホームパーティーだもの」

それでも、姉妹たちは、そのパーティーのためにこまごました物を用意した。たとえば、半袴とか、白足袋《たび》とか、ハンカチーフとか——そして幸子が、忙しい姉たちに代って、日本橋三越に足りない物を買いにゆくことになった。幸子にとっては、牡蠣殻町へ行けるいい機会になった。

その日、幸子は三越で買い物をすませると、智子に書いてもらった地図を頼りに、牡蠣殻町へ向かった。しかし、智子の地図はかなりいい加減で、何度か道を尋ねなければならなかった。何度目かに、先を歩いている体の大きな若い男に道を聞いた。

「牡蠣殻町なら、この道をまっすぐ行った左側じゃ」

東京の人の言葉とは違って、ゆったりと懐かしい響きがあった。

「おおきに」

和服にハンチングと襟《えり》巻きのその男は、先に立って歩き出した。

幸子がついてゆくと、振り返り、

「その先が、牡蠣殻町ですけん」

「あの、広島の方ですかいのう」

「へえ。あんたさんも」

「へえ」

嬉しかった。

「牡蠣殻町に、お知り合いでもおりんさるんかいのう」

聞かれて幸子は、そこで生まれ、五歳まで育ったこと、その家を探しにゆくところなのだということまで話してしまった。

「ほんじゃ、わしも一緒に、探してあげようかのう」

兜町《かぶとちょう》の株屋で働いているというその男は、幸子と一緒に、牡蛎殻町に行ってくれた。

しかし、五歳の記憶は定かではなく、それらしい建物を見つけることもできなかった。

誘われて入ったミルクホールで、その男、浅田善次郎は言った、

「コマイころの記憶いうんは、頼りないもんじゃけえ……」

善次郎のあたたかさに、幸子は、五歳のとき母に連れられて家を出てから、父には会っていないこと、そして、父はもう牡蛎殻町には住んでいないようだということまで話してしまった。

別れるとき、「時間をつぶさせてしもうて、こらえてつかぁさい」と言うと、

「なあに、楽しかったです。わし、この近くで働いとりますけん、暇な折に、調べてあげます」

と善次郎は、大森の住所を手帳に書きとめた。

幸子は、家に帰ってからも、大きな体をかがめて話しかける善次郎の、いかにも人の良さそうな笑顔を、何度も思い出した。それに……と幸子は考えた。それに、あの人は株屋で働いていると言ったわ。「成金さんのお嫁さんになりたい」と言っていた幸子には、株屋は成金への近道のように思えた。成金になった株屋の話を聞いたことがあったからか。もっとも、株屋というのがどんな仕事なのか、幸子は知らなかったが。

それでも、まさか善次郎が、本当に幸子の生まれ育った家を探してくれているとは思っていなかった。

だから、日本橋へ行ってから八日ほどして、善次郎からの手紙を受け取ったときは、驚きと、嬉しさで、思わず飛び上がった。

「誰か来たのかい?」茶の間から祖母が聞いた。

「郵便屋さんが……あの、叔父さんに手紙を……」と答えたものの、声が震えた。

午後、「ちょっと、買い物に」と家を出た。炊事は幸子に任されていたし、叔父や姉たちから

ちょっとした買い物を頼まれることも多かったので、この口実は重宝だった。

駅近くの天祖神社の境内に入ると、木立の陰で、帯にはさんでおいた善次郎の手紙を出し、封を切った。

体の割には小さな、丸みを帯びた字が、ぎっしりと並んでいた。

あれから何度か、暇を見つけては、牡蛎殻町へ行ってみたこと、お父上が経営しておられた女学校は、東京市が買い上げて、今は小学校の一部になっていること、家は壊されて、もう残っていないこと――ここまでは簡単にわかったが、引っ越し先を調べるのに、時間がかかってしまった。しかし、昔からあのあたりに住んでいた人たちを尋ね歩いて、お父上は代々木で塾を開いておられることがわかった。次の日曜日の十時に、品川駅改札口にお越し下されば、代々木にお供して、お父上のお宅をご一緒に探してみようではありませんか――と手紙には書いてあった。

「次の日曜日十時」と言われても、行かれるかどうか幸子には自信がなかった。お祖母様や貴子お姉様が、行き先を知ったら、絶対に出してくれないだろう。さりとて、叔父に相談する勇気もなかった。やっぱり、智子お姉様だわ。智子お姉様に相談しよう。幸子は決めた。

しかし、朝は忙しいし、夕方は智子より貴子の方が先に帰ってきてしまうし、夜、隣に寝ている智子は、いつも貴子より先に眠ってしまう。だから、なかなか相談する機会がなかった。

そして、とうとう週末になってしまった。幸子は、前日のうちに書いておいたメモと善次郎の手紙を、朝出かける智子に渡した。

「これ、読んでつかあさい」

しかし、忙しい智子がちゃんと読んでくれるだろうかと、幸子は不安だった。

夕食のとき、智子は、

「明日は、マネージャーの奥さんと、クリスマスパーティーの買い物に行かなくちゃならないの。幸子に手伝って欲しいわ」

胸がドキンとした。ああ、智子姉様手紙を読んでくれたんだわ。

翌朝、智子と一緒に家を出ると、早速幸子は礼を言った。

「それにしても、浅田善次郎さんって人、随分親切じゃないの。引っ越し先まで調べてくれて、おまけに一緒に行ってくれるなんて」

「そうなんよ、とっても親切な人。それに、浅田さん株屋で働いているんよ」

「へえ、株屋ねぇー」

しかし、品川が近づいても、智子は電車を降りる気配がない。

「次、品川じゃね」

「あたしは、ほんとにパーティーの買い物にゆくのよ」

「えっ、一緒に行ってくれんの?」

「せっかく、行ってあげるって人がいるじゃないの」

「でも、お父様に……」

「会ったら、よろしく言ってちょうだい。そのうちあたしも会いにゆきますって」

智子姉様もやっぱり、お父様をよく思っていないのだと、幸子は思った。

善次郎は、先に来て待っていた。

二人はまた電車に乗って、代々木へ出た。

善次郎は、地図まで用意する慎重さだった。

父徳一郎の経営する修静塾は、駅からそう遠くなく、二、三か所で聞いてわかった。もっともそれは、庭もない平屋に、小さな看板を掛けただけの塾だったが。

日曜のせいか、それとも午前中のせいか、生徒はいなかったが、案内を乞うと四十代の大柄な婦人が出てきた。――この人が、かつて父の経営していた女学校の生徒で、父と問題を起こし、母が家を出る原因になった人なのか――と幸子は考えた。

幸子と善次郎は、座敷に通された。あまり広くない家のどの部屋かで、声がした。多分幸子たちのことを話しているのだろう。

父の記憶は、おぼろげだった。立派な八の字髭と、堂々とした体格で、厳《いかめ》しい人という印象だけが残っている。その父と十二年ぶりに会える――。幸子は、高まる動悸で息苦しくなった。

と、襖が開いて、意外に小柄な初老の男が入ってきた。ほとんど白くなっていたが、髭だけは、昔のままだった。

「貴子か？」と父は言った。

「いえ、違います」

「ほう、智子だったか」

「……いいえ、幸子です」

父は、幸子の名前を覚えていなかったらしい、しかし、

「そうか、そうか……」と、うなずいた。

父は、白濁しかけた眼を幸子に向けていたが、幸子をわが娘と確認できないようだった。

幸子は善次郎を紹介した。牡蛎殻町に行ったこと、そのとき出会って、親切にこの家を探し出してくれたこと。

父はただ、うなずいていた。

祖母や叔父、二人の姉と一緒に暮らしていること、妹の和子は、朝鮮の大叔父の家の養女になったことも話したが、父は、

「そうか。皆によろしく言ってくれ」と言っただけだった。

茶を運んできた先刻の婦人が、

「お父さん、去年大病をされましてねぇ」と言い訳めいた言い方をした。

大病のせいでボケたのだろうか、それとも、成長した娘の突然の来訪に驚き、言葉を失っているのだろうか——父は、それきり口を開かなかった。

駅へ向かって歩きながら、幸子は「親子の縁のはかなさ」をつくづく感じていた。

善次郎は、そんな幸子の気持ちを察してか、黙っていた。

駅に着くと、善次郎は、「浅草へ出て、飯を食いませんか?」と誘った。

幸子もそのまま帰る気にもなれず、それに浅草に行ったことはなかったから、善次郎の誘いに応じた。

浅草の鰻屋《うなぎや》に落ち着くと、善次郎は自分のことをしゃべった。気落ちしている幸子への思いやりからだったかもしれない。

広島の在で生まれて、高等小学校を卒業すると、奉公に出された。しかし、働くなら東京だと思い、十八歳のときに東京へ出てきた。時はまさに世界大戦中の成金ブーム。出世物語に魅せられて、兜町周辺で働くようになったのだが、しかし、上京して間もなく戦争は終わり、やがておとずれた戦後恐慌で、彼の夢もしぼんでしまった。

「いい歳をして、いまだに株屋の使い走りじゃ。なんのために東京へ出てきたのやら。と言っても、広島へ帰ってものう……」

幸子は、励ますか、慰めたいと思ったが、なんと言っていいかわからなかった。

「つまらんこと言うてしもうた。せっかく浅草に来たんじゃ、不景気な話はやめて、今日は一日楽しゅう遊びましょう」

本当にそれは楽しい一日だった。観音様の賑わいも、十二階からの眺めも、電気館の活動写真も、何もかもが、幸子にとっては驚きだった。

「浅草に来ると、イヤなことも、つまらん考えも、みんな忘れてしまう……」善次郎は言った。

幸子は、違いないと思った。

「広島はええが、『浅草』がないけんのう」

幸子も初めて、東京へ出てきたかいがあったと思った。

善次郎は大森駅まで送ってくれて、「この次の日曜も、浅草へ行きましょう」と言った。

我が家の明かりが見えてくると、幸子は我に返り、胸騒ぎがした。お祖母様になんと言おう……。

しかし、恐る恐る格子戸をあけた途端に、

「ご苦労様。大変だったでしょう?」

と言う智子の声がして、玄関に出てきた智子が、目くばせしながら、茶の間の皆に聞こえるように、

「マネージャーの奥さん、人使いが荒いからねぇー」

と言った。マネージャー夫人が、よく働く幸子を見込んであれこれ手伝わされてしまったのだということになっているらしかった。

幸子は次の日曜日にも、智子のはからいで、善次郎と一緒に浅草に行くことができた。その日も、マネージャー夫人の手伝いをしに行ったことになっていた。

その年の暮れ

その年のクリスマスは、月曜だった。従って、イブは日曜の夜になる。

日曜の午後、智子は、姉と妹を連れてマネージャーの家へ向かった。

マネージャーの家は日本家屋で、門を入り玄関の格子戸をあけると、夫人が歓迎の声をあげて奥から出てきた。彼女は、智子を抱いて頬《ほほ》にキッスした。そして智子は、貴子と幸子を彼女に紹介した。

智子は、日曜日ごとに幸子がこの家に手伝いに来ていることになっているのを、すっかり忘れていた。貴子はそのことに気づいたが、何も言わなかった。

日本家屋だということも意外だったが、智子がその家に「土足のまま」上がったのには驚いた。いや、家の奥から出てきた夫人も、ハイヒールを履いていた。

草履を脱ぎかけた貴子と幸子は、

「いいの、いいの、履いたままで」

と智子に言われ、草履を履いたまま、恐る恐る上がった。畳の上には絨毯《じゅうたん》が敷いてあって、その上を歩くとフワフワして、なんとも奇妙な感じだった。

パーティーの用意は、もうすっかりできていた。部屋の襖や障子は取り払われ、椅子は壁際に並べられ、クリスマスの飾り付けもされていた。台所では、日本人の女中たちが忙しく働いていた。料理もほとんど出来上がっていて、あとは皿に盛りつけ、立食用のテーブルに運べばいいようになっていた。

貴子と幸子は、料理の盛りつけ方もわからなかったし、それをテーブルにどう並べたらいいのかもわからなかった。二人は、智子に言われるままに、台所とテーブルのあいだを行き来した。やがて、テーブルの支度もでき、客も集まり始めた。会社の人や、取引先の人らしく、外国人の姿もあった。日本人は、智子たちを除くと、男性ばかりだった。

「もうここはいいから、あっちで、お客様の相手をしてちょうだい」

と智子に言われ、貴子と幸子は台所を出たが、客間の隅に小さくなって、日本語や英語で愛嬌をふりまいている智子を目で追っていた。

レコードがかけられ、ダンスが始まった。

もっとも、踊るのは、外国人だけだったが――と、そのとき、玄関で華やかな声がして、四、五人の青年を従えた女性が入ってきた。イブニングドレスが身について、一瞬外国人かと思ったが、そうではなかった。

智子は、貴子たちを、彼女の前に連れて行った。

「姉の貴子と、妹の幸子です」

と紹介してから、

「こちら、鍋山男爵家の若夫人」

それから、彼女の取り巻きを片っ端から紹介し始めた。それが、智子の言っていた「華族の若様」たちだった。そして貴子は「その人」に再会したのだった。――滝野川の旧藩主邸で会ったその人に。

「有田伯爵家の御曹子、敏二郎さん」

と言う智子の声が、ひどく遠く聞こえた。

まるで棒を呑んだように突っ立って、自分を見つめている貴子に、その人は聞いた、

「どこかで、お会いしましたっけ？」

「ええ、『お能の会』で、滝野川の……」

「お能の会……」

「あら、敏二郎さん、お能の会なんかにいらっしゃるの?」と鍋山夫人が言った。

「いや、僕は能なんて……あっ、そうか、この春一度……あのとき、あなたもいらしてたんですか」

「え、ええ」

「あれはひどい会だった。なにしろ、朝から晩まで能を見せられたんだから。もっとも僕は、途中でエスケープしちゃったけど。そうですか、あの会で……」

「お話が弾みそうね。あちらでカクテルでもご一緒にいかが?」智子が言った。

「それより、ダンスはいかがです」

「いえ、わたし、踊れないんです」

「なあに、能見物よりずっと簡単ですよ」

敏二郎は、貴子の手を取ると、もう片方の腕で貴子を抱いた。

貴子は夢を見ているような気持ちだった。もう会うこともないと思っていた人に、抱かれて踊っている。夢ならば覚めないで欲しい——貴子は願った。

「お上手じゃないですか」敏二郎は耳元で囁いた。

ダンスと言っても、フカフカした絨毯の上では、音楽に合わせて、足を踏み代えるだけで、社交ダンスは初めてでも、幼稚園で子供たちにダンスを教えている貴子には、難しいことではなかった。

「向こうへ出ましょうか」

敏二郎は、貴子をリードして廊下に出た。そこは板張りだから、まだ踊りやすかった。

「明晩はお暇ですか?」

「え……はぁ……」

「じゃ、帝国ホテルのクリスマスパーティーにいらっしゃいませんか。あそこなら、ちゃんと踊れますよ。なにしろ、ここじゃ、布団の上で踊っているようなものだから」

その夜、貴子は敏二郎と何曲も踊った。

ほかの青年たちや外国人とも踊ったが、その間はただ早く曲が終わればいいとだけ思っていた。曲が終わると、急いで敏二郎のそばへ戻った。敏二郎は、貴子のために、飲み物や料理を取ってくれたり、おかしなことを言って笑わせたりした。

とにかく、貴子は夢のようなときを過ごしていたし、智子は外人客の相手で忙しく、二人とも幸子のことはすっかり忘れていた。

幸子は、貴子が敏二郎と踊り始めると、台所へ引っ込んでしまい、女中にいくらすすめられても、客間へ戻ろうとはしなかった。

パーティーが終わると、三人は、横浜へ帰るアメリカ人の車で自宅まで送ってもらった。

車中では、智子はもっぱらアメリカ人と話をしていたし、貴子はまだ夢見心地だった。そして幸子は、車の隅で、善二郎さんはどうしているだろう、もう寝ただろうか、などと考えていた。

翌日は、帝国ホテルのパーティーに何を着てゆくかで、朝から大騒ぎになった。敏二郎は、別れしなに、貴子たちをパーティーに誘ったのだ。

しかし、貴子と幸子は着てゆくものがないし、智子にしても昨夜と同じドレスというわけにもゆかない。貴子と智子は、着物や洋服を引っ張り出して、あれこれ組み合わせたり、着てみたりした。

「うちは行かん。パーティーは好かんけん」と幸子は言った。

「その代わり、行きたいとこがあるんじゃけど……」

「あんた日曜のたびに、どこへ行っていたの?」貴子が思い出して言った。

「まあいいじゃない、幸子には幸子の楽しみがあるのよ」智子がとりなした。

もし昨夜敏二郎に会っていなかったら、貴子の追及はもっと厳しかっただろう。だが、今は、幸子のことどころではなかった。それより、今夜のパーティーに何を着てゆくかが、問題だった。

「アレがあったじゃない」智子が思い出した。

それは、母の紫地の振り袖と、白地に花柄を織り出した丸帯で、四半世紀も前に、貴子たちの母が、師範学校の卒業記念音楽会で、ピアノを独奏したときに着たものだった。

そして、それは旧藩臣たちの茶会で貴子が茶をたてたとき、智子が英語の弁論大会に出場したとき、和子が女学校の学芸会で独唱したときに、それぞれ着せてもらった着物だった。

孫娘たちが、行李の底から振り袖と丸帯を取り出すのは、トラには面白くないことだった。娘の晴れ舞台を飾るために、どんなに無理をしたことか、そして、孫娘たちの「晴れの日」のために大切にとっておいたのに、それを、ダンスパーティーに着てゆくとは――トラは何も言わなかったが、何もかもが気に入らなかった。広島にいたころは、クリスマスには一家そろって教会に行ったものだった。だが、今、孫娘たちは夜のパーティーに着てゆくもののことで大騒ぎをしている。しかも、息子までがそんな騒ぎを面白そうに見ている。

結局、貴子は振り袖を、智子は昨夜のドレスに、アクセサリーだけを変えることにした。

その夜、貴子と智子は帝国ホテルのパーティーへ、幸子は善次郎と浅草へ行った。姉妹たちにとって、華やかで、忙しい年の暮れだった。

貴子は、敏二郎ら若き貴公子グループの新しい花形になったし、智子は、仕事にパーティーに忙しかった。そして、幸子は、暇をみつけては善次郎に会った。

大晦日の夜、三人は、それぞれ床のなかで除夜の鐘を聞きながら、この一年を思い返していた。三人が三人とも、それぞれの夢の実現に、確かに一歩踏み出したと思った。貴子は華族の若様と知り合いになれたし、智子はアメリカ人の会社で働いている、そして、幸子は株屋で働く青年と親しくなったのだから。

「和子はどうしているかしらね」貴子がふと思い出して言った。

「まだ女学生だからねぇ」と智子の眠そうな声が返ってきた。

「大叔父様にかわいがられて、幸せじゃろう」幸子が答えた。

同じ時間、和子も、大叔父の家の自分の部屋で、日記帳を広げてこの一年を振り返っていた。去年の今ごろは、まさか一年後に朝鮮へ来ているなんて、思ってもみなかった。でも、こうしてあたしは京城の大叔父の家にいる。暖房のよくきいた部屋で、本や人形に囲まれて。でも、来年の春は女学校を卒業する。それから、どうなるのだろう――和子には、未来のことは何ひとつ想像できなかった。

和子の卒業

毎日が、まるで指のあいだからこぼれてゆく砂のように過ぎてゆく。将来への不安から、和子は、なるべく長く今のままでいたいと願ったが、しかし、月日の経つのは早かった。

「つまらないわね、あとひと月で卒業よ」

「あたしは、早く卒業したいわ」李恵郷は言った。

「卒業したら、どうするの」

恵郷にも、別に計画があるわけではなかった。しかし、日本人の学校へ通わなくてもすむ、それが魅力だった。

「あたしは、今のままでいたいわ。だって、卒業しても、何をしたらいいかわからないのですもの」

春へ向かって、貴子と幸子の「恋」も育っていた。

貴子は、週末ごとにダンスパーティーに出かけた。月給はほとんど衣裳代に消えた。もっとも、幼稚園の保母の給料では、たいした衣裳も手に入らなかったが。そこで貴子は、自分でというよりは、自分たちで衣裳を作ることを考えた。裁縫は祖母から仕込まれていた。ことに幸子は、優秀な縫い手だった。貴子たちは和服ばかりではなく、洋服も自分たちで作った。智子が、アメリカ人の友だちからファッション雑誌を借りてきたり、智子が持っている洋服をほどいたりして型紙を作り、布地を裁って、それを主として幸子が縫った。しかし、幸子は洋服を着なかった。着るのは、智子と貴子だった。

日曜日の午前中、買ったばかりで、まだおろしていないハイヒールを履き、姉妹合作の洋服を着た貴子が、しゃなり、しゃなりと縁側を歩く。

「もっと背筋を伸ばして！　膝を曲げちゃ駄目」

智子が指南役である。

叔父までが言う、

「この本を頭に載せて、落とさないように歩いてごらん。アメリカじゃ、よく女学生たちがやっていた」

トラは、この様子を横目で見て、苦虫を噛んだような顔になる。しかしトラは、何も言わなかった。

でも、貴子は必死だった。初めて洋服を着て行ったとき、敏二郎は、

「ほう、君、ドレスも似合うね。うん、いいよ、とてもいいよ」と言ってくれた。

貴子は、今では、敏二郎たちのグループの人気者だった。それは、智子が言ったとおり、華族の若様や金持ちの息子たちのグループだったが、どの青年も、次男かそれ以下、「長男」は一人もいなかった。昔風に言うならば、部屋住みの身であった。彼らは、大学は出たものの、職に就かず、いや、就こうとも思っていないようだった。毎日することもなく、仲間の家を訪ねたり、夜になるとパーティーに出かけたりしていた。

鍋山夫人は、彼らを引き連れてパーティーに出かけたり、彼女自身の家でパーティーを開いたりした。しかし、夫人より若く、しかも独身の貴子は、彼らにはもっと魅力的だった。青年たちの人気を集めるのも悪くはなかったが、最近、ときどき敏二郎がいら立ちを見せることが、貴子には嬉しかった。敏二郎は、貴子を独占したいと思い始めたようだった。

敏二郎がひょっこり訪ねて来たのは、三月の初めの日曜日だった。これまでも、夜遅く家の近くまで送ってもらったことは何度かあったが、昼間訪ねて来たのは初めてだった。智子や幸子も節夫も、彼を歓待したし、トラも、華族の御曹子という触れ込みのせいか、機嫌がよかった。

そして敏二郎も、この家が気に入ったようだった。若い娘たちのおしゃべりも楽しかったし、節夫のアメリカ話も面白かった。何よりも、堅苦しい彼の家とは違う自由な雰囲気が、気に入った。

なんとなく家族に認知された貴子と敏二郎の場合と違って、幸子と善次郎の場合は、相変わらずほかに理由をつけて、こっそり会い、夕方はあわてて帰るという状態だった。もっとも、どんな理由を言っても、智子は、善次郎に会いにゆくのだと知っていたが、しかし、祖母や叔父に対しては、口裏を合わせてくれた。

会えば、何か食べて、活動を見るだけのことであったが、でも幸子にとっては、大切な半日だった。善次郎は、活動写真が好きだったし、また詳しかった。ことに、通いなれた電気館では、支配人や映写技師とも親しく、満員のときも入れてもらえたし、席がないときは、映写室に椅子を持ち込んで見せてもらったこともあった。

和子の卒業式の朝、東京から祝いの電報が届いた、

「ゴソツギョウオメデトウ　トラ、セツオ、タカコ、トモコ、サチコ」

そして、大叔父はモーニング姿で、卒業式に出席してくれた。

その帰り、大叔父は、和子をホテルのグリルに連れて行った。

「卒業おめでとう。さて、これからどうする。和子のしたいようにしていいんだよ」

できることなら、姉たちのいる東京へ行きたい、と和子は思った。でも、そう言えば、大叔父は悲しむだろう。とてもそんなことは言えない。

「どうしたんだね、悲しそうな顔をして」

「だって、あたし、何をしたらいいのかわからないんですもの」

「じゃ、何もしないでいいさ」

しかし、結構することはあった。掃除、洗濯、料理、和子は女中と一緒によく働いた。そして、その間には、植木の世話をした。

和子が女学校を卒業してから、家のなかが小ざっぱりと、その上、花やちょっとした飾りで明るくなった。料理も、今までと違った珍しい料理が増えた。和子が、大叔母のとっている婦人雑誌の記事を参考にして作った料理だった。

大叔父は、そんな和子の思いつきや工夫を喜び、楽しんだ。大叔母は、夫に調子を合わせていたが、実は、決して喜んではいなかった。家のことは何もしない大叔母にとって、和子の働きで、家のなかが明るくなることさえ、癪《しゃく》にさわるのだった。

和子も、大叔母が自分を嫌っていることは感じていた。だからこそ、気に入ってもらおうと努力することが、かえって逆に作用しているとは気づかなかった。

明るく振る舞っていたが、和子は寂しかった。そして、そんな和子をなぐさめてくれるのは、小説や詩だった。本を読んでいるあいだは、その世界のなかで生きることができた。大叔母の冷たさを忘れることができた。

ただ、詩や小説に感動しても、面白いと思っても、そのことを語り合う相手がいないのは、やはり寂しかった。疑問を感じたときには、それをぶつけてみたい、様々な思いを話してみたい。学校に行っていたころは、休み時間や、帰り道に李恵郷と話し合うことができた。だが、卒業以来、恵郷には会っていなかった。

何度か訪ねたいと思ったが、大叔母になんと切り出せばいいかわからなかったし、その上、恵郷を友と思い、恵郷もまたそうだろうと思いながら、でも、彼女の日本人に対する憎しみから、自分だけが除外されているという自信はなかった。

だが、やはり会いにゆこう――卒業式から半月ばかり経って、和子は決心した。

女学校の友だちを訪ねてみたいと言うと、大叔母は意外にあっさり「行ってらっしゃい」と言ってくれた。もっとも、友だちの名前を言わなかったせいかもしれない。「李」という名を聞いたら、大叔母は顔をしかめたであろう。二十年近く京城で暮らしながら、彼女は朝鮮人が嫌いだった。

恵郷の家は、この前訪ねたときと少しも変わらず、和子は懐かしさで胸がいっぱいになり、なぜもっと早く訪ねなかったかと後悔した。

門を入って、

「ごめんください。恵郷さんいらっしゃいますか」

と声をかけると、恵郷の部屋の障子があいて、

「和子さん」

と恵郷は駆け寄り、和子の手を取った。

「会いたかったのよ。お話したくて、お訪ねしようかと思ったんだけど、でも……」

女学校のころは、感情をむきだしにすることの少なかった恵郷だったから、和子は戸惑った。

「お話があるの。でも、ここでは……どこかへ行きましょう」

恵郷は囁くと、奥へ向かってなにやら大きな声で言い、

「さ、早く」と和子の手を引いて、門を出た。

二人は、学校に近い徳寿宮に向かった。

池のまわりの柳が芽ぶき、桃の花が咲いていた。

「まあ、きれい。来てよかったわね」

しかし、恵郷は、花も緑も目に入らなかったようだった。

「来月になったら、もうお会いできないの」

「どうして、どこかへ行かれるの？」

「ソウルにはいるんだけれど……あたし、お嫁にゆくの」

和子は驚いた。

「まぁーそうだったの……おめでとうございます」

「めでたくなんかないわ」

恵郷は眉を寄せた。

「父が勝手に決めたことよ」

「じゃあ、あなたは……」

「一度か二度しか会ったことのない人なのよ。そんな人と、結婚しなくちゃならないなんて……」

恵郷は、父親の横暴さを烈《はげ》しい言葉で訴えた。そんな恵郷を初めて見る和子は、ただうなずくのが精一杯だった。

さんざんしゃべったあげく、恵郷はふっと池の方を向いて黙り込んだ。のぞき込んだ和子はハッとした。恵郷は激しく震える口唇をきつく噛んでいた。次の瞬間、恵郷は声を上げて、水辺に崩れた。

その日、和子は、重い気持ちをかかえて家に帰った。

大叔父はもう家に戻っていた。

「お帰り。珍しいじゃないか、友だちのとこへ行ったんだって?」

「ええ」

しかし、その話はしたくなかった。

「あたし、お台所手伝ってきますから……」

「もう、支度はできてるようだよ。それより下へ行って、野口を呼んできておくれ」大叔母が、茶を入れかえながら言った。

以前は下宿に帰って夕食をとっていた野口は、このごろでは毎晩、この家で夕食をすませて帰るようになっていた。

野口は、食卓を楽しくするような男ではなかった。大叔父は、家では会社の話をしない主義だったので、食事での話は家庭内のことがほとんどだった。だから、野口はほとんど話すことがなかった。たまに大叔母が、「ねぇ野口さん、あなたどう思う?」などとうながすと、「そうですね」とか「そう思います」と、半分口のなかで言うくらいのものだった。

しかし大叔母は、そんな野口が気に入っているようだった。陰では「野口」と呼び捨てにしていたが、面と向かって「野口さん」と呼びかけるときの口調は、どことなく艶《つや》っぽかった。

それだけではない、和子がまだ女学校に行っていたころ、教師の都合で午後の授業がなくなり、予定より早く帰宅をすると、茶の間に野口がいた。しかも、二人のあいだの長火鉢の猫板には、銚子と盃があった。大叔父は、昼間酒を飲むことはなかった。それに、その日大叔父は、会社の仕事で釜山に行っているはずだった。和子の帰宅に、大叔母は狼狽して、

「あら、和ちゃん、早かったわねぇ」

と言った。いつもは「和子さん」と言う大叔母が、「和ちゃん」と言ったのは、そのときだけだった。

恵郷に会いに行った夜の食事でも、大叔母は、「ねぇ野口さん、あなたはどう思う」を連発していたが、和子は、恵郷のことを考えていて、ほとんど話を聞いていなかった。

夏

貴子は、幼稚園の保母を辞めた。

叔父と智子の給料で一家は充分やってゆけたし、敏二郎と付き合うようになったのだから、もう保母などやってはいられなかった。なにしろ相手は「華族の若様」なのだから。

あのクリスマスパーティー以来、貴子と智子は、週末ごとに敏二郎に誘われて、彼の友人の家を訪ねたり、パーティーに出たり、アメリカ製活動写真を見に行ったり、音楽会に行ったりした。

智子が会社関係の付き合いで一緒に行けないときは、代りに幸子がかり出された。幸子にとっては迷惑なことだった。活動写真だって、善次郎と一緒に見にゆく日本製の方が好きだった。

敏二郎は、いつも家まで送ってくれたが、いつの間にか上がって、節夫と話し込んだりするようになった。敏二郎はかなり本を読んでいて、知的な話題の持ち主だったたし、新聞記者の節夫とは話が合うようだった。

トラは、初めのうちこそ機嫌がよくなかったが、敏二郎のいかにも「貴公子然とした品の良さ」が気に入ったのか、それとも貴子が「玉の輿」に乗ることができるならという計算からか、敏二郎との交際について何も言わなかった。

貴子は、家族に対して、「敏二郎と結婚する」とハッキリ言うようになった。

貴子が幼稚園を辞めてからは、敏二郎は週末だけでなく、三日にあげず訪ねて来るようになった。

トラと幸子は、敏二郎を歓迎するために忙しくなった。もっとも、夕方に来ることが多かったのは、節夫と話すことが目的だったのかもしれない。

それに、家族一同で食卓を囲み、おしゃべりをしながら夕飯を食べるのが「楽しい」らしかった。

「ほう、お宅では、家族そろって食事をしないんですか」と節夫が聞いた。

「ええ。母は、部屋に運ばせるし、兄貴は、家族と一緒に食べてるのかなぁ」

長兄が当主で、もう子供もいた。いかに広い邸であっても、兄の家族がどのように食事をしているか知らないというのは、智子や幸子には理解できなかった。

「敏二郎さんは、一人であがるの？」

「老女にニラまれながらね、一人で食べてますよ」

貴子はそれも悪くないと思ったが、智子や幸子は、すっかり同情してしまった。

幸子は、敏二郎のために茶を入れたり、料理を作ったりしながら、一度も家に招いたこともなく、その存在さえ智子以外にはないしょにしている、善次郎のことを思った。

敏二郎が家にいるあいだ、貴子は台所へ立つこともなく、いつも彼のそばにいたが、誘われて出かけるときは、それが近くへ散歩に出るときであっても、必ず智子か幸子に声をかけ、三人で出かけるようにした。つまり、家以外では二人きりになる機会を作らないように心がけた。きちんとした結婚をするために、その方がいいと、貴子は計算をしていた。彼女は「家族同士の話し合いでの結婚」を望んでいた。だから、敏二郎が貴子を家へも招かず、両親にも引き合わせてくれないことが、不満だった。

敏二郎の家は、「日本橋」の、貴子たちが生まれた近くにあった。そのあたりは「有田家ゆかりの町」だった。貴子が一年足らずだったが通った小学校も、有田小学校と言った。

貴子は、そのことに何やら因縁めいたものを感じ、その「有田邸」で暮らしたいと、強く願った。

そして、そのことで、母や自分たち姉妹を裏切った父を、見返すことができるような気がした。

しかし、敏二郎は「親や親族が決める結婚などくだらない」と思っているようだ。それどころか、結婚そのものを軽蔑しているようなところがあった。

「恋愛は素晴らしいけど、結婚は墓場だと言うからね」

そんなことを言う敏二郎を許せない——と、貴子は思った。

六月に入って、小説家の有島武郎が、『婦人公論』記者の波多野秋子と、軽井沢の別荘で「情死」するという事件が起こった。

敏二郎は言った。

「これこそ最高の恋愛だね」

「どうして、最高なの。波多野秋子は人妻だったのよ」

「人妻だって恋愛はするさ」

「だから、死ぬようなことになったんだわ」

「いや、彼らが死んだのは、彼女が人妻だったからじゃないよ」

「じゃあ、なんなの？」

「つまり、彼らは、彼らの恋愛を完成させたかったのだと、僕は思うね」

「そんな。死んでしまって、何が完成なものですか」

敏二郎さんの言うことはわかるような気がする——と、横で聞いている幸子は思った。あたしだって、善次郎さんが「死のう」と言えば、きっと死ぬわ——。


梅雨があがって、敏二郎は兄の家族たちと、湯河原の別荘へ行くことになった。

敏二郎が来なくなると、貴子は一日中イライラしていた。叔父や智子が帰ってくる夜はまだましだったが、日中は、トラも幸子も腫れ物にでもさわるように気をつかった。家事の嫌いな貴子は、することもなく、ただ、あれこれ考えていると気がめいって、敏二郎との結婚の計画など実現するはずがないという気がしてくるのだった。

貴子の機嫌が悪いので、幸子も、善次郎になかなか会えないでいた。これまでだと、土曜、日曜はほとんど敏二郎が来ていたので、家を出やすかった。祖母も、口やかましく言わなかったし、貴子も出かける理由を聞こうとはしなかった。しかしその貴子が、不機嫌でしかも退屈しきっているのだから、智子が助け舟を出してくれても、ゆっくり善次郎と会ってはいられなかった。それで、善次郎が大森まで出てきて、駅周辺を歩くとか、そば屋かミルクホールで話をするくらいがせいぜいだった。

八月に入ると、敏二郎が湯河原から帰ってきた。堅苦しい退屈な毎日にうんざりして、早々と帰ってきたのだった。

化粧もせずに、ゆかたを着ていた貴子は、訪れた敏二郎の声を聞いて、悲鳴を上げて奥の部屋に逃げ込み、急いで化粧をし、着替えた。

敏二郎は旅装のままで、「これから皆で、逗子の別荘に行かないか」と言い出した。

夜になって、智子や節夫が帰ってくると、二人も誘った。

「行きましょうよ。夏休みとれるんでしょう?」

智子の会社でも、節夫の新聞社でも、アメリカ人たちはたっぷり休暇をとって、本国に帰ったり、日本国内を旅行したりしたが、日本人の従業員はあまり休暇をとらなかった。

「そんなのおかしいじゃないですか、日本人だって同じ社員なのに、遠慮することはないですよ」

結局二人とも、明日会社に行って相談してみようということになった。

その夜、敏二郎は節夫の部屋に泊まった。家に帰っても、家族は誰もいないし、せっかく羽根を伸ばしている使用人たちが気の毒だからというのが、口実だった。結局、節夫や智子が休暇をとり、皆で逗子に出かけることになるまで、敏二郎は家に帰らなかった。貴子と幸子を連れて水泳着を買いに日本橋に行ったときさえ、わが家に寄ろうとしなかった。

トラは、旅行はおっくうだと言い、一人残ることになった。

幸子も、祖母と一緒に留守番をすると言い張った。逗子へ行くとなれば、当分善次郎に会うことができなくなるから、幸子は真剣だった。しかし結局、貴子に押し切られて、行かざるを得なくなってしまった。

姉妹にとっては、東京に出てきて初めての小旅行だった。

逗子の別荘は、さして広くはなかったが、座敷に座っていて江の島や富士山を眺めることができる位置にあり、庭からそのまま砂浜に出られた。

「ねぇ、覚えている？　母様が生きてらしたころのこと」

貴子が言った。智子や幸子も、子供のころのことを思い出していた。

母は、夏休みになると広島へ戻ってきて、漁師の家の一間を借り、娘たちとそこでひと夏を過ごした。祖母はそのときも、一人家に残った。

俥を連ねて、海岸の村へ向かうときの誇らしさ。母が買ってくれた色とりどりの水泳着をつけて、姉妹たちが海岸に出ると、漁師の子供たちが遠巻きにして、物珍しげにいつまでも見物していた。

しかし、大人になった貴子や幸子は、水泳着姿になるのを恥ずかしがって、昼間は海に入らなかった。智子は、節夫や敏二郎と一日中泳いでいた。貴子と幸子は、日が暮れてからようやく泳ぎの仲間に加わった。皆で漁師の舟に乗り込んで、釣りをすることもあった。

食事は、別荘の管理をしている漁師の女房が作ってくれた。とりたての魚が、朝から食卓に出た。貴子や智子ばかりではなく、幸子も、こんなのんびりして楽しい夏は、母が死んでから初めてだと思った。そしてすぐ、暑い東京で忙しく働いている善次郎にすまない気がした。だから、幸子は、貴子の目を盗んで、手紙を書いては善次郎の下宿に送った。

一週間はたちまち過ぎ、智子と節夫は次の週から会社に出なければならなかった。

二人が東京に帰る前の晩、幸子も一緒に帰りたいと言ったが、

「そんな訳にはいかないわ。あんたが帰ってしまったら、あたしと敏二郎さんだけになってしまうじゃないの」と、貴子は高飛車だった。

二人が帰ってしまうと、敏二郎も一人で泳いでもつまらないと、日中は貴子や幸子に付き合って、

鎌倉の寺めぐりをしたり、江の島や、油壷へ足をのばしたりした。

三人きりになって、貴子と敏二郎の親密さは増したが、幸子にとっては孤独な日々が続いていた。日中はともかく、夕食のあとなど、早々と部屋にこもって善次郎への手紙を書いている幸子にとって、座敷に残っている貴子と敏二郎の話し声や、笑い声が、時には秘めやかに、あるときは挑発的に聞こえて、気持ちをかき乱された。

ようやく土用波が立ち始めて、「そろそろ東京へ帰ろうか」と敏二郎が言い出したとき、幸子はホッとした。

実は、敏二郎もこの海辺の暮らしに飽きてきていたのだ。もう友人たちもそれぞれ避暑から戻っているだろう、と敏二郎は考えたのだ。

しかし貴子は、いつも祖母の目を気にしなければならない東京より、開放的な海辺の別荘暮らしの方が気に入っていた。もう一日、もう一日と引き延ばして、結局三人が逗子を引き払ったのは、八月も終わりに近かった。

東京へ帰れば、善次郎さんに会える——幸子は嬉しかった。

しかし、貴子は不機嫌だった。一夏一緒に過ごしたのに、結局何も起こりはしなかった。この人はいったい何を考えているのかしら——貴子は、機嫌のいい敏二郎が恨めしかった。

震災

「地震じゃ！」昼食の用意に台所へ立った幸子が叫んだ。

「大きいみたい」茶の間で、貴子も叫んだ。

「そ、外へ早く」トラは立ち上がったが、すぐよろけて這《は》いつくばった。

その間も、棚の物がバラバラと落ち、建具が倒れた。

トラと貴子は縁側へ出たが、瓦《かわら》がバラバラ落ちてくる。

「お祖母様、姉様、早よう！」裏で、幸子が叫んだ。

トラと貴子は、倒れた障子《しょうじ》の上を這って台所へ、そして転げるように裏口から出ると、幸子がしっかりとお櫃《ひつ》を抱えて、大根畑に座り込んでいた。

同じ時間、智子は、「丸ビル」の地下食堂にいた。

「グラッ」と揺れを感じ、悲鳴と、激しく食器が壊れる音がした。

智子は夢中で廊下に飛び出した。廊下が狭くなったり、広がったりするような気がした。このまま地下に閉じ込められてしまったら——という恐怖心で、夢中で階段へ急ぎながら、その廊下がなんと長く感じられたことだろう。が、とにかく廊下を抜け、階段を這い登って、外へ出た。

街は、土煙に包まれている。

大地が揺り上げ、揺り下ろすごとに、「ゴーッ」とビルの崩れる音がし、人々の泣き叫ぶ声がする。もし、丸ビルが崩れてきたら下敷になってしまう――早く堀端へ出ようと思うが、道には人が右往左往しているし、気ばかりあせるが、思うように足が進まない。

ようやく堀端に出ると、「公園だ、日比谷公園へ行けー」という声が聞こえ、智子は人波に流されるように進んだ。

日比谷公園には、避難してきた人がもうかなりいた。なかにはワイシャツを血に染めた男や、着物の前をはだけたままの女もいる。とにかく芝生に入って、息を整えていると、悲鳴が聞こえた。見ると、「花嫁」「花婿」が走ってくる――「晴れ着姿の一団」も、それを追ってくる。しかも、一組だけではない。二組、三組――それは実に奇妙な光景で、智子は一瞬、夢を見ているのではないかと思った。が、すぐに、「松本楼」から逃げてくる人たちだとわかった。

「松本楼」から煙が上がっていた。火の粉も降りだした。男たちは着ているものを脱いで、芝生をたたいて、火の粉を消している。

そのとき初めて、「家はどうなっているだろう」と智子は思いついた。潰れてしまったのではなかろうか、それとも火事を出して……姉さんや幸子は、お祖母さんは……。

大森の家は火事も出さなかったし、潰れてもいなかった。しかし、余震が続くので、トラも、貴子や幸子も、大根畑に座り込んだままだった。

少し揺れがおさまったので、外れた戸を運んできて、その上で、幸子が持ち出したお櫃のご飯で握り飯を作り、食べた。智子や節夫のことも心配だったが、中心部の被害がそれほどと想像してはいなかったので、そのうちに帰ってくるだろうと、トラと貴子はたかをくっていた。

幸子は、逗子から、「——土曜の夕方、大森駅でお待ちします」と、善次郎に手紙を出してあった。このありさまでは、夕方、善次郎に会いにゆけるだろうかと心配だった。

夕方近くに、節夫が帰ってきた。

「おーい、みんな無事か」と怒鳴る声に、貴子と幸子が表にまわると、白麻の上衣はススで汚れ、ズボンは泥だらけ、おまけにあちこち破れているといったひどい姿で、叔父が立っていた。

「築地も、銀座も、焼けた」

「日本橋は？」と聞いたのは、幸子だった。

「わからん。とにかく、芝あたりまで焼けている」

節夫が勤めている新聞社のビルは、最初の大揺れで傾いた。事務室の窓から隣家の屋根伝いに地上に降りたが、「津波がくる」というので、銀座の方へ逃げた。あちこちから火が上がり始め、芝あたりまで、火に追われるようにして逃げたという。

節夫の話で、中心部の惨状がわかり、まだ帰ってきていない智子のことが心配になった。

幸子は、善次郎のことも気がかりだった。

「智子は無事かしら」

「丸の内は、木造の建物がないから、火は出なかったろう」

「でも、ビルが崩れるということもあるでしょう」

「そりゃーそうだが……」

ふと気がつくと、幸子がいない。呼んでみたが返事がない。

「智子を探しに行ったんじゃないかしら」

「そんな馬鹿な」

幸子は、大森駅へ急いでいた。

善次郎が無事ならば、約束のとおり大森駅に来るだろう。もし来なければ……。口も、のども、カラカラに乾いていた。「神様、善次郎さんを助けてつかぁさい……神様」。下駄の鼻緒が切れて脱げてしまったのも気づかなかった。

倒壊した家、放り出されている家財道具——駅の方から、荷車に家財道具を積んで引いてくる人々や、年寄りや、子供を背負ったり、手を引いたりしてくる人々が続き、思うように進めない。

しかし、幸子は強引に人々を押し分け進もうとした。

「すみません、通してつかあさい。通して……」

「オイ、ここから先へは行けんぞ。戻って、戻って」

警官だった。

「通してつかあさい。駅へ行かにゃならんのです」

「行っても無駄だ。電車は動いとらん」

「でも、行かにゃぁー」

「オイ、コラ、待て！」

「放してつかあさい」

そのとき、幸子は誰かに呼ばれたような気がした。

「幸子さん！」

幸子はあたりを見回した。

「幸子さん、ここじゃ、ここじゃー」

肩に子供を乗せて、群衆のなかに立っている善次郎の笑顔が、涙で潤んだ。

善次郎と一緒に、人の流れに身をまかせて歩くうちに、空地があった。善次郎は、そこで子供を母親に返した。母親と子供が、振り返ってはお辞儀をしながら遠ざかると、善次郎は幸子の肩に手を置いた。

「無事じゃったか……よかった」

あたたかな手だった。幸子は、善次郎の胸に顔を埋めた。

兜町一帯も被害が激しく、善次郎の働いている株屋も半壊した。善次郎はたまたま外から帰ってきたばかりだったので、外へ飛び出して無事だったが、店の奥にいた主人や店員たちはケガをした。浜町の方から火がくるというので、ケガ人を背負って、宮城前に避難したという。

「下宿は？」

「さあ、焼けてしもたかもしれん」

店が焼けようが、下宿が焼けようが、約束を守って来てくれたのが嬉しくて、幸子はまた泣いてしまった。

「なんじゃ、はだしじゃないかい」

善次郎は、下駄を脱いで履かせてくれた。

家の近くまでくると、

「顔を見て安心した。また来るけん」と善次郎は言う。

「けんど、お店も下宿もどうなっとるかわからんのに」

「なあに、焼けとったら、野宿するけん」

「来て。ええから、来て」

「ほいでも……」

「ええんよ、ええんよ」

幸子は、善次郎の腕をしっかりつかんで、家の裏へ引っ張って行った。

大根畑では、智子も帰ってきていて、興奮気味に、歩いて鉄橋を渡ったときの恐ろしさをしゃべっていた。

「この人、浅田善次郎さん。広島の人なんよ」

幸子の大きな声に、家族たちはあっけにとられて、二人の方を見た。もうあたりは暗く、小柄な幸子の横に立つ大男の輪郭しか見えなかった。

突然、貴子が叫んだ、

「あんた何よ。黙っていなくなってしまって、心配するじゃないの」

「まあいいじゃない、お座んなさいよ。それより、おなかがすいたわ。何か食べる物ないの？」

智子が言った。

とにかく、何か食べる物をということになった。水道は出なかったが、少し離れた地主の家に井戸があった。しかし、電灯がつかないので、鍋釜《なべかま》を探すのも手探りだった。善次郎が木切れを拾い、ボロを巻きつけて炬火《たいまつ》にした。それで、買い置きのロウソクが見つかった。何しろ、棚の物は散らばって、どこに何があるかさっぱりわからない始末だった。

善次郎の働きは目覚しかった。大根畑を掘って竈《かまど》を作り、節夫に手伝ってもらって畳を運び出した。まだ、ときどき余震があって、家のなかにいるのは不安だったから。

掘ったり、畳を敷いたりするために抜いた大根は、味噌汁の実になった。

「まるで、キャンプでもしてるよう……」

智子は午後からの苦労を忘れたように言った。

幸子は、善次郎がそこにいることだけで幸せだった。

貴子だけが沈み込んでいた。善次郎の出現で、それまで忘れていた敏二郎のことを思い出したのだった。あの人はなぜ来てくれないんだろう。この人はこうして手伝ってくれているのに――貴子は、自分が今まで心配もしなかったことも忘れ、敏二郎を恨んだ。

「ごらん、東京が焼けてる」節夫が言った。

北の空が明るかった。

その夜は、大根畑に畳を敷き、皆そのままの格好で横になった。幸子は二つ折りにした座布団に手ぬぐいを巻き、善次郎に渡した。

善次郎はその座布団を畳の端に置き、横になった。

虫が鳴いていた――。皆それぞれ、明日からのことを考えて、なかなか寝つかれなかった。

夜が明けると、次々起きて働き始めた。

善次郎と節夫は屋根に上がり、落ちたりゆるんだりしている瓦を直し、女たちは外れた建具を入れ、倒れたタンスや戸棚を起こし、壊れた物を捨て、掃除をした。ようやく、台所と茶の間を片付けて、遅い朝食をすませると、善次郎は、

「突然伺って、お世話さんになりました。屋根はもう大丈夫じゃろうと思いますけん。わたしはこれで……」と頭を下げた。

「でも……」と幸子が言い、

「兜町へ帰られますか？」と節夫が聞いた。

「へえ」

「しかし、電車は当分動かんだろうし、昨日の様子じゃ、兜町あたりもどうなっているかわからんですよ」

「そうよ。行ってみてもしょうがないわよ」智子も言った。

「けど、どうなっているか、見届けんことには」

「まったく、東京はどうなるのか……」

節夫がつぶやいた。節夫にしても、智子にしても、どうしたらいいのか見当もつかなかった。

善次郎の決心が堅そうなので、幸子は握り飯を作った。その握り飯を渡しながら、

「危ないようじゃったら、きっと戻って来てつかあさいよ」と、善次郎を送って出た。

そんな二人を見ながら、貴子は敏二郎のことを考えていた。あの人いったいどうしているんだろう。

しかし、とにかく家のなかを片付けなくては――と家族はまた腰を上げた。

午後、地主のところへ水をもらいに行った幸子が、あわてて戻ってきた。

「大変じゃ、朝鮮人が、二千人、六郷川を渡って攻めてくるんじゃて」

「そんな、馬鹿な」節夫は冷静だった。

小学校へ避難する人々もいた。

夕方になると、付近の農家の若い男たちが、手に手に棍棒《こんぼう》だの木剣だの竹槍だのを持って、六郷川の方へ向かって行った。

「こういうときは、根も葉もないことが噂になって、広がるのさ」と節夫は言ったが、一応、戸締りはした。

三日目の朝、

「とにかく会社へ行ってみる」と節夫は出かける支度を始めた。

「あたしはやめとくわ。どうせ電車は動いてないだろうし」

智子は言った。

「これじゃ仕事にならないわね。ボスたち、アメリカへ引き上げてしまうかもしれない。そうなったら、あたしたちも連れてってくれないかしら。ねぇ、叔父さん」

「アメリカへ行くどころじゃないだろう」

しかし、節夫も、これまでの仕事を続けてゆけそうにないと思っていた。

築地に向かう道には、あちこちに自警団が「関所」を作っていて、

「お前、日本人か」

などと言って、竹槍を構えた。

会社のビルは崩れ落ちて惨憺《さんたん》たるありさまだったし、社員たちの姿もなかった。新聞記者をやめて何ができるだろうか。四人の家族を抱えて、やっていけるだろうか——深刻な思いで歩いていると、人だかりがしている。見ると、「手書きの号外」が電柱に貼《は》ってあり、『震源は伊豆大島付近の海底か』などという字が目に飛び込んできた。——そうか、人々はニュースに飢えているのだ。アメリカでだって、東京の様子を知りたがっているに違いない。とにかく、アメリカ大使館に行ってみよう。節夫は急に元気になって、歩き出した。

その夜、節夫は帰らなかった。

留守宅では「朝鮮人襲来の噂」におびえた女たちが、締めきった暗い家のなかで、息を殺していた。

翌日、善次郎が来てくれて、姉妹たちはホッとした。善次郎は、どこで手に入れたのか米と味噌を持ってきた。

店も下宿も焼けてしまい、主人は親戚を頼って大宮へ行ってしまったという。

「わしも、広島へ帰ろうか思っとります」

「帰るって、どうやって」

「東海道線は不通じゃけんど、中央線回りなら、なんとか行けるそうじゃけん」

幸子も、一緒に広島に帰りたいと思ったが、姉たちの前では言い出せなかった。

善次郎はその足で広島へ向かうつもりらしかったが、女ばかりの不安な夜を過ごした姉妹たちは、口々に善次郎を引き止めたし、トラまでが、「広島に帰られるとは、うらやましいことじゃのう。わしらは、帰るに帰られん……」などと言い出すので、立ち去り難く、結局、片付けを手伝ったり、家の修理をしたりして午後を過ごした。

その夜は、節夫も帰ってきて、アメリカ大使館は焼け落ち、帝国ホテルに臨時大使館が置かれ、その一室を借りて新聞社の活動も始まったこと、そして、智子の会社があるビルは無事だったことがわかった。

次の日は、智子も歩いて出勤した。

幸子も、広島へ帰るという善次郎を、品川まで送った。

「広島で、暮らしが立つようになったら、きっと迎えにくるけん、待っとってつかあさい」

善次郎は、幸子の手を握って言った。あたたかい、大きな手だった。

幸子はその約束が嬉しく、帰るなり、「お祖母様、善次郎さんはきっと迎えに来てつかあさると言うちょりました。うちらも、広島へ帰りましょう」と叫んだ。

「そうじゃのうー」と、トラも嬉しそうだったが、貴子は面白くなかった。

広島へなんか帰るものか、貴子は考えた——それにしても、敏二郎さんは何をしているのかしら。

敏二郎が訪ねてきたのは、十日過ぎだった。

「貴子姉様、敏二郎さんじゃ、敏二郎さんが見えましたでー」

幸子のけたたましい声に、玄関に出てきたのはトラだった。

「まあまあ、ようご無事で……」

しかし、貴子は出てこなかった。

敏二郎が座敷に通ってから、ようやく顔を出した。

「見事に焼けちゃいましたよ。きれいさっぱり」

「まあ……」貴子は、がっかりした。

「で、今どこに」トラが聞いた。

「はじめは、小石川の知り合いの家に逃げて、それから、荻窪の農園に移りましてね。いやぁ、荻窪からここまで遠いんだな。おとといの朝出たんだけど……」

「まあ、おととい」貴子がとがめた。

「もっとも、親戚に寄ったり、友だちのとこに泊まったりしながら来たんだけど」

それでまた、貴子は頬をふくらませたが、敏二郎は気にもせず言った、

「それにしても、とんだ『膝栗毛《ひざくりげ》』だった」

敏二郎は、それきり荻窪へ帰ろうとはしなかった。

節夫は、災害の状況を取材し、原稿を書くのに忙しく、ほとんど帰ってこなかった。

智子もやはり忙しかった。路線の被害が多かった電車より、車の方が便利だというので、注文が殺到し、夜遅く家に帰ると、食事するなり寝てしまうのだった。

幸子は、広島へ帰った善次郎からの便りを待ちわびていた。仕事のないときは、部屋に閉じこもったり、近くの寺や神社を歩きまわったり、一人で過ごすことが多かった。

従って、敏二郎は、貴子を相手にするしかなかった。

九月の末に、待ちに待った善次郎からの手紙が届いた。

善次郎は大阪にたどり着いて、今、知り合いの店で働いている。広島へ帰っても働き口が見つからないかもしれないから、当分大阪で働くつもりだと、書いてあった。善次郎は、幸子の家族を気づかい、その上、代々木に住む父親の安否まで心配してくれていた。

幸子はその手紙を繰り返し読んだ。姉たちが気にもかけない父のことまで心配してくれている善次郎の優しさが、心にしみた。

そのことを智子に話してみたが、

「代々木あたりは、たいした被害はなかったんじゃない」

と、まるで気にしなかった。この忙しさのなかで、「縁の薄い父親」のことなど考えてはいられないというのが、正直なところだった。

敏二郎は退屈していた。

パーティーがあるわけでなし、友人たちの家を訪ねるのも気が引ける。音楽会や映画もやっていないし、銀座あたりのレストランやカフェも商売を始めているかどうか。さりとて、荻窪の狭い家に帰って、母や兄の家族たちと一緒に暮らす気にもなれなかった。

「でも、皆さん心配していらっしゃるでしょうに」貴子が言うと、

「なあに、兄貴は自分の家族のことで精一杯さ」

「でも、おたあ様は……」

貴子は、お母様というところを、わざと宮中風に「おたあ様」と言った。

「いや、あの人は、ひとのことなんか心配する人じゃないさ。といって、自分のことを心配するってわけでもないけどね。なにしろ、あの揺れのなかでも、全然動じないんだ。悲鳴を上げるでもなく、逃げようともしない。女中があわてて背負って、逃げる始末でね」

「ご立派だわ」

「鈍感なんだ」

宮家から降嫁されたというその人に、貴子は憧れに似た気持ちを抱いていた。かつて奉公していたお邸の奥方のような人だろうか。でも、お邸の奥方は、たかだか田舎大名のお姫様、宮家のお姫様とは比べものにならないわ、と貴子は思った。

「銀座へでも出てみようか」敏二郎が言い出した。

「出てどうするの。みんな、道端で焼け残りの品物を売っているって、智子が言ってたわ。そんなの見て歩いたって、仕様がないじゃないの」

「それもそうだなあ……でも、こうしていても仕様がない……」

そして、敏二郎は言ったのだった、

「いっそ、結婚しようか」

それが、貴子が待ち望んでいた「プロポーズ」だった。

なんだか退屈まぎれのような言い方は気に入らなかったが、貴子はこの機会を逃がしたくなかった。敏二郎の煮え切らない態度に不安を感じていたトラも、節夫も、妹たちも、大賛成だった。「とにかく、一度ご挨拶を――」ということで、日曜日、節夫が二人に付き添って、荻窪へ行くことになった。

荻窪の農園では、家の新築が始まっていた。かなり大きな家のようだった。

敏二郎の家族は、農園の管理人の家に住んでいた。その農家へ、敏二郎たちが入ってゆくと、土間から上がった板の間に机を置いて、家令の中里が帳簿づけをしていた。

建築現場で働いていた若い衆が、敏二郎の帰宅を知らせたらしい。家令は、落ち着いた態度で言った、

「どちらへおいでででした」

「大森の、この人たちの家で、世話になっていたんだ」

「仕様のないお方だ。ま、お上がりなさいませ」

部屋に上がって、敏二郎は二人を紹介し、家令は、敏二郎が世話になったことを詫びた。

「ところで、この人と結婚することにしたからね」

敏二郎が言うと、家令は表情も変えず、

「その件は、私におまかせいただきます」

と言い、節夫に向かって、

「ご家族は、皆さんご無事で？」

と、地震の被害などを聞きながら、その間にさりげなく、貴子の父親のことや兄弟のことを聞いた。

幼いころ父親と別れて、母方の祖父母に育てられた貴子にとっては、不利な質問で、正直者の節夫の返事は苦しげだったし、家令も失望の色を隠さなかった。しかし、貴子が、旧藩主の邸で行儀見習いをした話になると、家令は、

「ほう」

と声を上げ、初めて貴子を見た。そして、

「まあ、ともかく大奥様にご紹介いたしましょう」と、先に立って「離れ」へ案内した。

大奥様は、色白、細面でいかにも高貴なお顔、と貴子は思ったが、節夫はあとで「まるで表情がない」と言った。

ここでは、敏二郎も他人行儀に挨拶をし、家令が節夫と貴子を紹介した。驚いたことには、その言葉を女中がいちいち取り次ぐのだった。そして、大奥様はただうなずくだけだった。

敏二郎の兄は留守ということで、別室で、嫂《あによめ》に紹介された。これも言葉少ない人だった。

これまで貴子は、敏二郎の家へ挨拶にゆく日のことを、よく空想した。敏二郎のおたあ様や、お兄様に、嫁として迎えられる情景を——。しかし、現実はその空想とあまりにも違いすぎた。

貴子はすっかりふさぎ込んでいた。節夫も、付いて来ながらほとんど役に立たなかったことで、自分を責めているようだった。しかし敏二郎はのんきだった。最初の部屋に戻ると、家令に言った、

「じゃ、大森へ帰るからね。兄貴によろしく」

「かしこまりました」

だいたい「帰る」というのはおかしなことなのに、家令はとがめようともしなかった。

駅に着くと、

「新宿へ寄ってみましょうや。三越がマーケットを開店したって話だから」

と敏二郎は言い、三人は新宿へ出た。

もう正午をまわっていたので、「牛どん屋」を見つけて入った。

そこで、節夫が、敏二郎の母のことを、「こう言っちゃ申し訳ないが、まるで表情がなくて、何を考えておられるのかわからなかった」と言った。

「いや、何も考えちゃいないんですよ」と、敏二郎はケロリとしていた。

「そんな、ご自分のおたあ様のことを」

「僕はあの人の子じゃないんだ。女中の子だからね」

そのときは、貴子も節夫も、冗談だと思った。

貴子は、今日の訪問のことで、すっかり気がめいっていた。——結局、あたしのように父親らしい父親を持たない娘には、ちゃんとした結婚なんかできないんだわ。おまけに、叔父様ったら、行儀見習いのことなんか言い出すんだもの。もし本郷のお邸で調べられたら、黙って逃げ出したことがバレてしまうわ。ああ、もう駄目、敏二郎さんとは結婚できないわ——。

が、敏二郎は、少しも気にかけず、三越マーケットの人混みを楽しんでいた。

翌日、節夫が出かけた後、貴子が不安を打ち明けると、敏二郎は言った、

「なあに、中里がうまくやってくれるさ」

それきり、また同じような日が続いた。節夫や智子は相変わらず忙しく、幸子は、家事と善次郎へ

の手紙を書くことで一日を過ごし、トラは聖書を読むか居眠りをしていた。貴子と敏二郎は、しゃべったり、散歩に行ったり、たまには銀座あたりまで足をのばしたりした。

街では、ようやく復旧作業が進んでいた。

十月に入って最初の日曜日、いつもより遅い朝食をすませたところへ、中里が訪ねてきた。

中里は、節夫の前に手をついて言った、

「お姪御さんを、頂戴《ちょうだい》いたしたいと存じます」

遙《はる》かな東京

京城の和子は、祖母や姉たちのことを案じて、夜は眠られず、食欲もない毎日を送っていた。

新聞は最初、『関西地方で大激震』と報じ、次には『東海道一帯の大惨状』、そして、『関東地方の大地震』と報道したのはようやく三日になってからだった。

その後、詳報が伝わるにつれ、不安は増すばかりだった。「富士山爆発」「東京は全滅」「大地震の最中、首相が不逞《てい》鮮人に暗殺されて——」などという風評も加わって、もしかしたら、もう姉様たちには会えないかもしれない……と、和子は目を泣き腫らした。

電報を打ってみたが、返事がない。

九月も半ば過ぎて、ようやく、『ミナブジ、イサイフミ』と電報がきて、ほっとしたものの、手紙はいつまで待ってもこなかった。

皆無事ではないから、手紙がこないのではないか——と、和子の心配は募るばかりだった。

十月の半ば過ぎ、野口の父が卒中で倒れて、野口は休暇をとって博多へ見舞いに帰ることになった。

「あたしも、東京に行かせてください」

「しかし、東京は大分ひどいらしいから……」

大叔父は、和子を一人で東京へやることに躊躇《ちゅうちょ》した。

「私がお嬢さんを東京までお送りしましょう。親父の病気は、今日、明日どうなるというものでもありませんから」と野口は言った。

「だが、鉄道もズタズタだそうだから……」

「大丈夫よ、歩かなければならないのは一カ所か二カ所だって新聞に出ていたわ。あたし、歩くのは平気です」

「復旧も大分進んでいるし、なんとかなるでしょう」と野口も言った。

「お前がそう言ってくれるなら、ついでに東京の取引先の様子も見てきてもらうか」

「そうですね。和子も、野口さんの家に一度顔を出しておくといいし」と、大叔母も言った。

十月末、和子は、野口と京城を発った。

下関に着いたのは、翌日の昼過ぎだった。

当然、汽車に乗り継いで東京へ向かうものと思っていたが、野口は港の近くに宿をとった。

「何時の汽車に乗るんですか」

と和子が聞くと、野口は、

「まあ、のんびり行きましょうや。さっき港で聞いたら、あと一両日で東海道線も全線開通するそうだし……」

と答え、風呂と酒を注文した。

京城からは夜行だったので、和子もサッパリしたいと思い、進められるままに風呂には入ったが、浴衣には着替えず、また洋服を着た。

部屋へ戻ると、浴衣にどてらの野口は、すっかりくつろいで酒を飲んでいた。それは、京城では見たこともない野口の姿だった。

酒をすすめられたが、和子は断わった。

「もう女学生じゃないんだから、少しくらいやった方がいい。その方が、女は色っぽくなるからね」

いやらしい笑い方だった。

和子は、ふと、いつか大叔父の留守に、大叔母と酒を酌み交わしていた野口の姿を思い出した。

「まあ、飲まなくてもいいから、酌くらいしてもらいたいもんだね」

和子は、聞こえないふりをして、窓から通りを見下ろした。荷馬車や人が忙しく行き来して、港町らしい活気がみなぎっていた。

女中が銚子を運んできた。

「お嬢さんにも、何かお持ちしましょうか?」

和子は返事をしなかった。

野口は、女中に酌をしてもらいながら、その耳元になにやら囁いたらしい。

「へぇー、さようですか。わたしはまたお嬢さんだとばかり……じゃあ、お楽しみですねー」

野口はヒソヒソしゃべり、女中は忍び笑いを隠さなかった。

いったい何をしゃべっているんだろう——和子は不安になった。それで、女中が部屋を出てゆくと、野口の正面に座り、

「あたし、一刻も早く東京へ行きたいんです。初めから不通のところは歩くつもりだったんだし、全線開通まで待つ気なんかありません」と、切り出した。

「そう慌てずに、今夜はここに泊まって、明日の汽車にしましょうや」

「じゃ、あたし一人で行きます」

「女一人で行けるもんか。第一、東京はどうなっているかわかったもんじゃないし」

そう言われると、自信がなくなった。なにしろ震災以前の東京だって知らないのだし、今の東京で、祖母や姉たちのいる所へたどりつけるだろうか——。

野口は酔いが回ったのか、脂の浮いた顔に薄笑いを浮かべて、

「安江さんは、あんたを連れて、『先に博多へ行ったらどうか』って言ってくれたんだ」

安江とは、大叔母の名前だった。

「親父が元気なうちに、会わせといた方がいいからって」

確かに大叔母は、和子にもそんなことを言っていた。

「社長夫妻は、俺とあんたを一緒にしたいと思っているんだ」

「まさか……」

大叔父がそんなことを考えているとは思えない。

大叔母にしたって、野口と二人きりでいるところに入って行ったときの、あの狼狽ぶりから考えて――しかし、和子にとって大叔母は理解できないところがあった。和子はますます不安になった。

野口は、充血した目で、自分の言葉の効果をためすように和子を見ていた。自信たっぷりな表情だった。そして、腕を伸ばして、和子の手をつかむと、

「そんな怖い顔をしていないで、こっちへおいで」と強く引いた。

「やめてください」

揉みあっているところへ、女中が酒を運んできた。

それを潮に、和子はまた窓際に立った。どうしよう、こうしてはいられない――やっぱり、一人で東京へ行こう。東京がどうなっているかわからないし、不安だけど、でも、この人とこの宿に泊まるよりましだ。

しかし、東京行きの切符が買えるだろうか。

京城を発つとき、大叔父は「金は野口に渡してあるからね。もし足らないようだったら、取引先から調達するようにも言ってあるし、それが無理なら、こっちから送るから」と言った。普通なら和子は、小遣いを欲しがったり、何か買ってもらいたがったりしない娘だった。いや、和子にしてみれば、大叔父がいろいろ買ってくれるので、それ以上小遣いもいらないし、欲しい物もないのだった。

「欲のない子だ」と大叔父はいつも言っていた。そんな和子だから、東京の家族たちが困っていても気がつかないかもしれない、と心配して、大叔父は、野口に金を渡してくれたのだった。

和子のハンドバッグのなかには、当座の小遣いにと大叔父が入れてくれた十円が入っているだけだった。それだけでは、東京行きの切符は買えないかもしれない。野口に金をもらうわけにもゆかないし、どうしよう。

町には、夕闇が迫りはじめていた。

そうだ、広島まで行ければいい——と和子は考えた。広島へ行けば、女学校時代の友だちもいる。友だちの誰かに、東京までの汽車賃を借りればいい。祖母の甥もいるから、もしかしたら東京の様子もわかるかもしれない。

和子は、機会を待った。

しばらくすると、野口が手洗いに立った。

「今だ」と、和子はハンドバッグと読みさしの本だけを持って、階下に降りた。女中に会わないようにと思ったが、玄関で、どこかの部屋へ膳を運ぶ女中とバッタリ出会ってしまった。

「あら、どちらへ?」

「ちょっと……買い物に……」

「わたしが買ってきますよ。なんですか?」

「いえ、いいんです」

両手に膳を持っていなければ、無理にも止めただろうけれど、彼女は迷っていた。

「すみません、その靴を」

下足番の老爺は、なんの疑問も持たず、棚から靴を下ろしてくれた。和子はそれをつっかけるようにして、外へ出た。背中に女中の視線を痛いように感じながら——。

和子は駅に向かって走った。

野口が追いかけてくるような気がした。広島行きの切符を買うのももどかしく、ホームに出た。運よく名古屋行きの上り列車が待っていた。発車まで時間があるのか、乗客の姿はまばらだったので、和子は隅の席に腰を下ろした。

やがて、関門連絡船でも着いたのであろうか、かなりの人数が乗り込んできた。和子は、野口が追ってきはしないか不安で、体を堅くして、乗り込んでくる人々を見つめた。と、ちょうど入ってきた男と目が合った。その男は、ちょっと立ち止まったが、そのまま通路を進んで行った。

乗り込んできた人々のなかに、野口の姿はなかった。和子はホッとして、窓からそっとホームを見渡した。

「あの、そこ、空いてますか？」

振り返ると、さっきの男だった。

「ええ」

男は、前の席に腰かけた。その間、和子から目を離さなかった。男は、くたびれてはいるが背広を着て、風呂敷包みを一つ持っていた。

「ガタン」、列車が動き出した。野口はとうとう現れなかった。和子はようやく肩の力を抜いて、座り直した。しかし、前の男の視線が気になり、窓の方を向いた。

野口からは逃れられたが、先はまだ不安だった。和子は窓ガラスに額を寄せて、低い声で讃美歌を歌い始めた。和子は心細いとき、よくこんなふうに讃美歌を歌った。男は相変わらず和子から目を離さなかった。

やがて、落ち着きを取り戻した和子は、本を開いた。

「トルストイですか?」

男が言った。

「……え、はい」

「好きですか、トルストイ」

「はい」

「ゴーリキィはどうです?」

「『どん底』読みました」

「ドストエフスキーは」

「『罪と罰』を……」

「あなたは『ソーニャ』のようだ……。さっきから、そう思っていたんですよ」

そして男は、唐突に言った、

「僕も小説を書いています」

和子はちょっとびっくりして、初めて男の顔を見た。小説を読むのは好きだが、小説を書いているという人に会ったのは初めてだった。しかしその男は、和子が作家に対して抱いているイメージからは、かなり遠かった。体はがっしり、顔も日焼けして、坊主刈りで、まるで軍人のようだと思った。

「どんな小説をお書きですの」

「いや、まだ発表はしていません。原稿はここに持っていますがね」

男は、風呂敷包みを持ち上げた。そして、その小説を出版社に持ってゆくところなのだと言った。

「ようやく書き上げたのに。あの地震で、東京はどうなっているのか……」

「東京へいらっしゃるんですの」

「ええ、そのつもりですがね。なにしろ、様子がまるきりわからないので、先ず名古屋へ出ようと思って。友人がいるもんですから」

「あたしも、東京へ。でも……」

和子は、まず広島へ行くつもりだと言った。

「広島じゃ、東京の様子はわかりませんよ。名古屋くらいまでは行かなきゃー。名古屋なら、あとは静岡、神奈川、そして東京ですからね」

和子にしても、少しでも東京へ近づきたいという気持ちだった。しかし、ハンドバッグに残っている金で、名古屋まで行けるだろうか――。

急に考え込んでしまった和子に、男は心配そうに、いろいろ質問した。小説を書いている人だというので、和子も気を許して、一刻も早く東京へ行きたいのだが、汽車賃が足りないのだと言った。

「いくら持っているんです?」

和子はハンドバッグから財布を出して調べてみた。

「六円と、あとは小銭」

「それだけありゃー大丈夫ですよ」

「でも、東京までは……」

「名古屋の友だちから借りますよ。あなたの分も。いや、実は、わたしもそのつもりなんです。東京へ行くには金が足りなくてね。それで、まず名古屋へ行こうと決めたんです」

でも、初めて会った人から金を借りるのは——しかも、その人自身からではなく、そのまた友人に借りるというのは——。

「なあーに、気にすることはありませんよ。『金は天下の回りもの』です」

面白い人だと、和子は思った。

「さ、もう汽車賃の心配はやめて、文学を語ろうじゃないですか」

まさに、彼は語った。ロシア文学を語り、日本文学を語り、自分の作品を語った。

「これが、書き上げた小説です。ぜひ読んでください」と、包みから出した原稿用紙の束を渡された。

原稿の一枚目には、葉村嘉一と書いてあった。

読み始めると、葉村はまたまたなぜその小説を書いたか、を語り始める。

「これじゃ、読めませんわ」

「じゃ読んでください。黙っていますから」

と言うかと思うと、

「いや、やっぱり聞いてください。読むのは、あとでいいですから」

などと言う。か、と思うと、

「腹減りましたね。晩飯すみましたか」

「いいえ。次の駅でお弁当を買いましょうか」

「いいですなー」

次の駅で、窓を開け、弁当屋を呼んでくれたが、二人分の弁当代を払ったのは和子だった。

やがて、列車は広島に近づいた。

和子はまだ迷っていた。広島で降りて、女学校時代の友だちを訪ねて――しかし、夜遅く、突然の訪問に、友だちはきっと驚くだろう。それより、この人の言うとおり、名古屋まで行って、お金を借りて――でも、見ず知らずの人にお金を借りるなんて。

葉村は、そんな和子の迷いを見すかしたように、しきりに話しかけてきた。

「名古屋の友人というのは、船乗り仲間なんです。その小説にも登場しますがね。いい奴ですよ。今は、船を降りてますがね……」

名古屋から東京までなら、四円も借りれば間に合うだろう。東京に着いたらすぐ返せばいい――。

「海の生活ってのは、過酷ですからね。だから、陸の上とはまた違った友情が生まれるんです。生きるも死ぬも一緒ってせいですかね。実際、シケのときなんか……」

広島に着いても、葉村は話し続けた。そして結局、和子は列車から降りなかった。

それからも、葉村はしゃべり続けた。船乗りだけではなく、工員や事務員もやったこと、しかし、これからは小説家として生きてゆくつもりだということ。

結局、その夜は、うとうとしただけだった。

目が覚めると、葉村は眠っていた。和子は、原稿を読み始めた。

葉村の小説は、重苦しいが、しかし力のこもった作品だった。いや、それより、和子の全く知らない生活が描かれていて、圧倒された。決して好きになれる小説ではなかったが、でも、この人にはきっと才能があるんだわ、と和子は思った。

「どうですか?」目を覚ました葉村が聞いた。

「僕は、底辺の人間を書こうと思うんです。そこにこそ本当の人間がいるし、本当の生活がある。東京の文士たちの知らないね……」

作品の話になると、とめどがなかった。

名古屋に着いたのは、昼近かった。

駅に近い店で、きしめんを食べて、その支払いも和子がした。

葉村も名古屋は初めてらしく、何度も道を尋ねて、友人の家に着いたのは三時前だった。

港に近いごみごみした一画に、その家はあった。

二間続きの家のなかには、ちゃぶ台のほか、家具らしい物もなく、

「父ちゃん、仕事で……」

困惑顔のおかみさんの腰にまとわりついた子供たちが、洋装の和子を目を丸くして見つめた。

結局、港で荷揚げをしているという友人のところへ、おかみさんが案内してくれることになった。

「君は、ここで待っていなさい」と葉村が言うので、和子は残った。

子供たちは、相変わらず和子を見つめていた。和子がニッコリ笑うと、一番小さい女の子がニッコリした。小一時間もして、おかみさんが戻ってきたときは、和子は、子供たちとすっかり仲良しになっていた。

葉村は、友人と一緒に「金を借りに」行ったという。

やっぱり広島で列車を降りるべきだった――と、和子は口唇を噛んだが、あとの祭りだった。

「おねえちゃん、もっと作って」女の子がねだった。

和子は、ちり紙のこよりで、人間や動物を作ってやっていた。

「あれまあ、うまいこと出来とる……」おかみさんは、こよりの馬をつまみ上げた。

日が暮れても、葉村も、この家の主人も帰ってこなかった。

子供たちと一緒に夕飯を食べ、その子供たちが床に入っても、帰ってこなかった。

「どうせ、あちこち走り回って、金の工面しとるんじゃろ」と、おかみさんは言った。

和子は、下関の旅館を飛び出したことを「後悔」しはじめていた。

あのときは、一刻も早く東京へ行きたいという気持ちと、野口への不信感から、飛び出してしまったのだが、結局はこんなところで足留めをくっている――しかし、誰一人知り合いもないこの名古屋では、どうしようもなかったし、十円足らずの金のために走り回っている葉村や、この家の主人のことを思うと、不満を言うわけにもいかなかった。

葉村たちは、十時近くになって帰ってきた。しかも、酒に酔って。

「金はできたから、もう大丈夫」

それなら、すぐにでも駅へ行きたい、と和子は思ったが、

「今から行ったって、汽車はありゃしない。今夜はここに泊めてもらって、明日の一番に乗りましょうや」

葉村は、ぶら下げて帰った一升瓶を傾けて、主人を相手に飲み始めた。

結局、横になったのは十二時過ぎだった。和子は、明日は東京だという安心感と、疲れから、すぐ眠りに落ちた。

押さえつけられるような息苦しさに目を覚ますと、酒臭い息を吹きかけられた。思わず声を上げそうになったら、口を押さえられた。夢中でもがいたが、身動きもできない、息もできない。必死にもがきながら、だんだん意識が希薄になっていった。

頬をピシャピシャたたかれて気がつくと、電灯がついていて、葉村が顔をのぞきこんでいた。

「あ、気がついた」

「よかったなもー」

この家の夫婦の心配そうな顔も見えた。

何があったのかわからなかった。しかし、葉村の顔は見たくなかった。いや、誰の顔も見たくなかった。和子は壁の方を向いた。

葉村と夫婦は、「よかった、よかった」と言いながら、電灯を消し、また横になった。

だが、和子は眠られなかった。

体のふしぶしが痛かった。下着をちゃんとつけていないこと、そして、内股がぬるぬるして気持ちが悪いことにも気がついていた。

和子は「おくて」だった。しかし、小説をたくさん読んでいたから、男女の秘め事については、なんとなく想像していた。でもそれは、もっとロマンチックなはずだった。

夜が明け始めたようだった。

和子は起き上がり、そっと戸外へ出た。

汚辱にまみれた自分の体をどこかへ捨ててしまいたいと思った。しかし、そんなわけにもゆかず、和子は井戸水を汲んで、下半身を拭《ぬぐ》った。小さなハンカチーフを何度も洗っては、拭った。

「あの、これ」

振り向くと、おかみさんが、手ぬぐいを差し出していた。

冷たい井戸水ですっかり体をふくと、さっぱりして、元気が出てきた。借りた手ぬぐいを、軒下の物干竿に掛け、和子はそのまま歩き出し、駅へ向かった。東京までの切符を買う金はなかったが、とにかく、行けるところまで行こう——。和子は開き直っていた。

「和子さん」

振り返ると、葉村が追ってきた。

和子は足を早めたが、すぐに追いつかれた。

葉村は、和子と並んで歩きながら言った、

「ゆうべは酔っていて、失敬した」

和子はムッとした。

「僕は君が好きなんだ、嘘じゃない」

勝手なことを言っている。

「結婚しようじゃないか」

誰が結婚なんか。

葉村は、駅に着くまでしゃべり続けた。が、和子は一言も答えなかった。

駅に着くと、葉村は東京までの切符を二枚買い、一枚を和子に渡した。和子は黙って受け取った。受け取りたくはなかったが、いたしかたなかった。

汽車を待ってベンチに座っているあいだも、列車に乗ってからも、葉村はしゃべり続けた。

「そうだ、握り飯を持たせてくれたんだ」

竹の皮に包んだ握り飯は、まだ温かだった。

葉村が差し出した握り飯を、和子は黙って食べた。食べないですむなら食べたくなかったが、朝から何も食べていない和子にとって、温かな握り飯の魅力は、抗し難かった。

地震のために不通だった個所も、ようやく復旧したということで、降りて歩くことはなかった。

「名古屋で一泊したのは、りこうだったな」葉村は言った。

御殿場駅を過ぎると、汽車は徐行運転を始めた。しかし、沿線の被害は、初めて見る和子には、どの程度の被害なのかよくわからなかった。何度か往復したことのある葉村が、「こりゃひどい」というと、そうなのか、と思うだけだった。

徐行運転のせいか、東京に着いたときは、日が暮れていた。やっと着いた。和子はホッとして、葉村と口をきくようになっていた。それに、初めての街で、祖母や姉たちが住んでいる大森へ、どう行っていいのかもわからなかったし、学生時代東京に住んでいたという葉村は、やはり頼りになった。

夜のせいか、それとも初めて見る町だからか、和子には、地震の傷跡はわからなかった。大森に着いて、叔父の家を探しているあいだ、建築中の家が目立ったのは、やはり震災後の復興が始まっているということだろうか、と思った。

ようやく叔父の家を探し当て、玄関の格子戸をあけ、

「姉様、和子です」

と言うと、奥から幸子が、続いて智子が、貴子が飛び出してきた。

「和ちゃん……」

「ほんとに和子なの」

「どうしたのよ、突然」

姉たちの顔を見てホッとした和子は、声を上げて泣き出した。

貴子の結婚

茶の間で、祖母や姉たちに囲まれ、叔父に紹介された和子は、葉村のことをすっかり忘れていた。

幸子が玄関の戸を締めに立って、表にいる葉村に気づいた。

「和ちゃん、お連れの方が……」

和子は我に帰った。今さら知らぬとも言えない。

「葉村さんって方。途中でお会いして、連れてきてくださったの」

「野口さんとは、どこではぐれたの?」

貴子が聞いた。

実は、この日昼過ぎに、野口が和子の荷物と、主人から預かった金を届けてきたのだった。

そうとは知らない和子は、狼狽した。

「あ、あの、下関で……あたし早く東京へ来たかったものだから……」

早く来たかった和子の方があとになってしまった――というのは妙な話だと貴子は思ったが、幸子が葉村を案内してきたので、問い詰めることはしなかった。

葉村は、バツが悪そうに挨拶をした。

家族はもう夕食をすませていたので、幸子は、和子と葉村のために、もう一度食事の支度をした。

食事のあいだも食後も、地震のときの話や、貴子が近々「結婚」するという話が続いた。

黙って聞いている葉村に気をつかって、節夫が言った、

「お疲れでしょう。風呂でもいかがですか」

その夜、葉村は節夫の部屋で、和子は姉たちの部屋で、床に入った。

「あの人と、どこで出会ったの？」貴子が聞いた。

和子は、酒を飲んでいる野口をおいて、乗った列車で、葉村に会ったこと。しかし、二人とも東京までの汽車賃の持ち合わせがなく、結局、名古屋で降りて、葉村の友人から金を借りたことを話した。しかし、名古屋での夜のことは話さなかった。

「お金が足りないのに汽車に乗ってしまうなんて、あんたもあんただけど、葉村さんって人も、変わってるわね」貴子は言った。

その夜和子は、寝不足と疲れ、それに、姉たちと一緒だという安心感もあって、ぐっすり眠った。

翌朝、節夫と智子が会社へ出かけて行くと、さすがに居づらくなったのか、

「僕も、出版社へ行きますので」と葉村は、ようやく腰を上げた。

和子は、野口が届けてくれた金のなかから、切符の倍額ほどを包んだ。名古屋の友人にちゃんと返してくれるだろうかと、親切だったおかみさんや、子供たちのことを思い出しながら、その金を葉村に渡した。

葉村は何か言いたげだったが、ただ、

「じゃ、また」と言って、出て行った。

「また」会うことはないだろう、と和子は思った。名古屋のことは忘れてしまおう、とも思った。こ

れからは、以前と同じように、お祖母様やお姉様たちと暮らせるのだ。もう京城へも帰らない。ここで、みんなと暮らすのだ——と。

しかし、二、三日もしないうちに、以前と同じではないことに、和子は気づき始めた。

まず、祖母の変わりように驚いた。あの厳しかった祖母が、ほとんど何も言わない。

貴子は、数日後に迫った「結婚」のことで頭がいっぱいらしく、智子は「仕事」のことで頭がいっぱいらしかった。それに智子は、日中はいないし帰りは遅いし、帰ってくると早々と寝てしまうのだった。おまけに幸子までが、暇さえあれば部屋にこもって手紙を書いていた。

みんな変わってしまった——と和子は思った。広島のころのように、布団にもぐり込んでおしゃべりをするようなこともなくなった。みんな大人になったのだ。だから、変わるのは当然なのだ。貴子姉様は華族の若様と結婚なさるし、智子姉様はアメリカへは行かなかったけれど、アメリカ人の会社で働いている。そして、幸子姉様は株屋で働いていたという青年と恋愛中らしい。みんな着実にそれぞれの道を進んでいるのだ。あたしだけが大人になっていない。あたしだけが遅れてしまった。いや、自分の進むべき道さえ見つけられないでいるのだわ——和子はそう思った。

そのせいだろうか、葉村がひょっこり訪ねて来たとき、もう二度と会いたくないと思ったことも忘れて、なぜか懐かしさがこみ上げた。

その日は先に敏二郎が訪ねて来ていて、葉村は遠慮して、玄関先で帰ると言う。それで、和子はその辺まで一緒に行く気になった。

「君の家族は、鼻持ちならないとこがあるな」

二人きりになると、葉村は饒舌《じょうぜつ》になった。

「華族の若造と結婚するのがなんだってんだ。だいたい華族なんてのはね、民衆に寄生して、民衆の血を吸って存在しているんじゃないか。それを恥ずかしいと思うならまだしも、そういうことをしてもいい、なんか『特別な人種』のつもりでいやがる。それにもう一人の姉さん、あれもなんだよ。自動車が売れて売れて、てんてこまいだって？　今、被災者たちがどんな暮らしをしているか知ってるのか。自動車どころか、今日食べる米も買えないでいるんだぜ。僕はこの二、三日、下町を歩いてみて驚いたよ。想像以上だった」

葉村の話を聞いて和子も驚いた。東京にくるまでは、震災のために、祖母や姉たちが住む家もなく、食べる物にも事欠いているのではないか、いやもしかしたら、誰かひどいケガをしたかもしれない――そんなことを考えていたのに、来てみればみんな無事で、家もところどころ壁土がはげていたり、建具や家具に修理の跡があるくらいだった。だから、新聞や噂では大災害のように言われているけれど、それほどのことはなかったのだなと勝手に思っていたのだった。

「ほんとに、そうなの？」

「嘘だと思うなら、これからだって案内してやるよ」

「これから……」

葉村は和子を伴って、省線電車で都心へ向かった。

田町駅を過ぎるあたりから、バラックが目立ち始めた。

浜松町、新橋と、沿線の景色はますます悲惨なものになってゆく。崩壊をまぬがれたビルや土蔵のあいだに、バラックが見える。瓦礫《がれき》の原に、バラックがかたまっている所もある。東京に着いた夜は、闇が悲惨を隠していたが、それが今、白日《はくじつ》の下にむき出しになっている。

もっとも、中心部に近づくほど、新築中の家も目立った。

葉村は、神田駅で電車を降り、東へ向かった。町を歩いていると、奇妙な活気が感じられる。建築中の家も多かったし、道端にはバラックの店が並んでいる。そんな店で、床机に腰をおろし、何やら食べている人たちもいる。

歩いている人々は、ヨレヨレの服、泥靴、ちびた下駄《げた》――。家にいたままのセーターと、スカートに運動靴の和子でも、少しも恥ずかしくない。

二キロほど歩いたろうか、マッチ箱のようなバラックが何十軒、いや百軒以上も立ち並んでいる一画にぶつかった。

「このバラックの向こうが被服廠《ひふくしょう》だったんだ」

そこで、三万八千人の人が焼け死んだと、和子も新聞で読んでいた。

バラック群のなかへ入ってゆくと、悪臭が鼻をつき、胸がむかついた。痩せこけ、汚れた子供たちが、バラックの入口に座り込んでいた。軒と軒が重なり合うようなバラック。なかは薄暗く、狭く、病人が毛布にくるまって寝ている姿が見えた。

「なんでえー、テメエら、見せ物じゃねえんだぞ」

半裸の男が、仁王立ちになった。

「行こう」

葉村は、和子の腕をつかんで、足を早めた。

急ぎ足で通り過ぎただけだったが、バラック村の惨状に、和子は打ちのめされた。――知らなかった。きっと姉さんたちも何も知らないんだわ。だから、結婚だ、仕事だとのん気なことを言っていられるんだわ。でも、知ったからといって、あたしに何ができるだろう、姉さんたちにしても、あの人たちに何をしてあげることができるだろう。

「どうしたらいいのかしら」

「結局、政治が無いに等しいんだ。奴らは保身に汲々《きゅうきゅう》として、人民大衆のことなど、これっぽっちも考えちゃいない」

葉村は、吐き捨てるように言った。

「一方、人民大衆は、革命を起こすことだってできるはずなのに、貧窮《ひんきゅう》の泥沼のなかを這いずり回っている。それどころか、自分より少しでも弱い者を見ようものなら、泥沼のなかに引きずり込み、窒息させかねないんだ」

和子には、葉村が何を言っているのか、よくわからなかった。

葉村は、この災害のどさくさに、「大勢の朝鮮人が殺された」と言った。そのことなら、和子も聞いていた。京城では、東京で殺された朝鮮人の仕返しに、不逞鮮人の不穏な動きがあるという噂もあった。

「連中は、虐げられた朝鮮人を助けようとはせず、権力の手先になって、彼らを打ちのめした」

そのことは、和子にもすぐわかった。朝鮮人を正当な理由もなく打ちのめす日本人を、釜山でも、京城でも見ていたから。

「朝鮮人だけじゃない。連中は、連中を助けようとしている同志さえ、打ちのめしたんだ。もっとも、問題は社会主義者の方にもあるがね。大衆から遊離孤立してしまって、本来は、労働者の、無産者の手足であるべき社会主義者が、権力者の煽動《せんどう》によって、盲目化した民衆のために追われるという事態が起こってしまったんだ」

殺害された社会主義者のことも、新聞で読んだ。しかし、朝鮮人虐殺のことほどは記憶に残っていなかった。

「その反省に立って、われわれは、大衆のなかへ入ってゆかねばならない。全無産者の手足とならねばならない」

和子は、熱っぽく語る葉村の言葉に感動した。神田に着くまで、葉村はしゃべり続けた。

会合に出るという葉村と別れて、和子は大森へ向かう電車に乗った。「われわれは、大衆のなかへ入ってゆかねばならない。全無産者の手足とならねばならない」葉村の言葉が、耳のなかで鳴っていた。でも、大衆のなかへ入っていって、何をしようというのだろうか――。

「見せ物じゃねえんだぞ」と怒鳴った男の顔が目に浮かぶ。「全無産者の手足となる」というのは、どういうことだろうか。高揚した気分で電車に乗った和子は、大森で電車を降りるころは、またすっかり落ち込んでいた。

家に帰り着くと、敏二郎と貴子を囲んで、賑やかな夕飯が始まろうとしていた。

「どこへ行っていたの？　心配するじゃないの、黙って出かけてしまうんだもの」

貴子はとがめたが、すぐに機嫌のいい声で、

「あんたの着る物も考えなくちゃって、今、話していたのよ」

「着る物って？」

「結婚式によ。智子や幸子はもう決まっているのよ。あんた何か持って来てるの、京城から」

和子は、そんな姉に違和感を感じた。

敏二郎と貴子の新居は、家令の中里が探してきた。中野にあるその家は、新築ではなかったが、六間もあって、若夫婦には充分すぎる広さであった。

「みんなで住みましょうよ。お祖母さん用の離れだってあるし……」

「そんなワケにはいかんよ」

節夫がたしなめた。

「有田さんで、用意なさった家なんだから」

結婚式は、有田家の氏神である「水天宮」で挙げ、披露宴は、帝国ホテルにごく親しい人だけを招くことになった。敏二郎は派手なパーティーにしたいと希望したが、

「このご時世に」という一言で、中里に拒否された。

いよいよ明日は貴子の結婚式という夜、姉妹はいつもより早く床についた。

明日は、夜明けとともに忙しくなるだろう。髪結いさんは五時に来てくれることになっている。身につける物はすっかりそろっているだろうか、忘れた物はないだろうか……貴子は、明日の朝の手順をあれこれ考えていた。

「お姉様、とうとう思いを遂げられたわね」

「ほんとだわ」

広島にいたころから、華族の若様と結婚するのだと言っていた貴子が、明日は、その望みを遂げるのだ――幸子は、興奮していた。

和子も同意しながら、でも幸子のように手放しでは喜べなかった。「華族なんてのはね、民衆に寄生して、民衆の血を吸って、存在しているんだ」葉村の言葉を思い出す――もっとも、「血を吸う」なんて、あの敏二郎さんから想像できないけれど――。

貴子は考えた。確かに、こうなるのが夢だった。敏二郎さんに最初に会ったとき、こんな人と結婚できたらと思ったし、二度目に会ったときからは、こうなるようにつとめてきた――でも、どこか違う、あたしの夢とは、どこか違う。

智子は、さっきから軽い鼾をたてて眠っていた。


翌朝は、忙しかった。花嫁の支度を手伝い、自分の支度もしなければならない。

智子はパーティー用のドレス、幸子は、貴子が何度か着た母の遺品の振り袖を着た。和子は、京城からチッキで送ったスーツにした。姉たちは、ドレスや振り袖をすすめてくれたが、自分くらいは「鼻持ちがならない」と言われないようにしたいと思った。

八時に、智子の用意した車が二台迎えに来た。車を連ねて、焼け跡を走るあいだ、肩身の狭い思いをしたのは和子だけだった。

水天宮には、モーニング姿の敏二郎と、羽織袴の中里が待っていた。

敏二郎は、文金高島田《ぶんきんたかしまだ》の貴子を見て、ちょっと驚いたふうだった。

「なんだか大げさだなー、でもまあ、型どおりにやりますか」

中里が咳払いをした。

焼け跡の仮宮ではあったが、神官や巫女《みこ》はそろっていた。しかし有田家から誰も出席しないことで、貴子は傷ついた。

だが、式が始まる直前になって、敏二郎の兄である伯爵と夫人が到着した。初めて会う義兄であった。貴子は急に晴れやかな顔になった。トラは何度も目頭を押さえていた。そんなトラの様子に、姉妹たちも胸がいっぱいになった。十数年間、四人の孫娘を、ほとんど一人で育ててくれた祖母だった。父親代り、母親代りの祖母だった。

式は、敏二郎の言ったように、型どおり行われた。

式が終わると、伯爵夫妻は挨拶もそこそこに、待たせてあった車に乗り帰ってしまった。

しかし、帝国ホテルの披露宴は、鍋山男爵夫人はじめ、敏二郎の仲間が出席してくれたし、智子の会社の支配人夫妻も出席した。ことに支配人夫人は、初めて見る日本の花嫁姿に目を見張った。パーティーの好きな敏二郎ははしゃいでいたし、貴子も機嫌がよかった。トラも、戸惑いながらも嬉しそうだったし、節夫もホッとしたのか、シャンペンの酔いがまわったようだった。妹たちは、和子も含めて、姉の幸せを素直に喜んでいた。そして、中里が場違いな『高砂や』を謡《うた》ったのも御愛嬌《ごあいきょう》だった。

新生活

敏二郎と貴子の「新居」には、本家から敏二郎付きだった女中が来て、家事一切を引き受けてくれた。生活費は、毎月中里が届けてくれることになっていた。従って、敏二郎も貴子も働くことはなかった。

敏二郎はもっぱら本を読んでいるし、貴子は時間を持て余していた。旧藩主の奥方のまねをして、刺繍をしてみたがすぐにそれにも飽きてしまった。

震災後の混乱はまだ様々な形で続いていて「映画だ、音楽会だ」という雰囲気でもなかったし、友人を訪問するのも気がひけた。荻窪へは敏二郎が行きたがらなかったので、結局、週に二、三度は二人そろって大森の家を訪ねるのだった。

「たまには、うちへも来てよ」

そのたびに貴子は言ったが、トラは外出嫌いだったし、節夫と智子は仕事に忙しく、幸子は家事を引き受けているから出にくかった。和子は、京城へ帰る様子もなかったが、このごろはよく出かけていて、貴子たちが訪ねても日中はトラと幸子だけということが多かった。

和子は、葉村に紹介してもらった「社会評論家」夫妻の家を訪ねていたのだった。

バラック村の悲惨さに打ちのめされた和子は、自分に何かできることはないものかと考え、葉村に相談した。

「そいつはいい。君がそういう気持ちになったなんて、素晴らしいよ」

しかし、具体的にどうすればいいかは葉村にも考えつかず、知り合いの評論家の避難先に、和子を連れて行った。評論家夫人は、婦人運動をやっているということだった。

「そうねぇ、このあいだ、外国の婦人団体から贈られた救援物資をどう分けるかという問題で、矯風会事務所に婦人団体の代表者が集まったって話だけど、今、わたしは動けないのよ。なにしろ憲兵隊が、わたしたちの行方を探しているっていうから――」

震災で家が潰れて、実家に身を寄せていたので、憲兵隊の追求から逃れることができたのだと、夫人は言った。

「でなけりゃ、大杉さんたちのように、憲兵隊に引っぱられて、殺されていたでしょうよ」

「大杉栄」という人と、その妻や甥《おい》が「憲兵に虐殺された」ことは葉村に聞いていた。それにしても、大きな声を出すでもなく、強そうにも見えないこの人を、なぜ憲兵隊が探し回ったりするのだろう――。

夫人は、すり鉢の米を搗《つ》いていた。和子は、すり鉢を押えて手伝った。

東京へ来たころ、和子もよくこの米搗きをした。米屋では、精米が間に合わないのか、玄米しか売ってくれないと幸子は言っていた。その玄米を一升瓶に入れ、木の棒で搗くのだった。

「山田は腸が弱いの。だから、しっかり搗かなくちゃね」

隣の部屋で、葉村が山田氏と議論していた。その議論よりも、夫人の何気ない日常的な話の方が、和子の心を動かした。

「震災までは、若い人たちがしょっちゅう泊まりに来たり、ご飯食べていったりしていたんだけど、『このうちの飯は、カユみたいだ』ってね、ご飯だけは評判が悪かったものよ」

「若い人たちって、女の人も？」

「ええ。工場で働いている人、看護婦さん、女子大生、家庭の婦人——小さなグループだったけど、毎月いっぺん、うちに集まってね——みんなで、外国の婦人運動の文献を読んだり、議論をしたり……ときにはおしゃべりになってしまったこともあったけど」

「あたしも、そんな集まりに出てみたかった」

「当分は難しいわね、こんなことになってしまっては」

バラック村で働くきっかけを見つけることはできなかったが、初めて訪ねた和子に対してもざっくばらんに話してくれる山田夫人にひかれて、その後も和子は一人で夫人の家を訪ねた。

家事をする夫人を手伝いながら、ヨーロッパの婦人運動の話を聞いたり、日本でも、現状に不満を持つ女たちが、これまでどんな行動をしてきたかというような話を聞いた。

その日は、山田氏のところへ来客があり、みんなで夕食をということになった。

「じゃ、あたしが何か作ります。シチューなんかどうですか、おなかにもいいし……」

「あら、あなたしゃれた料理作るのねぇー」

「姉に習ったんです」

材料を買いにゆこうと裏口から出ると、目つきの鋭い男がジッとこちらを見ている。そのまま戻るのもまずいと思い、買い物もそこそこに戻って、念のために家の周りを回ってみた。表にも男が二人立っている。

「とうとう嗅《か》ぎつけたのね」

和子の報告を聞いて、山田夫人は言った。

「とにかく、あなたは早く帰った方がいいわ」

「僕が駅まで送って行きましょうか」

山田氏を訪ねてきていた青年が言い、

「ああ、それがいい。君、頼むよ」

と山田氏が答えた。

もうシチューどころではなかった。和子は、背の高いその青年について外へ出た。目つきの鋭い男はまだ立っていて、和子たちをジロリと見たが、すぐに視線をはずして煙草に火をつけた。

寺崎というその青年は、飯田橋の駅まで送ってくれた。

「尾行もしていないようだし、もう大丈夫でしょう。でも、当分はいらっしゃらない方がいいですよ」

「はい」

「僕は、ご夫妻が心配ですから、また戻ります」

青年は、背が高いのを気にするように、ちょっと猫背になって今来た道を戻っていった。

山田夫人が心配だったが、寺崎という青年に「当分こない方がいい」と言われたこともあって、四、五日は家にいた。

日曜日、葉村が訪ねてきた。早速、山田夫人の消息を聞いた。

「関西へ逃げたって噂だよ。みんな浮足立って、東京から逃げ出している。全くだらしがないっちゃない。これじゃ、なんのために東京へ出てきたかわからないよ」

震災の混乱に乗じて「革命が起こる」という葉村の夢は、はかなく消えようとしていた。

「小説の方はどうなんですか?」

「一応、出版社は回ってみたけど——こんな世の中じゃ、俺の小説が日の目を見ることなんかなさそうだ。いっそ、くにへ帰ろうかと思ったりするけど——どう、一緒に行かないか?」

「——だって、ようやく家族と一緒になれたんですもの」

九州へ行く気など全くなかった。朝鮮へ帰る気もなかった。

大叔父からは「そろそろ、帰ってこないか」と何度か手紙がきた。大叔父には会いたかったが、大叔母と暮らす気もなかったし、まして野口と顔を合わせることなど絶対にイヤだった。和子は、貴子の結婚やトラの老齢を理由に「しばらく東京にいさせて欲しい——」と繰り返し書いた。

山田夫人を訪ねなくなってからは、たまに貴子の家へ行くだけだった。家事を手伝おうとしても、幸子がほとんどやってしまうので、和子のすることはあまりない。

「どこか、働かせてくれるとこないかしら」

智子に相談すると「あなたは『職業婦人』には向かないわよ」の一言で片付けられてしまった。

貴子は、もっと手厳しかった。

「職業婦人なんて、よしてちょうだい。みっともないわ」

「だって、智子姉様だって……」

「智子は、普通の職業婦人とは違います」

姉たちの意見を無視してまで、自分の意見を押し通す強さは和子にはなかった。

敏二郎から借りてきた小説を読んだり、トラの肩を揉んだり、節夫や智子の洋服の手入れをしたりした。和子はもともと手先が器用だったし、京城では大叔父も洋服、自分も洋服を着ていたので、その点では役に立った。和子自身も、洗濯をしたついでにハンカチーフにイニシャルを刺繍したり、端布で花を作って智子のブラウスの胸元を飾ったりするのは楽しかったし、そんなことをしていると、バラック村のことも山田夫人から聞いた世の中の矛盾も、遠いことのように思われた。

そんなある日、幸子が聞いた、

「和ちゃんは、お父様のこと覚えてる?」

和子は父のことをほとんど記憶していなかった。しかも、その父が東京に健在だなどと想像もしていなかった。

「お父様、お元気なの?」

「震災前まではのう——目があかんようじゃったけど」

「じゃあ、震災で……」

「あの辺は無事じゃったって話じゃから、大丈夫とは思うけど……」

幸子は気にしながらも、毎日の家事に追われて、訪ねていなかった。善次郎さんがいてくれたら、きっと一緒に行ってくれたろうにと思う。

「どの辺なの？　あたし行ってみる」

「一緒に行ってくれる？」

「もちろんよ」

「お祖母様や貴子姉様にはないしょ」

「智子姉様には？」

「相談してみるけど――」

智子は忙しかった。震災によって、省線や市電など、軌道をズタズタにされた公共交通機関に代わって「自動車」が応急の交通機関として大活躍をしていた。乗用車からトラックまで、自動車に対する需要は、応対にいとまがないほど伸びていた。毎日残業が続き、日曜日も休めなかった。従って、幸子が「父を訪ねたいが」と相談したときも冷たかった。

「あなたたちだけで行ってよ。あたしは、それどころじゃないわ」

次の日曜日、幸子と和子は「貴子の家を訪ねる」と言って家を出た。前の日に貴子と約束をしておいたのだが、幸子たちは早めに家を出た。「代々木」に寄ってから中野へ行くつもりだった。

これまで、父親に会うなど想像したこともなかった和子は、いささか緊張していた。幸子も言葉少なだった。幸子は、善次郎のことを考えていたのだった。善次郎は、大阪の株屋で住み込みで働いているが、安い給料で、貯金も思うようにできずあせり始めていた。あせる気持ちは幸子とても同じだった。いつになったら善次郎さんは迎えに来てくれるのだろう。必ず迎えにくるからと言ってくれたけれど――「もう、あれから三か月になる……」思わずつぶやいたようだった。

「え、何?」

「……震災から、もう、三か月になるんじゃねぇ」

「そうねぇ」

この三か月にいろいろなことがあった――二人とも、それぞれ考える。

そして、震災後の三か月は、父徳一郎の生活も大きく変えていた。代々木の家は無事だったが、徳一郎も連れ合いもいず、別の二家族が住んでいた。下町で焼け出されたのだということだった。徳一郎は、震災後「塾」をやめて関西へ行ってしまったという。教えてもらった家主を訪ね、関西の連絡先も聞いたが、どうやらそれは、徳一郎の連れ合いの実家らしかった。

幸子も和子も「父との縁の薄さ」を、今さらながら感じた。


十二月に入って、智子が丸の内で行われる講演会に出ることになった。

講演会の総タイトルは『帝都復興はどうあるべきか』だったが、智子は『婦人と職業』というテーマで、復興に女性も職業人として参加すべきだと話す予定だった。

和子は、外へ出て働きたいと言ったときの智子の冷たい反応を思い出して、矛盾を感じたが、でも、当日は智子に付いて講演会に出かけて行った。その会場の入口で、和子は寺崎に出会った。

「奇遇ですね。講演聞きにきてくださったんですか」

「その節は、お世話になりました。あれから、ご無事でしたの?」

「ええ。でも大変でした。山田ご夫妻は、あの晩のうちにお宅を離れたんですよ」

「そうですか」

「講演のあとで、お茶でもいかがですか？」

「あの、姉が……」

智子は受付で、胸に花をつけてもらっていた。

「お姉さん……？　あなた、塚本智子さんの妹さんだったんですか」

思わぬ出会いがあったせいか、それとも、講演会というものが初めてだったからか、次々登壇する講師の話も和子には上の空だった。姉の講演ですら、よく理解できなかった。もっとも、智子がやたら英語を使ったせいもあったが――。それに、さすがの智子も初講演であがっていたのか、ひどい早口だった。それでも聴衆は、断髪、洋装の女性講師に、惜しみなく拍手を送った。

講演会が終わると、寺崎は、智子と和子をビルの喫茶室に誘った。

彼は弁護士で、今日の講演会を催した市政調査会の仕事も手伝っていると自己紹介した。

「それで、和子とはどこで？」

「山田さんって評論家のお宅でお会いしたの」和子が答えた。

「へぇー、評論家……そんな人のところへ、あんたが……」

しかし智子は、それ以上は聞かなかった。

寺崎と智子は、東京の復興計画や、そこでの車の活用について話し合い、和子は聞き役にまわった。

「肝心なのは道路ですよ。これからは自動車が市民の足になるんですから」

「そうですねぇー」

別れるとき、寺崎は言った、

「お話、なかなか有益でした。またゆっくり伺いたいものですね」

「半分は叔父の『説』なんです」

「やはり、アメリカに長くいらしたからでしょう。一度お会いしたいですね」

「いつでもいらしてください。日曜ならおりますから」と智子は言ったが、まさか次の日曜日に寺崎が訪ねてくるとは思わなかった。

その日曜日、叔父の節夫は仕事で出かけていたし、智子も最近アメリカから来た社員を案内する約束があると、寺崎が来て間もなく出かけてしまったので、和子が相手をするしかなく、和子はそのことを申し訳なく思った。

「がっかりなさったでしょう」

「どうして？」

「だって、叔父も留守だし、姉さんも出かけてしまって」

「いや、正直言うと、その方がよかったんです」

「えっ」

「あなたとお話したかったんですから」

思いがけない言葉だった。

二人に共通な話題といえば、山田家での出会いのことになる。

「山田さんのお宅へは、震災前にも何回か伺ったけれど、あなたのような『お嬢さん』には、一度も会ったことがなかったなぁ」

「お嬢さん」なんて……和子は馬鹿にされたような気がした。

「何人か若い女性にも会いましたけどね……みんな、なんというか、こう、肩ひじ張ったようなとこがあって……」

「あたしが、駄目だからですわ」

被災者のバラック村に行ったこと、そして、何かしなくてはいけないと思って、山田夫人に相談したことを和子は語った。

「わかりますねぇ。あの惨状を見たら、誰だって、何かしないではいられなくなりますよ。個人の力でどれほどのことができるかという疑問はあるけれど。大学の後輩連中も、だいぶ入り込んで、働いていますよ」

「バラック村で？」

「最初は、大学の構内に集まった避難民に給食を始めたんですね。その次は『尋ね人』探し。まず、学内にいる二千人からの避難者名簿を作り、それからあちこちの避難所に出かけて、片っ端から収容されている人の名前と住所を調べて回ったんですね。これは、市政調査会でもやりましたし、新聞社も協力してくれました。そして、大学構内の避難民が少なくなったので、学生たちは、救援活動をほかの避難所やバラック村にも広げていったんです」

「あたしにも、お手伝いできることないでしょうか」

「あると思いますよ。人手はいくらあっても足りないでしょうから――。本当は、国や市がやらなくてはならないことなんですがね」

「紹介してくださいます？　その学生さんたちに」

「いいですよ。彼らとは連絡がありますから」

和子は嬉しかった。何かしたい、何かしなければならない、とあせっていたことが、こんなにも簡単にかなえられるなんて――。

祖母や幸子が寺崎に好意を持ったらしいことも、和子は嬉しかった。いや祖母や幸子だけではない、夕方近くに訪ねてきた貴子や敏二郎も寺崎が気に入ったようだった。彼が帝国大学法学部の卒業生で、弁護士で、市政調査会に席を置いていることや、父が判事、兄は検事補という法曹一家の次男坊にしては、物柔らかな人柄だということも、好感を持たれた原因かもしれない。

「夕食を」と幸子や貴子がすすめたが、「初めての訪問で、それは、あまりにも図々しいですから」と固辞して帰って行った――そんなこともまた、家族に好感を持たせたようだった。

「いい人見つけたじゃない」貴子が言った。

「見つけたなんて……ほんとは智子姉さんのお客様だったのよ」

「まあ、そういうことにしておきましょ」

でも、その寺崎の紹介で、バラック村に手伝いに行くようになったら、姉様は何て言うかしら――と和子は思った。

その夜は、もう一人客があった。

夕食が始まって間もなく、葉村が訪ねてきたのだった。

「ごめんください」という声を聞いた途端に、寺崎を話題にしていた家族たちは、口をつぐんだ。

「いやぁね、断っちまいなさいよ」貴子は眉をひそめた。

「でも……」

「あんたが断らないなら、あたしが断るわ」

貴子が玄関に出てゆき、「和子は、智子と一緒に出かけております」という声が聞こえた。葉村も何か言っているようだが、それはよく聞こえない。しばらく押問答が続いていたが、ようやく玄関の戸が閉まった。

和子はホッとしたが、なんだか葉村に気の毒でもあった。

貴子は戻ってくると、和子をにらんだ。

「あの人、『主義者』だっていうじゃないの」

数日前、刑事だという男が尋ねてきてそう言った。和子はそれほど驚かなかったが、トラや幸子はすっかり不安になったようだった。

「これからは訪ねてきても、追い返しなさいよ。妹が主義者と付き合っているなんてご本家に知れたら、大変なことになるわ」

「どうってことはないさ。ま、中里は文句ぐらい言うだろうけどね」

敏二郎は、まるで気にしていなかった。

「ま、どんな思想の持ち主だっていいけど、和ちゃんには、彼より寺崎君の方が似合うと思うよ」

和子自身も、どちらかといえば寺崎の方に好意を持っていたし、名古屋でのことは今でもいやな思い出だったが、それでも、葉村に同情めいた気持ちもチョッピリ残っていた。

葉村は次の夜も訪ねてきたが、和子は泊まりがけで貴子の家に行っていた。暮れが迫って、大掃除やら「おせち料理」作りの手伝いに出かけたのだった。また葉村が訪ねてくるのではないか——という心配があって、貴子に強くすすめられたせいもあったが。

暮れも押しつまった二十七日、虎の門で、攝政《せっしょう》が狙撃されるという事件が起きた。

その翌日、葉村は、中野の貴子の家に現れた。

一応、すす払いも終わって、和子は姉夫婦と茶を飲んでいた。

「和子様にお客様です。葉村さんとおっしゃる——」

女中の言葉をさえぎったのは、貴子だった。

「いるって言ってしまったの？」

「はい」

「なんてことを……」

「ここまで追っかけてくるとは、彼なかなかのパッショネートじゃないか。こりゃー和ちゃん、タダじゃすまないよ」

「いいわ、あたしが話をつけるから」

貴子が玄関に出て行った。やがて、玄関から貴子の甲高い声が聞こえた。しかし、何を言っているのかはわからない。和子は、女学校からの帰り道、若い男たちにからかわれて困っていたとき助けてくれた姉のことを思い出していた。

葉村の声は全く聞こえないが、貴子の声がますます高くなってゆくところをみると、かなり激しいやりとりになっているらしい。

「こりゃー、和ちゃん、ここにいない方がいいな」

葉村を姉に押しつけるのも気がとがめたが、でも、確かに自分がいない方がいいかもしれない——と和子は思い返した。困ったのは靴だった。履いてきた靴は玄関の靴箱に入っている。

「靴なんか、どこか途中で買えばいい。あ、それから、大森へ帰っちゃ駄目だよ。といっても、どこへ行ったらいいか——」

「とにかく、智子姉さんの会社へ行って、相談します」

「ああ、それがいい。叔父さんとも電話で相談して、当分、どこかホテルにでも泊まるんだな」

敏二郎は女中に聞いた、

「金どこにあるの？」

女中が茶ダンスの引き出しから財布を出すと、なかもあらためず、

「持って行きなさい」

「でも……」

「いいから、いいから」

和子は女中の下駄を借りて、姉の家を出た。省線電車で東京駅へ出て、智子の会社にたどりつくと、ストッキングに下駄履きの和子を見て、智子はあきれた。

「なによその格好――とにかくこの靴、履きなさいよ」とオフィス用の上靴を出してくれた。

智子は和子の話を聞くと、節夫に電話をし、相談した。

「――うちに帰すわけにもいかないでしょ？　敏二郎さんは、ホテルに泊まったらどうかって言ったそうよ」

そんなことを言っていたが、電話を切ると、

「とにかく今夜は、ホテルに泊まりなさいよ」

「でも、ホテルっていっても……」

「近くに、うちの会社で使うホテルがあるから――。仕事が終わったら、送ってゆくわ」

智子の仕事が終わるまで、和子は、ソファーでアメリカの雑誌を拾い読みしていた。

「さ、行きましょう」

と帰り支度をした智子が現れたとき、栗色の髪で、背の高い白人の男を従えていた。

「この人、ロバート。出張で、こっちに来てるの」

「コンニチハ、ワタシ、ロバート」

ロバートは人なつっこい笑顔で、和子の手を握った。

「お部屋とれたわ。この人もそのホテルに泊まってるの」

ホテルには節夫も来ていて、ロバートが部屋に行っているあいだ、三人はロビーで話し合った。

「この際、朝鮮に帰ったらどうかな」節夫が切り出した。

「あたし、京城へは帰りたくないんです」

「しかしねぇ、向こうのお父さんからも、お祖母さんのところへしょっちゅう手紙が来ているようだし――」

「あたし、大森に居ちゃいけませんか」

「いや、いけないってわけじゃないけど、一応、養女として向こうの籍に入っているんだし」

「和子が望んで養女になったわけじゃないわ」智子が横から口を出した。

「そりゃそうだがね……」

「叔父さんが、もう少し早くアメリカから帰ってきてくれれば、和子だって、朝鮮なんかに行くことはなかったのよ」

「いいえ、叔父様のせいじゃありません。あたしだって、あのときは養女に行くことを納得したんですから。でも今は、やっぱり、お姉さんたちと一緒にいたいんです。あたしも、叔父様や智子姉さんにご迷惑をかけないように働きます。だから……」

「いや、迷惑ってわけじゃないんだ」

「そうよ、和子一人くらい、なんとでもなるわよ」

「経済的なことを言ってるんじゃーないんだ。第一、葉村君が押しかけてくるたびに、こんなこともしていられないだろう」

そう言われると、和子には返す言葉がなかった。

「ま、わたしも、葉村君にはちゃんと話すつもりだがね」

「あたしも言ってやるわ。当人がその気もないのに、つけまわしたって仕様がないじゃないの」

そこへ着替えたロバートが来て、話は中断した。

食事のあいだ、三人はアメリカの話をしていたし、和子の語学力ではとてもついてゆけなかったので、一人で考えることができた。まず、葉村のことに「きっぱりときりをつけなければいけない」と和子は考えた。自分も、家族たちも、あなたのことで迷惑している。もう二度とあたしたちの前に現れないでください——でも、それが言えるなら、姉の家を逃げ出し、家に帰ることもできずにホテルにいることとなんかないのだ。そう思うと、自分の意気地なさが情けなかった。

食事が終わると、智子は、

「あたし、部屋に一緒に行ってあげる。叔父さんは先に帰って、幸子やお祖母さんが心配してるといけないから」と節夫を送り出した。

そのくせ、和子の部屋に入ろうとはせず、ドアのところで、

「今夜はバスに入って、ゆっくり休みなさい。明日お昼にくるから——。朝食はダイニングルームで食べなさいね。それから、鍵はちゃんと掛けとくのよ。じゃ、あたしはロバートに話があるから」

と言うと、さっさとエレベーターの方へ行ってしまった。

和子にしてみれば、智子に今の気持ちを話し、相談に乗ってもらおうと思っていたのに、はぐらかされてしまったような気持ちだった——でも、それが「甘ったれ」ってもんだわ、和子は考えた。姉様たちや叔父様に甘ったれてはいけない。これからは、自分でなんでもやってゆけるようにならなくちゃ……。そんなことを考えて、その夜は、なかなか寝つかれなかった。

翌朝は食欲がなく、食堂へは行かずに部屋にいた。

窓から見下ろすと、下の道を、丸の内のオフィス街へ出勤する人の姿があった。そのなかにはチラホラ女性の姿も見える。それを見て和子は「あたしも働きたい」と思った。叔父様や智子姉さんの世話にならず、自分の働きで生きてゆきたい――それは、胸の底をジリジリと焼かれるような思いだった。

十時過ぎにフロントから電話があった。貴子と敏二郎が心配して、来てくれたのだった。暇を持て余していた二人にとっては、それもまたちょっとした気晴らしであった。ことに貴子は、葉村の図々しさ無礼さをまくしたて、昨日からのうっぷんを晴らした。

十二時過ぎには智子が来た。なんと、寺崎も一緒だった。

「寺崎さんに相談したのよ、あなたのこと。そしたらね――」

智子は、ロビーのソファーに腰をおろすなり言った。

「寺崎さんのお宅を、使ってくださいって、言ってくださるの」

寺崎の両親や弟たちは、札幌にいる。だから、寺崎はばあやと二人だけで牛込の家に住んでいる。広い母屋の方は兄夫婦が使っているが、その隣に、父親が退官後の隠居所にでも――と建てた家がある。寺崎とばあやは、そこに住んでいるが、「そこ」を使ってくれと言い、「自分は兄の家に泊まるから」と言うのだった。

「そうお願いできたら……ねぇー、和子」

貴子がうわずった声を上げ、

「うん、それなら安心だよ、和ちゃん。われわれが黙っていれば、パッショネート君だって、そこまでは思いつくまいからね」

敏二郎も、寺崎の提案が気に入った様子だった。

和子は戸惑っていた。第一、なぜここに寺崎が現れたのかさえ理解できないのに、その寺崎の世話になるなんて。

智子と貴子のあいだでは、「このことはお祖母様や幸子には伏せておいた方がいい。なぜなら、葉村が二人だけのときに来て強引に和子の行方を尋ねたら、しゃべってしまう恐れがあるから」とか「和子の着替えをどうやって寺崎の家へ運んだらいいか」とか、話がどんどん進んでゆき、結局、和子が一言も言わないうちに、寺崎の家へ行くことは決まってしまった。

五人で食事をし、会社へ戻る智子や、大森へ行くという貴子と敏二郎に別れて、電車に乗ってから、はじめて寺崎が聞いた、

「これでよかったんですか？」

「え、何が」

「いや、肝心のあなたは何も言わなかったけれど、何か気に入らないことでもあったんじゃないんですか？」

「気に入らないなんて、そんな。ただ……突然こんなことになって、ご迷惑だろうと思って……」

「迷惑じゃありませんよ。ばあやはきっと喜ぶでしょう。なにしろ、僕と二人じゃ、話すこともないし——」

おかしな人、と和子は思った。ばあやが喜ぶでしょう——なんて。

寺崎の家は、震災の被害は受けていないように見えた。和子がそう言うと、

「いや、瓦は落ちるし、建具ははずれるし、さんざんでしたよ。もっとも、潰れたり傾いたりしなかっただけマシですがね。裏の家なんか、見事に潰れちまいましたからね」

そして寺崎は、

「そうだ、山田さんにも、大阪に発たれるまで、うちへ泊まっていただいたんですよ」

「山田先生が――」

「ええ。別々に家を出て、ここで落ち合い、まず山田氏が大阪へ発ち、一日遅れて奥さんが発ったんです。警察はいつ山田夫妻が東京を出たか知らなかったでしょう」

「そうだったんですか」

和子に、寺崎に対する信頼感が戻ってきた。

夕食後、寺崎は、庭続きの兄の家に和子を案内した。

兄の博之は、弟の頼之によく似ていた。背恰好も顔の造作も。しかし、そんなにも似ている二人だが、まるで違う雰囲気の持ち主だった。弟は、暖かな雰囲気だったが、兄は、冷たい人のように見えた。博之の妻も、美人ではあったがどこか冷たい感じがあった。

「友人の『妹さん』なんだけど、しばらくお預かりすることにしましたから。よろしく」

頼之は、和子をそんなふうに兄夫婦に紹介した。

博之は、和子を見た。その視線は鋭かった。

「お宅はどちらですか?」

「大森です」

「ご両親は？」

「母は亡くなりました。父は――」

「お父上は？」

「あの、関西に――」

「では、大森にはどなたが――」

まるで尋問だった。

庭を横切って、頼之の家に戻りながら、

「あたし、何かまずいことを言いましたかしら」

「いや、あれでいいですよ。兄貴は、検事ですからね。ああいう口のきき方しかできないんです」

「山田先生のときは？」

「あのときは、運よく兄貴出張だったんです。そうじゃなきゃ、ご夫妻をうちへお連れしたりしませんよ」

「そうですね」

「じゃ、僕は兄貴のとこで寝ますから。ゆっくり休んでください」

その年の大晦日、大森の家は静かだった。

貴子は中野の家だったし、和子は牛込にいる。おまけに、智子までがアメリカから来ているお客さんとニューイヤーイブのパーティーだと言って出かけていた。

祖母と叔父と三人で「年越しそば」を食べながら、幸子は気がめいった。――貴子姉様は結婚したし、智子姉さんはアメリカ人と付き合っているようだ。その上、和子までが、いつか来た寺崎さんと結婚するらしい。叔父さんは、知り合いの家に行っていると言うけれど、それは寺崎さんの家じゃないかしら、なんだかそんな気がする――結局、あたしだけが「宙ぶらりん」。善次郎さんから手紙はくるけれど、いつになったら迎えに来てくれることやら……。

万福寺で、除夜の鐘を打ち始めた。

札幌

朝食は、頼之とばあやの三人ですませる。頼之が勤めに出ると、ばあやと二人で掃除、洗濯、繕い物などを片付け、夕食は、ほとんど和子が作った。帰ってきた頼之は、夕食を終えると、兄の家へ寝に行く――そんな毎日が続いていた。

和子は、近所の花屋から花を買ってきて飾ったり、ばあやから端布をもらって人形を作って飾ったりした。

「若い女の人がいると、家のなかが明るくなるんだなぁー」

頼之は感心した。父の任地が転々と替わったことと、男兄弟ばかりの家で育ったせいか、花とか人形とかが、こんなにも心を和ますものだったかという思いがあった。それに、これまでの和食一辺倒のばあやの料理とは違って、和子のは洋風だったり、京城で覚えた朝鮮料理や中国料理も作ったりして、バラエティーに富んでいて楽しみだった。

しかし和子は、それで満足していたわけではなかった。掃除や洗濯が嫌いではない。料理をしたり、部屋を飾ったりするのは楽しかった。だがそれでも、和子は、ここでこんなことをしていていいのだろうか、という思いにつきまとわれた。

「いつまでもお世話になっているわけにもいかないし……」

「いや、世話になってるのは、こっちの方ですよ」

「そんなことありませんわ。それに、将来のことを考えても、あたし何か仕事を見つけないといけないと思うんです」

「セッツルメントですか？」

「今あたしは、ひとのために働くことより、まず自分が自分の力で生きてゆけるようになるために、仕事を見つけるのが先だと思うんです。叔父や姉の世話になりながら、ひとのために働こうなんて、いい気なものですもの」

「そりゃーそうですね」

「なにか、あたしにできるようなお仕事ないでしょうか」

「探せばあるかもしれないけど、でも、それで暮らしていける収入を得るのは難しいだろうな」

そう言われると、和子には返す言葉がない。

仕事を探すにはどうすればいいのか、それでいくらの収入があるのか、いや、どのくらいの収入があれば暮らしてゆけるのかさえわからない。あたしって本当に駄目だわ——と和子は思う。智子姉さんはちゃんと仕事を見つけ、自分だけではない、お祖母様やあたしたちの面倒までみてくれている。それなのに、あたしは——。

「札幌に行きませんか?」

突然、頼之が言った。

「札幌……?」

和子には、頼之が何を言おうとしているのか理解できなかった。

「仕事をするといっても、また、葉村という人が現れないとも限らないでしょう。東京は広いけれど、誰にも知られないように、働いたり、暮らしてゆくのは難しいと思うな。それならいっそ、東京を離れて暮らすことを考えてみたらどうですか」

札幌には、頼之の両親や弟たちがいる。当分そこでのんびりしたらどうかというのである。

「親父は家に帰ってきても裁判官でね、およそ面白味のない人間だけど、おふくろは結構生活を楽しむことも知ってるし、親父の前では猫かぶっているけど——何しろ、おふくろのほかは男ばかりだから、あなたが行ってくださると、おふくろや弟たちも喜ぶだろうと思いますよ」

幼いころ父と別れて、女ばかりのなかで育った和子にとって、頼之の家庭は興味があったが、それだけのことでは、札幌へ行くという気になれない。しかし、この家にいつまでも隠れているわけにもいくまい。といって、大森に帰れば、叔父や姉たちに迷惑をかけることになる——。

数日後、貴子と敏二郎が訪ねてきた。智子から「札幌行き」の話を聞いたと言う。

「いいお話じゃない。寺崎さんがせっかくそう言ってくださるんだから、あなた札幌へいらっしゃいよ」

「でも、こんなにお世話になって、その上ご両親にまでお世話になるのは……」

「寺崎君は、和ちゃんをご両親に見せたいんじゃないの」

敏二郎は愉快そうだった。

「もちろん、和ちゃんにも、両親に会ってもらいたいって気持ちもあるんだろうな」

「つまり、札幌に行かないかというのは、プロポーズなのよ」

そうだったのかと和子は思う。頼之さんはいい人だけれど、でも、突然そう言われたって――。いつかは誰かと結婚しなければならないのだろうけれど、でも今は、結婚より、自分で自分の生活を支えていきたい。自分の足で大地に立っているという実感を持ちたい、と和子は思う。

「あたし、大森に帰ってはいけないかしら」

「何を言うの、あんたは京城に帰ったってことになってるのよ。あの葉村って男に、そう言ったんだから。はじめは疑っていたようだけど、大森にも、うちにも、何度来てもあんたがいないものだから、あきらめたのか、このところやっと来なくなったとこなのよ。それをのこのこ帰ったりしたら、みんな迷惑するじゃないの」

そう言われると、返す言葉はなかった。

その日、頼之はいつもより早く帰ってきて、貴子、敏二郎も加わって夕飯になった。

貴子は、和子の札幌行きを決まったことのように話題にしたが、なぜか頼之は、その話題を避けているようだった。

その夜だけではない。次の日も、そのまた次の日も、頼之は札幌のことを口にしなかった。大森へ帰るわけにもゆかず、さりとて、いつまでもこうして、ここにいるわけにもいかない——部屋の掃除や、食事の支度を手伝う以外は、頼之の本棚から文学書を探し出して、読むよりすることのない和子は、そのことを繰り返し考えた。が、考えても考えても答えは得られない。和子は、そんな毎日に疲れ果てた。そして半月ほど後には、「みんながそれを望むならば、札幌へ行くのもいいかもしれない」と思うようになっていた。

「あたし、札幌に行かせていただこうかしら」

と言うと、あの日以来札幌のことを口にしなかった頼之は、喜びを隠そうとしなかった。

「行ってくれますか。そりゃーよかった。ご一緒しますから、何も心配しなくていいですよ。僕も、親父が札幌に転勤してから、まだ一度も帰っていないので、ちょうどいい。この週末から行きましょう。来週は休みをとって、僕も久しぶりにのんびりしますよ。もし札幌の家が気に入らなかったら、一緒に帰ってくればいい。雪景色を見物するつもりで行きましょう」

——こういうところに負けてしまうんだわ、と和子は思った。葉村のように強引に自分の意見を押しつけるのではなく、自分の言いたいことを言って、あとは相手に考えさせ、決めさせ、相手が動き出すのを待つ——楽しそうに旅行の計画を話している頼之を見ながら、和子はそんなことを考えていた。

週末に出発といっても、別に用意することもない。貴子が大森から運んでくれた着替えの入ったトランク一つに、この家に来てから、神楽坂あたりまで足をのばして買ってきた下着や、セーター類を詰めるだけ。頼之の荷物は、ばあやが支度した。

そして週末、和子と頼之は、貴子、敏二郎、節夫に見送られて上野を発つことになった。智子も見送ると言っていたが、当日になって、仕事が忙しくて行かれないと節夫に電話してきたという。

和子は、出発前に一度大森に帰って、祖母や幸子にも会っておきたいと思ったが、貴子の反対で果たせなかった。

姉たちと一緒にいたいと思いながら、京城に養女にゆかせられ、ようやく東京で姉たちと再会したのに、今また札幌へ向かおうとしている自分を、和子は不運だと思った。

札幌行きをあんなにすすめた貴子も、上野の駅では元気がなかった。和子は、貴子が別れを悲しんでくれているのだと思ったが、実はそうではなかった。貴子自身はその日朝から食欲がなく、気分が悪いのを、昨夜食べたものに当たったのかもしれないと思っていたが、実は「つわり」が始まっていたのだ。

ともあれ和子は頼之と札幌へ向かい、その夜医者を呼んで、貴子は「妊娠」を知ったのだった。

札幌は雪だった。そのせいか、和子は生まれて初めて見る街のような気がしなかった。どこか京城の街に似ていて、親しみさえ感じた。

寺崎一家の住む官舎は、道庁にさほど遠くない住宅街の一画にあった。頼之の両親と、二人の弟、そして二人の女中がその「官舎」に暮らしていた。

頼之と和子が寺崎家に着いたとき、父はまだ帰ってきていなかった。母は、頼之の突然の帰宅に喜んだが、しかし、頼之が和子を紹介すると当惑の色を隠さなかった。二人の弟たちも二階から降りてきた。

話題はどうしても「震災」のことになる。手紙で、博之夫妻も頼之も無事だったことはわかっていたが、でも、顔を見れば、新聞で読んだり人の噂で聞いた当時のことを、確かめないではいられない。そして、新聞記事や噂に、どれほど心配したかと語らないではいられない。

母親と兄弟の話を聞きながら、和子は、大森の家にたどりついた夜のことを思い出していた。

「あなたも震災で――」突然頼之の母が、和子の方を見た。

「いいえ、あたしは東京にいなかったんです」

「この人は、朝鮮の京城にいたんだそうです。でも家族が東京で、心配して帰ってきたんです」

「それでご家族は――」

「無事でした」

「そう、よかったですね」と頼之の母は言ったが、少しけげんな表情だった。

やがて、頼之の父が帰ってきた。

「お帰りですよ」

という声で、家のなかの空気が緊張した。頼之の母の表情も、兄弟たちの表情も急に改まった。

その様子を見て和子は、頼之の父という人はよほど恐ろしい人なのだと思った。家族のあとについて玄関に出ると、謹厳な表情の男が靴を脱いで立ち上がった。背が高く、息子たちよりがっしりした体格だった。

頼之の父は、頼之の挨拶にも和子の紹介にも、ほとんど表情を変えなかった。「家に帰っても裁判官の顔をしている」と頼之が言ったとおりだった。

夕食は、父親と向かい合って頼之と和子がそれぞれの「膳」で、ほかの家族は「ちゃぶ台」を囲んで——という形で始まった。おかずも、膳とちゃぶ台では一品違うようだった。和子には初めての体験で、大森での雑然とした、でも自由であたたかな夕食風景を思い出した。

頼之と父の膳には、それぞれ銚子と盃があったが、酒に強くない頼之は一、二杯飲んだきりだった。父親の方は、黙々と手酌で一合の銚子をあけると、軽く一膳、茶漬けを食べ、家族たちの食事が続いているのに、立ち上がり、書斎へこもってしまった。

父親がいなくなると、兄弟たちはにわかに活発にしゃべり始め、母親もそれに加わった。和子は、家族の団欒《だんらん》から締め出されている父親が、なんだか気の毒な気がした。

その夜、和子は階下の客間で、頼之は二階で弟たちと一緒に寝た。

頼之は一週間の休暇をとっていたので、翌日から、和子と札幌の市内やちょっと郊外へも足をのばして、見物して歩いた。広島や東京とも違ったこの町が、和子はすっかり気に入った。

弟たちが休みの日は、一緒に山でスキーをしたり、手作りの橇《そり》で楽しんだりした。いや、わざわざ山へ行かなくても、裏庭に水をまいてスケートをすることだってできた。

ストーブで、トウモロコシやジャガイモを焼き、バターをぬって食べるのも楽しかった。

そして和子は、頼之や彼の弟たちとすっかり仲良しになった。

休暇が終わる前日、頼之は和子に聞いた、

「どうします？　一緒に東京へ帰りますか、それとも……」

「お父様やお母様が許してくださるなら、あたしもうしばらくここに置いていただきたいんです」

「そりゃよかった、気に入ってもらえて。親父とおふくろには話しておきます。大丈夫、二人とも喜んでくれますよ」

頼之が東京に帰ってからは、和子は、食事のときは「ちゃぶ台の仲間」に入れてもらい、できるだけ家事を手伝った。和子の器用さは主婦にとって貴重だったし、食べ盛りの男の子たちは、カレーライスやコロッケなど和子が作る料理が気に入った。頼之の父のために、「弁当」を作るのも和子の仕事になった。弁当はこれまで、朝出勤のときまでに作られ、迎えにくる車夫に渡されていたが、和子は毎日裁判所まで届けることにした。それだと、ゆっくり作ることもできるし、温いうちに食べてもらえる。裁判所までは、十分もあれば行けるのだから。

その日も、弁当を雇員に渡して帰ろうとした和子は、法廷から戻ってくる頼之の父に廊下で出会った。あわてて頭を下げた和子は、

「ご苦労さん」

という声を聞いて、一瞬わが耳を疑った。謹厳な表情は変わらなかったが、まなざしは柔らかだった。

その日から、家でもときどき声をかけてくれた。ほんとは優しい人なんだわ……と和子は思った。

そして、頼之の母や弟たちは、物おじしない和子に驚いていた。

幼いころから祖母の家、養父の家と転々とした和子は、いつの間にか、他人の家庭に溶け込むすべを身につけていたのかもしれない。

貴子やトラや節夫は、帰ってきた頼之から札幌での様子を聞いたり、和子の手紙を読んで、やはり札幌にやってよかったと安心した。

智子は目下自分のことで精一杯で、和子のことを考える余裕はなかった。仕事が忙しいばかりではない。ロバートと過ごす夜も多く、大森の家にはここのところほとんど帰っていなかった。

幸子はうっとうしい日を過ごしていた。善次郎からは几帳面に手紙が送られてきてはいたが、今の給料では幸子を大阪に迎えられる状態ではないようだった。貴子姉さんには赤ちゃんが生まれる、智子姉さんもどうやら恋人ができたらしい。妹の和子までが寺崎さんと結婚するようだ、それなのにあたしは――。幸子は、自分だけが取り残されて、このまま歳をとってゆくのではないかと思いつめていた。

頼之が東京に帰って、ひと月ほどたった。

和子の毎日は変わらなかった。しかし、頼之の母には、時折冷ややかさを感じることがあった。それは、どうやら「博之からの手紙」によるものらしかった。

「博之が、頼之のことを心配してよこしてねぇ……」

家族がそれぞれ役所や学校へ出かけたあと、そんなことを言い出した。

「任官して、ちゃんと身を固めるようにと言うらしいんだけど、頼之はのんき者だから――ちゃんとしたお宅のお嬢さんでももらって、子供でもできればのんきにもしていられないと思うんだけどねぇ」

それは「釘《くぎ》を差しておく」というようにも聞こえる言い方だったが、和子は気にせずに、うなずきながら聞いている。すると、相手はいら立って、

「和子さん、あなたも早くいいお相手をお見つけなさいよ」

そう言われると、和子ははじめて、いつまでもこの家にお世話になっていてはいけないんじゃないかしら——と思うのだった。

そんなある日、貴子からきた手紙に、最近葉村がこなくなった。刑事も現れない。葉村はくにへ帰ったのではないだろうか、と書いてあった。

葉村は九州に帰ったのだろうか、結局、あの小説を発表できずに——なんだか、葉村がかわいそうだった。葉村から逃れて札幌に来たのに。

しかし東京に帰っても、葉村のことで皆に迷惑をかけることがないとしたら、札幌にいる理由はない。「東京に帰ろう」と和子は思った。東京を発つときに、貴子と節夫からもらった金はほとんど手をつけていないので、帰りの旅費は充分あった。

和子はその日、街で毛糸を買ってきて、家族一人一人に襟巻きを編み始めた。皆の襟巻きができ上がり、和子が「東京へ帰りたい」と申し出ると、頼之の母はホッとしたような、残念なような「複雑な表情」を浮かべた。このまま和子が家族の一員のようになってしまうのも困るが、和子の存在が気難しい夫や息子たちとのあいだで「潤滑油の役目」を果たしていることも否めなかったから——。

がっかりしたのは、頼之の弟たちだった。

出発の前日、いつものとおり弁当を作って裁判所に届けると、思いがけなく執務室に案内された。広々とした部屋の、金文字の分厚い本で埋まった本棚を背に、机に向かっていた頼之の父が、書類から目を上げた。

「お弁当、お持ちしました」

「ありがとう。明日からは、楽しみがなくなるな」

「明日からは、誰かに届けてもらうように、言っておきます」

「いや、いいんだ、いいんだ……ああ、それから襟巻き、暖かで、とても重宝しているよ」

裁判所を出て、雪の街をゆっくり歩きながら、「札幌に来てよかった……」と和子は思った。


東京へ帰る汽車の旅は、春に向かう旅となった。そして、終点の上野は「花見客」でざわめいていた。

しかし、大森の家では、和子が札幌へ発つ前、いや、去年の暮れと同じ生活が続いていた。トラや節夫は以前と変わらなかったし、智子はときどき仕事で帰りが遅くなったが、外泊することもなかった。

「ロバートさん、アメリカへ帰られたの?」和子が聞くと、

「そうよ」と、あっさり智子は答えた。

幸子はなにやら考え込んでいることが以前より多くなったが、それでも一応、家事を切り回してい

た。

貴子と敏二郎は、相変わらず三日にあげず訪ねて来た。妊娠以来、体に気を配ってはいるがまだ外見は変わったこともないし、つわりもどうやら終わったらしかった。

和子は、週末には頼之のところへお礼と報告に行かなくてはと思っていたが、頼之の方から訪ねて来てくれた。

「気に入ってくださってよかった。実は、心配していたんですよ」

「どうして？」

「兄貴がお宅のことをいろいろ調べたらしいんです。それを、親父に知らせたんじゃないかと思って……なにしろ、兄貴は検事ですからね」

やっぱりそうだったのか――。しかし、そんなことはおくびにも出さなかった頼之の父のおおらかさを、和子は思い出した。

「これも兄貴から得た情報なんだけど、葉村君は、警察に捕まっているらしいんです」

「まあ、どうして……」

「亀有の工場の前で、演説をしていて捕まったようです」

いつだったか、葉村は「震災のときに、亀有の警察で殺された労働者たち」のことを話していた。そんなことを演説したのだろうか。それにしても、演説をしたくらいのことで、捕まえるなんて。まさか、その労働者たちのように、葉村も――和子は心配になった。

「もっと調べてみましょうか」

黙り込んでしまった和子に、頼之が聞いた。

「いえ、いいんです」

調べてもらって、何かがわかったとして、自分に何ができるというんだろう。第一、その葉村を避けて、札幌に行っていたくせに。この人だって、きっとあたしのことをおかしいと思っているわ。

それにしても……と和子は思った――それにしても、頼之さんのお兄さんは、どうして葉村さんのことを調べたのかしら。あたしや姉さんたちのことを調べるのはわかるけれど、どうして葉村さんのことまで。

雪の街、札幌で過ごしたひと月余りは、和子にとっていい思い出になったしそんな機会を作ってくれた頼之に感謝してはいたが、彼の兄に対して、漠然とした「恐れ」を感じる和子だった。

別れのとき

貴子の腹部はかなり目立つようになった。

「お姉様、男の子が欲しいでしょう」

「女の子の方がいいわ」

華族の若様と結婚したいと言っていた姉のことだから、跡継ぎになる男の子を産みたいだろうと思っていた和子には、ちょっと意外な返事だった。

「女の子なら、伯爵夫人にだって、侯爵夫人にだってなれるもの」

夫の敏二郎は、伯爵の弟ではあるが、爵位は持っていない。――貴子姉さんは夢を実現したと思っていたが、そう簡単なものではないのだと、和子は気づいた。

貴子は、相変わらず三日にあげず大森の家へやってきていた。

その日は日曜日で、節夫も智子も家にいた。

貴子や敏二郎と家族がおしゃべりをしていたとき、智子がふと立ち上がった。

「あら、あなた太ったわね」

貴子が言った。

「そうなの、ウエストが合わなくなっちゃって、ほら」

智子がブラウスをたくし上げると、ホックのかからないスカートが、安全ピンで留めてあった。

「いやあね。新調なさいよ」

「智ちゃんも妊娠したんじゃないか?」

敏二郎は冗談のつもりだったが、貴子はぎょっとした顔になった。

「そうかもしれない」

智子が大きな声で笑ったので、家族たちも一緒になって笑ったが、皆、何か引っかかるものを感じていた。

それから一週間後、夕食が終わりかけたとき、

「まさかと思っていたんだけど、あたしやっぱり妊娠してるんだって」

と智子が言った。

その夜は珍しく貴子は来ていなかった。

トラは聞こえなかったのか、そのまま食事を続けていたが、節夫、幸子、和子は箸《はし》を止めた。しかし、三人ともなんと言っていいかわからず、しばらく沈黙が続いた。

口を切ったのは、節夫だった。

「ロバートかね、父親は」

「ええ、そう」

「知らせたのかね」

「まだ」

「どうして」

「知らせても、彼、困るだけかもしれないから」

「そんな付き合いだったのか――」

「愛してるとは言ったわよ。あたしも好きだった」

「結婚の話はしなかったのか」

「彼も、あたしも、それぞれ仕事と生活を抱えているんだもの」

「彼は結婚しているのか」

「独身よ」

「じゃあ、結婚すればいい」

「簡単なのね」

「子供ができたとなれば、当然じゃないか。責任ってものがある」

「責任があるのは、あたしも同じよ」

「もちろんだ。だから結婚すればいい」

「子供ができたから、責任をとって結婚するなんて、なんだかおかしいわ」

「おかしくないね」

「そうかしら――」

「第一、智子は、アメリカへ行きたかったんだろう?」

「以前はね。でもアメリカへ行って、ロバートと結婚するつもりなら、ロバートが帰るとき、一緒に行ったわ。でも、今の仕事が気に入ってるし……」

「アメリカでだって仕事はできる」

「どんな仕事が? 『アメリカへ行って、何ができる?』って、叔父さんも言ってたじゃないの」

「それはそうだが……しかし、ロバートもいるし。それに、子供が産まれれば、仕事仕事とも言っておられんだろう」

「アメリカに行って、ろくな仕事もできないなら、今の仕事を続けたいわ」

「子供はどうする?」

「産まれたら、育てるわよ」

「結婚しないでか」

「ええ。乳母を頼むわ。それくらいのお金は稼げるもの」

幸子と和子は、息のつまる思いで、二人のやりとりを聞いていた。

結婚もせずに子供を産む――それは、考えるだけで恐ろしいことだった。

一人で働きながら子供を育てるなんて、そんなことできはしない。姉様はアメリカに行って、結婚するより道はないわ、と幸子は思った。アメリカに行くのは姉様の夢だったもの、それが一番いいわ、と和子も思いながら、でも、働きながら一人で子供を育てるという生き方も、魅力的だと考えた。

翌日、幸子から報告を受けた貴子は、気色ばんで智子に迫まった、

「父無し子を産むなんて、許しません。そんなことが有田の家に聞こえたら、なんて言われるか――。それに、幸子や和子の結婚にもさわるじゃないの」

「だって、できちゃったんだから、しょうがないじゃない」

「アメリカへ行きなさい。それしかないわ。あなたアメリカへ行きたがっていたんだから、ちょうどいいじゃないの。アメリカへ行って、結婚しなさい」

「でも、ロバートに結婚する意志がなかったら？」

「そんな、わがまま許しません！」

「まあ、君が興奮したってしょうがないよ」敏二郎がたしなめた。

言い争う二人の女。一人は腹の子に夢を託し、一人は望まない子をその腹に育てている――それは、人間的ではあるが、どこか悲しい風景だった。

「智子姉様は強い人だわ。仕事を続けながら、子供を育てるなんて……あたしなんか、自分一人で生きてゆけるだけの仕事も見つけられないでいるのに……」

和子は、北海道から帰ってきて、今度こそ仕事を見つけて自立したいと思っていた。しかし、節夫や智子に就職先を世話して欲しいと言うには、語学力に自信がなかったし、結局、相談する相手は頼之になる。今日も、頼之の勤め先を訪ね、昼食に誘われたのだった。

昼食後、二人は日比谷公園を歩いた。新緑が気持ちよかった。

「仕事ねぇ……」と頼之は言った。いつもなら「旅行から帰ってきたばかりだし、しばらくのんびりしたらどうですか」という頼之だったが、その日は、短い沈黙のあと、

「和子さんは、結婚する気はないんですか?」と聞いた。

「智子姉様だって、幸子姉さんだって、まだなのに……」

「お姉さんたちも、いずれは決めるでしょう。順番なんか気にすることはないじゃないですか」

「でも……」

「和子さん、大連知ってますか?」

「大連――あの旅順港の近くにある?」

「ええ。ロシア人が造った『ヨーロッパ風の街』だそうです。その大連で、先輩が弁護士をやっていましてね、来ないかって言うんです。一緒に行きませんか? 朝鮮半島経由で、京城のお宅へも寄って、ご挨拶することができるし――」

「挨拶」というのは、つまり結婚の承諾を得るということなのだ、と和子は悟った。

「正直言って、僕は日本が好きじゃないんです。日本の社会はせせこましくて、息がつまる。その点、大陸では伸び伸びできるんじゃないかな、と思って」

和子は、頼之の兄夫婦や札幌の家を思い出した。——もしかしたら、この人、あたしと結婚したいと言って、反対されたんじゃないかしら。

「行きましょう、一緒に」。そう言われても、簡単に返事ができることではなかった。

大連といえば、京城よりさらに遠い。一緒に行こうというのは「結婚して欲しい」ということだろうけど、結婚についても不安があった。頼之が嫌いというわけではない、むしろ、いい人だと思っていたし、信頼しているからこそ、今日もこうして相談に来たのだったが——。その頼之にも言えない、葉村との名古屋での一夜のことが、和子の気持ちを萎縮させていた。

梅雨に入って間もなく、智子が突然言い出した。

「あたし、この夏、アメリカへ行ってくるわ」

「行ってくるって……あなた、結婚するんでしょうね」

その日も、貴子が来ていた。

「ボスに相談したのよ、そしたら、とにかくアメリカへ行ってこいって」

「何のんきなこと言ってるの、結婚するんでしょう？」

「ま、ロバートとも話し合ってみるわ」

「それがいい、とにかく話し合ってみることだ」

節夫が話を打ち切った。いろいろ注文をつけて、智子の気が変わってはまずいと思ったのかもしれない。

ともあれ、智子は「アメリカ行き」の準備を始めた。

「智子姉様がアメリカに行ってしまって、幸子姉さんも浅田さんって人と結婚すれば、大阪へ行ってしまうんでしょう？　あたし一人ぼっちになってしまうわ」

震災のあと、姉たちのことを心配して東京に来たのに——その姉たちがそれぞれいなくなってしまえば、自分がこの家にいる意味はなくなる、と和子は考えた。

「あんたも、大連へ行くんでしょう？　あたし、頼之さんに賛成だって言っといたわよ。そうだ、頼之さんあんたに話があるって昨日会社へ来たのよ」

翌日、頼之に電話をすると、葉村の消息がわかったということだった。

夕方、銀座のレストランで頼之に会った。

「彼、出てきて、今は友だちの家にいるそうです」

じゃあ、大森の家に訪ねてくるかもしれない——そんな和子の気持ちを見すかしたように、頼之は言った。

「いっそ、こちらから会いに行ったらどうですか。もし、あなたが、僕と一緒に大連へ行く決心をしてくださるなら、僕が会いに行ってもいいですよ」

葉村に会いたくはなかった。それに、和子は八分どおり頼之についてゆこうという気になっていた。そのためにも、頼之に「葉村とのこと」を話しておかなければ、そう思った。

京城を発って、下関に着いたこと。野口のこと。宿から逃げ出して乗った列車で、葉村に会ったこと。汽車賃が足りなくて、名古屋で降りたこと——和子が、ぽつりぽつり話すのを頼之は黙って聞いていたが、話が、名古屋での夜のことになりかけると、

「大体わかりました」と、さえぎった。

「明日にも会いに行きます。そして、きっぱり話をつけてきましょう」

いつもこうだわ——と和子は思った。あたしはいつも、ひとに頼って、問題を解決する。そんな自分を情けないと思うが、結局今度もそうなるだろう。

次の夜大森へ訪ねてきた頼之は、

「会ってきました」とだけ言った。

二人のあいだでどんな会話が交わされたのか、和子も聞かなかった。

頼之が葉村に会いに行ったことを和子は誰にも言わなかったが、二人が結婚して大連へ行くことは、もう決まったように家族には受け取られていた。

「智子がアメリカへ発つまでに、和子の結婚式を挙げなきゃね。あたしとしては、一日も早く挙げて欲しいんだけど」貴子は、大きなおなかを抱えての列席を気にしていた。

「結婚式なんて大げさなこと、しなくていいわよ」

「そんなわけにはいかないわ。頼之さんはなんて言ってるの?」

頼之も、式を挙げる気はないようだった。

「出発前に『お別れの会』も兼ねて、ホテルで食事でもしたら、って言ってたわ」

「おかしな人ねぇ、札幌のご両親はともかく、東京にお兄様ご夫妻がいらっしゃるんだし、ちゃんとした方がいいでしょうに……」

その兄夫婦が結婚に反対なのだと、頼之から聞いてはいなかったが、和子は察していた。

八月に入ったら智子はアメリカへ発つ。頼之と和子の出発も、その一週間ほどあとに決まった。


七月の最後の土曜日、貴子は大森の家に泊まることにした。

和子は、久しぶりで姉たちと語り明かそうと楽しみにしていた。

「覚えてらっしゃる？　広島にいたころ……貴子姉様は華族の若様と結婚するっておっしゃったわね。智子姉様はアメリカへ行きたい、幸子姉様は株屋さんと結婚したいって——みんな、その通りになったわね」

「そうね」

貴子が気のない返事をした。しかし、貴子もそのことを思い出していたのだった。華族の若様——確かに敏二郎は伯爵家の御曹司だったし、今は伯爵の弟ではある。そして、その伯爵家から届く金で自分も暮らしている。でも、それは、広島の家であんなに熱っぽく考えていたこととは、ずいぶん違っている。大勢の女中にかしづかれたり、園遊会や舞踏会やお茶会、観劇などに明け暮れる「華やかな生活とは無縁」な毎日。もっとも、本家から派遣された女中は一人いるし、家計費にこと欠くわけではないが「平凡で退屈な毎日」だった。震災があったり、結婚して早々に妊娠したというせいもあるかもしれないけれど、現実なんてこんなものかもしれない——貴子はそんなことを考えていた。

アメリカ行きの希望がかなったはずの智子は、出発前に仕事に区切りをつけておきたいとこの一週間働きづめだったせいか、床に就くなり眠ってしまっていた。

幸子は眠ってはいなかった。しかし、和子の言葉に反応しなかった。

彼女はこのひと月、ますます寡黙になった。幸子は考えていた――智子姉さんはアメリカで結婚するだろう。和子も頼之さんと結婚する。でもあたしは……自分一人が取り残されて、この家で、祖母や叔父の世話を続けなければならない。狭い家のなかで祖母と二人だけで過ごす長い時間、台所仕事と掃除と洗濯との繰り返しで終わる毎日。結局、あたしは結婚できないのだわ。善次郎さんは、必ず迎えに来ると言ったけれど、あれからもう十か月以上になる。しかもこの一か月、便りさえ途絶えている。善次郎さんは、あたしのことなんかもう忘れてしまったんだわ。

姉たちが話に乗ってこないので、和子も黙り込むしかなかった。広島にいたころは、隣室で眠る祖母に聞こえないように、四人で布団にもぐり込んで語り明かしたものだったけれど――。

そのとき、表で人の声がした。

「誰かしら、こんな時間に」貴子が不審気に言った。

和子は、もしかして葉村ではないかと不安になった。

戸をたたくような音もする。

「どなた？」

節夫が起きたようだ。

和子も部屋を出た。

玄関に節夫がいた。

「どなたですか？」

表の男は答えたようだが、はっきりと聞きとれなかった。

節夫の部屋で寝ていた敏二郎も起きてきた。

節夫が聞いた、

「浅田君か……善次郎君か？」

いきなり、和子は後から突きとばされた。幸子だった。幸子は錠をあけるのももどかしく、表に飛び出すと、激しく泣きながら善次郎に抱きついた。素足のままだった。

その騒ぎに、貴子や智子、それにトラも起きてきた。

トラの布団を片寄せた茶の間で、善次郎は家族に囲まれた。初対面の和子や敏二郎も紹介された。

「遅うにすみません。ようよう幸子さんに来てもらえるようになりましたけん。迎えに来ました」

「そんなら、手紙でもくれりゃーよかったのに」恨みがましく言う幸子は、笑顔だった。

「いや、なんとかやってゆける見通しはたったが、店が忙しゅうて、家を探す暇もないんじゃ。家を借りたんが昨夜。今朝、店に断わり言うてそのまま汽車に乗ったんじゃ。迎えに来る言うんが約束じゃったけん」

明日の夜行で大阪に帰り、そのまま勤めに出なければならないという善次郎に、幸子は答えた、

「あたしも一緒に行きます」

「明日なんて、あんまり急じゃないの。善次郎さんには先に大阪へ帰ってもらって、幸子はちゃんと

支度をして、あとから行けばいいわ」貴子は言ったが、

「いいえ、あたしも明日一緒に行きます。行かせてください」幸子は、善次郎の背広の裾をしっかりつかんでいた。

「一番あとになると思っていた幸子が、先になってしまったな……」節夫が憮然《ぶぜん》として言った。

結局、翌日曜日に予定していたホテルでの会食は、智子と和子の出発と結婚祝いだけではなく、幸子のそれも兼ねることになった。

積もる話や、今後の打ち合わせなどが一応終わると、空が白み始めていた。

善次郎は、敏二郎と一緒に、節夫の部屋で横になった。

姉妹も再び床に就いたが、興奮気味の幸子だけではなく、皆すぐには眠つかれそうもなかった。

「何もかもバタバタと片付いたみたいだけど……ま、これでいいんでしょうね」貴子が言った。

「片付くなんて言い方、変よ。人間死ぬまで片付くなんてこと、ありはしないわ」智子が答えた。

「やっと出発点に立ったんよ。これから始まるんだわ」幸子はともすれば弾みがちになる声を精一杯おさえていた。

和子は黙って考えた――あたしはどうなるんだろう、幸子姉さんのように、結婚が人生の出発点と弾む気持ちにもなれず、智子姉さんのように人生に対する強い意志もない。さりとて、貴子姉様のように達観したようなことも言えない――あたしって、いつもこうなるんだわ。

雨戸の外は、もう明るくなって、小鳥たちの騒ぐ声が聞こえ始めた。

それぞれの旅

幸子が善次郎と大阪へ発った数日後、智子がアメリカへ向かい、その翌週和子が頼之と大連へ出発した。あわただしい夏だった。

幸子は家族との別れの悲しさより、善次郎と旅立つことの喜びに、涙が止まらなかった。それでも、トラに向かって言うのは忘れなかった、

「善次郎さんも、きっと広島へ帰るって言うてくれちゃってじゃけん、そんときには、きっと迎えにきますけん」

智子は、横浜港で、見送りの節夫や和子に言った、

「ま、とにかく行ってはみるけど……でも、どうなるかわからないわよ」

さすがの智子も、いささか不安そうだった。

しかし、最後に東京を発った和子はもっと不安だった。いや、不安というよりは、自分が頼之と共に旅立ったことが、まだ信じられないような気持ちだった。これでよかったのだろうか——窓に目を向けながら、和子は、窓外の景色を見ようとはせず考え続けた。頼之がそっとしておいてくれることが、ありがたかった。

汽車は名古屋に近づいた。和子にとっては、できたら記憶から消してしまいたい一夜を過ごした町だった。和子は窓に目を向けることもやめて、座席の背に頭をもたせかけ、軽く目をつむった。

「電報、もう、見てるでしょうね」

「え？」

「幸子さんですよ」

東京を発つ前に、幸子に「大阪着の時間」を知らせておいた。

「大阪で降りてもよかったんだけど――」

「でも、幸子姉様たちも、大変でしょうから」

「そうですね――」

善次郎は、借家を見つけた翌日、幸子を迎えにきた。その借家での新婚生活。足りない物だらけの生活だろうけれど、でも、幸子や善次郎がどんなに幸せか……二人は想像する。善次郎とは一日か半日しか一緒にいなかったけれど、和子も頼之も、この誠実で人のよい男に、好感をもっていた。

幸子と善次郎の話が弾んで、ふと気がついたら汽車は名古屋駅をあとにしていた。考えてみれば、それも頼之の「思いやり」だったのかもしれない。

大阪を通過する時間をきっと知らせて欲しいと言っていた幸子に、電報は打ったものの、果たして幸子が来ているかどうか、夜のことだし自信はなかったが、頼之と和子はプラットホームに降りてみた。

「和子さーん」

という声がして、見ると、幸子と善次郎が駆けてくる。

幸子ばかりか善次郎までが駆けつけてくれたことに、和子も頼之も感動した。

「こんな時間なのに――」

「海を渡られたら、当分お会いできないじゃろうと思うて」

「ほんまは、一晩でも泊まってもらいたかったんじゃけんど……」

「布団もそろっとらんようなありさまで……」

善次郎が、大きな体をすぼめるように恐縮するのも、ほほえましかった。

「そのかわり、お弁当ぎょうさん作ってきたん。さっき作ったけん、明日いっぱいは持つ思うんよ」

二人では食べきれないほどの量だった。

あわただしい出会いと、別れ――しかし、幸子や善次郎のおかげで和子の気持ちもふっきれて、旅を楽しむゆとりも生まれた。

広島が真夜中なのは、和子にとっては残念だった。窓から見える広島の町を頼之に説明することができなかったから。

下関は翌朝、釜山は夕方、そして京城はさらに次の朝になった。強行軍だったが、それが和子の希望だった。

京城駅には野口が迎えに来ていた。野口を見て和子は顔をこわばらせたが、野口はなんの感情も見せず、和子と頼之に型通りの挨拶をし、社長はちょっと具合が悪く、迎えにこられないと言った。

会ってみて、大叔父の変わりように和子は驚いた。別れてから一年と経っていないのに、大叔父はすっかり老け込み、しかも病気のせいか気弱くなっていた。和子の顔を見ると、

「よく寄ってくれた」

と涙を流し、頼之を紹介すると、

「立派な人だね、よかった、よかった」

と、また涙。そして、頼之に向かって言うのだった、

「和子を頼みます。幸せにしてやってください。お願いしますよ」

和子は、自分が東京へ行ったきり帰ってこなかったことが、大叔父をこんなにも老けさせてしまったのではなかろうか――と、胸が痛んだ。あんなにもかわいがってもらったのに、何も報いることがなかった。それどころか、震災が起こると、姉妹たちが心配だと東京へ行ってしまい、それっきり帰ってこなかった。今さらながら、自分の仕打ちが悔やまれる。和子は、このまま大連へは行かず、大叔父の看病をしたいとさえ思った。

しかし、夕方になると野口が二階へ上がってきた。しかも、大叔母がいそいそと世話をやいている。どうやら野口は、今はこの家に住んでいるようだった。

頼之は、その夜ホテルに泊まるつもりだったが、和子が、せめて今夜一晩だけでも大叔父の看病をしたいと言い、結局、頼之も大叔父の家に泊まることになった。

「ほんとは、お元気になられるまでいたいんだけど――」

大叔父と二人だけになったとき、和子が言うと、

「いや、それはいけないよ。頼之さんと行きなさい。頼之さんはいい人だ。あの人なら、きっとおまえを幸せにしてくれる」

帰ってくるようにと何度も手紙をよこした大叔父だったが、頼之がよほど気に入ったようだった。

「落着き先が決まったら、知らせなさい。荷物を送るからね」

和子の部屋は、和子が東京へ発った日のままになっていた。いやむしろ、和子が読みたがりそうな本や喜びそうな人形が増えていた。大叔父が買っておいてくれたのだと、和子はまた胸が痛んだ。大叔父にすすめられて、そんな本を一、二冊トランクに入れた。

その夜、頼之は座敷で寝たが、和子は、大叔父の隣に床をとった。

「嬉しいけど、もういいよ。頼之君のところへおゆき」

大叔父は何度も言ったが、和子は、大叔父が寝入るまでその手を放さなかった。

翌日、出発の時間が近づくと、大叔父は言った、

「大連は、東京と違って『地続き』なんだから、ときどきは帰ってきておくれ、頼之君も一緒にね」

そして、和子がちょっと立った隙《すき》に、金の入った封筒を頼之に渡した。

「和子のために使ってください」

「いや、そんなご心配は——」

「和子には、できるだけのことをするつもりです。しかし、今はこのていたらくで。元気になったら、財産のこともきちんとしておかなくちゃならんと思っています」

そして、和子が戻ってくると、

「さ、もう行っておくれ」と言って、大叔父は背を向けてしまった。

和子は泣き出し、大叔父の枕元に座り込んだ。もしも、「駅まで送る」と野口が部屋に入ってこなければ、和子は立とうとはしなかったろう。

京城ではホテルに泊まらなかった頼之と和子だったが、大連に着いた夜は、ホテルで過ごすことになった。

この大連で法律事務所をやっている頼之の先輩が、新婚の二人を思いやって、ホテルを予約してくれていた。それは、ロシア人が建てた純ヨーロッパ風のホテルだった。

「疲れたでしょう」

和子がバスをつかって部屋へ戻ると、頼之が言った。確かに疲れていた。東京を出てから、大叔父の家での一晩以外は、ほとんど三昼夜を汽車や船で過ごしたことになる。しかも、大叔父の家では「看病」であまり眠っていない。

「今夜はゆっくり眠ったほうがいい。僕はそっちで寝るから」

頼之は、ダブルベットから枕を一つ取った。長椅子で寝るつもりらしかった。

「いいんです」

和子は思わず言っていた。正直言って、東京を発ってからずっと和子には「迷い」があった。京城の家に着いたときも大叔父の顔を見たときも、ここに帰ってくるための旅だったのかもしれないと思ったほどだった。しかし、旅のあいだの頼之の「心遣い」や、ことに、京城で迎えるはずだった初夜を、大叔父の看病のために犠牲にしてくれた「優しさ」が和子の迷いをふっきらせていた。

頼之の胸は広く、あたたかだった。――この人と、ずーっと一緒に生きてゆこう――和子は思った。

頼之と和子の「新家庭」は、先輩の弁護士夫人が用意しておいてくれた貸家で始まった。家具什器も一応夫人がそろえておいてくれたし、当座の食料品、調味料も夫人が届けてくれたのでなんの不自由もなかったが、なんとなく借り物の生活のような気がしないでもなかった。しかし、和子はそんなことは気にせず、気に入った布を買ってきて、カーテンを張り、テーブルクロースを作った。

京城の大叔父が、和子の使っていた机や本棚、洋服ダンスなど、それに着替えやこまごました物まで送ってくれて、新しい家は、たちまち和子のお気に入りの家庭になっていった。

東京では、産み月の近づいた貴子が、大きなおなかを持て余していた。「暑い」「だるい」と言い続けで、さすがの敏二郎もげんなりしていた。大森からときどきトラが手伝いに来てくれたが、こんなとき、幸子か和子がいてくれたら——と思わないではいられなかった。

節夫は、家へ帰ってもトラと二人きり、そのトラさえ中野へ行っていたりするので、忙しいときには会社の近くのホテルに泊まったりするようになった。そんなとき、節夫は「姪たちとの生活」を懐かしく思い出すのだった。だけど、これでいいんだ——節夫は思い直す。これでいいんだ、みんな大人になって、それぞれの人生を歩き出したんだから。姉が亡くなってからずっと、その娘たちの面倒をみなければという思いが、節夫の両肩にずしりと載っていた。それをおろして、ホッとしたような、空しいような思いがあった。

しかし、その節夫の「安心」は、少し気が早すぎたようだ。

九月に入って、ようやく残暑も峠を越えた日、節夫のデスクの上の電話が鳴った。

「あたしよ」と電話の相手は言う。

「貴子か……いや、それとも、幸子か、和子か？」

相手は笑い出した。

「智子よ」

「智子……？　まさか……どこからかけているんだ」

「横浜よ。さっき着いたの」

「いったい、どういうことだ」

「そっちへ行って説明するわ」

その夜、銀座のレストランで待ち合わせた。

「ロバート君と会えなかったのか」

「いいえ、会ったわ」

「じゃあ、どうして……」


ロバートは、港に迎えに来ていた。そしてまず、ダウンタウンのホテルへ智子を案内した。彼は、智子の渡米をボーナス代わりの「出張」だと思っていたようだ。もっとも、智子のボスが、渡航手続きのわずらわしさを避けるために、便宜《べんぎ》をはかってくれたことも事実だった。そしてそれは、この二年余りの智子の働きに対するボーナスでもあった。

ホテルに荷物を置くと、ロバートは早速、智子を会社に案内した。会社はホテルの一区画先にあった。

会社ではアジア担当の部長が、「現地社員」を迎えてくれた。もっとも、ほんの小娘にしか見えないこの現地社員に、ちょっと驚いたようだったが——。

その夜は、部長が近くのレストランで食事をごちそうしてくれた。日本担当のロバートと部長の「秘書」が一緒だった。その席で部長は、秘書を、「ロバートのフィアンセ」と紹介した。智子は一瞬わが耳を疑った。思わずロバートの顔を見ると、照れくさそうに笑っていた。

「それで——」

節夫は絶句し、しばらくして言った。

「それだけか」

「それだけ。あとは、船がロスを回わって戻ってくるまで、サンフランシスコ見物して、帰って来たってわけ」

「結局、話さなかったのか、ロバートに」

「何を話すの?」

答えようもなかった。そして、長い沈黙のあとで節夫は言った。

「そうだな、話すこともないな」

その夜、大森の家に帰ると、出迎えたトラは少しも驚かず、

「お帰り」と言い、別に何も尋ねようとしなかった。

おふくろは、智子がアメリカへ行ったことを忘れているんだろうか、と節夫が思ったほどだった。

翌朝、智子は、アメリカへ発つ前と同じ時間に起き、同じように節夫と一緒に家を出て会社へ向かった。

「また、がんばらなくちゃー。貯金、全部使っちゃったもん」

昨夜、智子は、銀座のレストランで言っていた。

智子の帰国は、貴子には知らされなかった。出産の日が迫っていたからだった。

貴子の出産は九月の末だった。

知らせを受けて節夫も駆けつけたが、敏二郎ともども何をしていいかわからず、座敷に向き合って座り、ただ煙草をふかすばかりだった。産婆さんの手伝いは、トラと本家から来ている女中が務めた。トラは珍しくシャキッとして、「苦しい」「痛い」と騒ぐ貴子を、広島時代のように叱りつけた、

「おなごは皆こうして、子供を産むんじゃ。騒ぎんさるな、みっともない」

遅くなって、智子も駆けつけたが、彼女がアメリカから帰ってきたことをまだ知らない産婦を驚かしてはいけないと、座敷の男たちの仲間になった。産室から聞こえる声に智子も緊張した。三か月後には自分も迎えねばならぬそのとき——と思っての緊張だった。

産まれたのは、明け方近く——貴子の望んだとおり「女の子」だった。

「女の子なら、伯爵夫人どころか、公爵夫人にだってなれるわ」貴子はいつも言っていた。

トラにとっては「曾孫《ひまご》」に当たる。娘の産んだ四人の孫娘を育てたトラが、今、曾孫に当たる女の子に、産湯を使わせている。

「おうおう、ええ子じゃ、ええ子じゃ……」

曾祖母の手のなかで、嬰児《えいじ》はまた泣きだした。

貴子は希望通り女の子を得た。女の子ならば公爵夫人でもと、貴子は自分の果たせなかった望みを、我が子に託す。

智子はアメリカで働く夢を捨て、東京で職業婦人として生きる決心がついた。

幸子はよき伴侶を得て、大阪での新しい生活を始めた。

和子はさらに遠く、海の向こうの大連で、ようやく自分の場所を見つけた。

それぞれの夢が、それぞれの形で結ばれた、姉妹の青春であった。

しかし、これから始まる「昭和恐慌」と、それに続く十五年にわたる「戦争」を、四人はまだ知らなかった。

四姉妹　その二

トラの死

トラが死んだのは、昭和六年の八月の末だった。

トラの様子がおかしいと電話をもらって貴子が駆けつけたとき、もうトラは息をしていなかった。

「わたしがちょっと、キッチンへ行って、戻ってきたら、お義母さん突っ伏して……」

節夫の妻キヨは、未だに信じられないという表情だった。

間もなく、節夫が帰ってきた。

節夫は、トラの髪を撫でながらつぶやいた、

「まぁ、これだけ生きたのだから——母さんよくがんばったよ」

確かにトラは長命だった。幕末から明治、大正、昭和と、七十七年間の生涯だったのだから。

「昔は、こわいお祖母様だったけど——」貴子が言った。

「わたしが知っているお祖母さんは、静かな方でしたわ」とキヨ。

「叔母様がいらしてからはね。いえ、お祖母様、東京に出てきてからは、まるで人が変わったみたいにおとなしくなってしまって……。広島ではこわいお祖母様だったのに」

「そうだな。僕がアメリカへ行く前も、しっかりした人だった。女丈夫《じょじょうふ》だったね」

節夫がアメリカへ行ったのは明治二十八年。日本に帰ってきて、広島から母親のトラを迎えたのが、震災の前年大正十一年だった。キヨとの結婚はその二年後になる。

節夫がアメリカへ行って十三年目に、節夫の姉久枝が死んで、トラは久枝の娘たち、貴子と三人の妹たちの面倒をみることになったのだった。その心労が、おそらくトラを「こわいお祖母様」にもしたのだろうし、その孫娘たちの成長と息子の帰国が、トラの気の張りをゆるませて、おとなしくも、静かにもしたのだろう。

「洋子ちゃん、おばぁちゃまにご挨拶なさいな」

庭続きの隣家に住む智子の娘洋子が、曽祖母の枕元に座って、小さな手を合わせた。働いている母智子の帰りが遅いので、洋子はほとんど大叔父の家で暮らしていた。

やがて、貴子の夫敏二郎が、娘の千代と息子の裕を連れて駆けつけた。千代は学習院初等科二年生、裕は一年生だった。

千代と裕は、父とともに手を合わせたが、千代はすぐ立ち上がり従妹の洋子と弟を誘って、部屋を出た。そして、大叔母がコーヒーを入れているキッチンへ行く。

アメリカで長く暮らした節夫は、母トラのための和室以外は、すべて「洋間」のこの家を建てた。千代はそんな大叔父の家が大好きだった。ことにキッチンは、千代だけでなく裕にとっても魅力のある場所だった。冷蔵庫のなかや、オーブンのなかに何があるかという興味もあったが、キッチンの床下にある食料品の貯蔵庫が、ことに興味をそそった。床板を上げて階段を降りるときはワクワクする。地下にはいく段もの棚があって、その上に大叔母が作った果物のビン詰めや卵、チーズが並び、ハムやソーセージもぶら下がっている。いや、そのほかにも、アメリカ製の缶詰や珍しい食品が並んでいるのだ。それは、節夫がアメリカでの苦学時代、ハウスボーイとして住み込んだ家で見た通りの光景だった。

キヨは、千代たちのためにホットケーキを焼いてくれた。

キヨは、山梨の農家に生まれた人だったが、最初の結婚に破れ、世話をする人があって節夫と再婚してからは、すっかり節夫のライフスタイルに溶け込んでいた。

節夫が顔を出した。

「幸子と和子に、電報を打ってくる」

「わたし行ってきましょう」

「いや、いい。智子には連絡とれたんだね」

「ええ。亡くなられたって言いましたら、じゃあ、慌てて帰っても仕様がないわね。って」

「智子らしいな」

智子は、「お義母さんの容体がおかしくなって――」と言ったときは、電話口で悲鳴を上げたくせに、もう呼吸をしていないと聞くと「じゃあ、慌てて帰っても仕様がないわね」と言ったのだった。

それでも智子は、いつもより早く、五時過ぎには帰ってきた。

「広島にいるころは、こわいお祖母様だったけど……」

智子も、貴子と同じことを言った。

「最近は、話しかけても、うなずくくらいで……」

「あんた、お祖母さんに話しすることもあったの?」貴子の言い方はキツかった。

「朝ご飯はこっちで食べるから、『おはよう』くらい言うわよ」

節夫の家では、朝食はアメリカ風にたっぷり用意する。もっとも朝寝坊の智子は、皆が食べ終えたころ顔を出して、立ったままコーヒーだけ飲んで、飛び出してゆくことが多かったが。

洋子は、夕食も大叔父の家だったが、智子が夕食までに帰ることはほとんどなかった。

日曜日は、昼近くに起きて、昼食は皆と一緒に食べるが、夕方になると、友だちを誘ったりときには貴子や敏二郎を誘って、食事に出かけた。

「毎日外で働いているのに、休みの日にまでよく出かけるわね」

と貴子が言うと、智子は答える、

「一種の中毒ね。一日に一度銀座を歩かないと、眠れないのよ」

「僕もそうだったなぁ」敏二郎は、智子をうらやましがっているようだった。

「あら、いつごろのお話?」

「昔――そう、震災前かな。あのころは若かった――」

そうは言っても、敏二郎はまだ三十歳を過ぎたばかりである。読書以外にはすることもない退屈な毎日が、実際の歳よりも、彼を老けさせていたが。

智子が帰ってきて、東京にいるトラの身内は皆そろったわけだが、身内のほかには付き合っている人もなかったので、寂しい通夜になった。

トラはクリスチャンだったが、東京に出てきてからは、教会にも行かず、数年前まではときどき聖書を広げて読んでいたが、最近ではそんなこともなかった。

キヨが、トラの枕元に表紙の擦り切れた「聖書」を置きながら言った、

「どこかの教会にお願いしましょうか」

「どこの教会？」

そう聞かれると、キヨもどこに教会があったかとっさに思い出せない。

「たしか、四谷にはありましたよね」

「あれはカトリックだろう。お母さんはメソジストだよ」

「無宗教でいいじゃないの。行ったこともない教会に、今さら頼むわけにもいかないでしょ」智子が言った。

「でも、無宗教のお葬式っていうのもねぇ……」

「じゃ、水天宮でやりますか」

「あなた――」

敏二郎の軽口に、貴子は眉をひそめた。

「それにしても、幸子や和子はいつ着くかしら？」

幸子が「電報」を受け取ったのは、夕飯の支度をしているときだった。

夫の善次郎は夕方帰ってきて、家族と一緒に早めの夕食をとると、また職場へ戻る。それから十時近くまでが、かき入れだった。善次郎は、広島市の繁華街で「映画館」を経営していた。

震災後、大阪へ移って株屋で働いていた善次郎は、その店の顧客で、広島出身の資産家に認められ、その人が持っていた映画館を任され、今は共同経営者になっている。

思えば、映画――いや、活動写真は、善次郎と幸子を結びつけてくれたといってもよかった。恋人時代、二人は、よく浅草へ活動写真を見に行ったものだった。ことに善次郎にとっては、活動写真は青春時代の唯一の楽しみだといってもよかった。だから、株屋で働いていたころ、顧客との話題に活動写真のことがよく出たし、広島が善次郎の郷里であることから、話が決まったのだった。当時は不景気で、株屋の仕事には魅力もなかった。それに、幸子も大賛成だった。幸子も活動写真が無論好きだったが、それよりも、広島へ帰ることができるのが嬉しかった。善次郎と結婚して、トラともども広島へ帰ることが、幸子の夢だった。

幸子は、早速トラに「一緒に広島へ帰ろう」と手紙を書いたが、トラからの返事はなく、節夫から「広島での生活が落ち着いてからにしてはどうか――」と手紙が来た。

確かに、働き場所は映画館と決まっても、住む場所の当てもなかった。三年暮らした大阪の家を引き払って広島へ帰ったのは、幸子がトラと東京へ発ってから、五年目だった。

トラに従って広島を発った日と違って、幸子は少しも不安を感じなかった。それどころか、夫の善次郎と長女正代とともに「広島へ帰る」晴れがましさ――。しかも、職場が確保されているのだから。

　住居は、当初は舞台裏の一室を当てた。従業員も雇うことができず、幸子が切符を売って、善次郎が映写をするというありさまだった。それでも不景気は映画館の客足にも響いて、電気代を払うのがやっとという月が続いた。

　しかし、広島へ帰って五年、映画館経営もようやく軌道に乗って、従業員も雇い、借家ではあるが一軒家に移ることができた。しかも、その家が、幸子が育った家に近いのも嬉しいことだった。

　長男の良太も生まれた。その家に引っ越したとき、幸子はまた「トラを引き取りたい」と、叔父に手紙を書いたが、叔父からは、トラも歳だし、最後は自分が看取りたいと返事がきたのだった。

　姉妹のなかで、幸子が一番トラと長く暮らした。貴子や智子が東京へ行ってしまい、和子が京城の大叔父の養女になってからも、幸子は、広島で祖母のトラと暮らした。叔父の節夫がアメリカから帰ってきて、祖母と二人上京してからも、叔父と智子は会社勤め、貴子はやがて結婚して、幸子は祖母と過ごす時間が長かった。

　こわいお祖母様だったが、東京へ行ってからはすっかり気弱になってしまった祖母。幸子は、そんな祖母が好きだった。

　電報を受け取った幸子は、動転して、夕食の支度はそのまま、良太を背負い正代の手を引いて、家を飛び出した。善次郎にトラの死を告げると、

「ずいぶん急じゃったのう。この前の手紙では、皆さん変わりないいうことじゃったのに……とにかく、駅へ送ってゆこう」

東京行きの汽車が何時発なのか、二人とも調べもしなかった。

駅へ行ってみると、東京行きは二時間ほど待たなければならない。

善次郎は、とにかく切符を買った。

「わしも一緒に行けるとええんじゃが……」

「あんたは、小屋があるけぇー」

「そうじゃ、忘れとった。飯まだなんじゃろう?」

「支度したまんまで……隣に頼んできたけん、あんた、帰って食べて」

「おまえらじゃって、腹すいとろうが……」善次郎は子供たちの顔をのぞきこむ。

「それに、子供らやおまえの、着替えもないじゃないか」

「そうじゃった。あわててしもうて……取りに行ってこようか」

しかし、考えてみれば、喪服の用意もなかった。

「お姉さんに相談したら、なんとかなるじゃろう」

「じゃ、当座の物だけそこらで買うたらええ。あとは、すぐ送るけん」

子供たちの下着を買い、駅前の食堂で腹ごしらえをした。

「久しぶりじゃけん、ゆっくりしてくりゃーええ」

「叔父さんや、姉さんたちに会うのは、七年ぶりじゃ。和ちゃんも、大連から来るじゃろうか?」

「そりゃー来るじゃろう」

同じ時間、和子も明朝の出発にそなえて荷造りをしていた。船で下関へ、その先は汽車で東京へ。切符の手配もすんだ。和子は、娘の眞理子も連れてゆくつもりだった。

和子たちは、眞理子が生まれた年にこの家に引っ越したのだった。ロシア人の建てたこの家は、弁護士事務所と住居とに使っても、まだ使わない部屋が残っているほど広かった。

階下の広い客間には、今夜も五、六人の客が集まっている。彼らは、主に満鉄（満州鉄道株式会社）の若い社員たちだった。

夫の頼之は、若い人たちを集めて、彼らの勝手な議論やおしゃべりを聞くのが好きだった。和子はそんな若い客人たちのために、女中やボーイに命じて、酒のさかなや食事を用意する。最初のうちは、以前山田夫人から聞いた「山田夫妻を囲む会」というのはこんな会だったのかもしれないと思い、できたら山田夫人のような役割を果たしたいものだという気持ちもあったが、青年たちの議論に「違和感」を感じることがあって、最近では、なるべく客間には出てゆかなくなった。

青年たちの一番の話題は、満州に「新しい国家」を作るべきだというものだった。彼らは、日本民族、満州民族、漢民族、蒙古民族、朝鮮民族による国家を作るべきだというが、和子は疑問を感じる。満州は、満州民族のものだし、それに、支那の一部なのに、そこに新しい国を作ろうというのは、「軍」がやろうとしていることと同じではないか。青年たちは、民族のためとか、民衆のためとか言うけれど、もともとここは日本民族の土地ではない。しかし、それをつきつめてゆくと、自分自身がここにいることも疑問になってくる。

京城の大叔父の家にいたころも、よその国で、自分も含めた日本人が大きな顔をして暮らしていることに、違和感を感じたものだが、この大連でも、同じことを感じてしまう。もっとも、夫の頼之は、「朝鮮は、日本が強引に合併した国だし、満州は、朝鮮とは違うんじゃないかな」と言うが。

客が帰ったのか、頼之が二階へ上がってきた。

「あら、皆さんお帰り？　今夜は早いのね」

「ああ。君が明日発つので、遠慮したらしい」

「そんな、遠慮なんかなさらなくたって……」

「眞理子は？」

「もう寝ました」

「用意はできたの」

「ええ、大体」

「一緒に行けるとよかったんだけど」

「大丈夫よ」

「しかし、急だったねぇ」

「ええ……でも、お祖母様、もうお歳だったから」

祖母のトラは、和子にとっても、母親のようなものだった。

翌朝、和子は眞理子を連れて下関へ向かう船に乗り、下関からは、鉄道で東京を目指した。

四日後、叔父の家に着いたときは、トラはもう「小さな骨箱」に納まっていた。

「ごめんなさい、遅くなって……」

和子は、貴子にあやまった。

「仕方がないわよ、遠いんだから」

「けんど、こうやって姉妹が集まれるのも、お祖母様のおかげじゃのう」

智子と節夫は、その日、会社へ出かけていた。

キヨがコーヒーを運んできた。

「お疲れでしょ、よろしかったら、二階のベッドをお使いになってください」

「せっかく姉様たちに会えたんですもの、できるだけお話をしたいわ。だって、幸子姉様、明日は広島に帰るなんて言うんですもの」

「そやかて、家のことも何も、放り出してきたんじゃけん」

「幸子は、善次郎さんと一日も離れていられないんだから」

「ほんなこともないけんど……智子姉様も今日は早う帰ってきんさる言うてたし、今夜は、四人そろって語り明かすこともできるけん」

しかし、智子が帰ってきたのは九時過ぎだった。

「ごめん、ごめん、本社から来てる人を、銀座に案内したもんだから……」

「ロバートさん？」和子は反射的に聞いてしまう。

「まさかぁー」

ロバートは、洋子の父親だが、今はサンフランシスコの本社もやめて音信不通だということだった。

「そうだ、明日の晩、銀座で食事しない？　幸子も和子も、震災直後の銀座しか知らないでしょう。銀座も変わったわよ」

「この人は、一日に一度『銀ブラ』をしなくちゃ、気がすまないんだって」

「そうだ、和子、うちの車買わない？」

「えっ……？」

「あんたんとこなら、自家用車くらい持ってもおかしくないでしょ」

去年、智子は、会社の出張で大連へ行ったから、和子の暮らしぶりを知っていた。

「でも、車を持っても、運転をする者がいないわ」

「運転手を雇えばいいじゃない、満人かなんかの」

「そんな、運転できる満人なんかいないわよ」

「そうかなぁ」

「頼之さん、ご出世じゃのう」

「でも、どうせのことなら、お父様のように裁判官の道を選べばよかったのに」

いくらぜいたくな生活をしていても、「たかが満州の弁護士じゃないか」と言いたい気持を、貴子は押し殺して言う。

「あなた、寺崎さんのお宅にご挨拶に伺わなくちゃ。お義父様が亡くなったときも来られなかったんだから」

寺崎の父は、一昨年亡くなった。そのとき、和子は二人目の子供を流産して、葬儀には頼之だけが帰国したのだった。

その夜、姉妹は、祖母の暮らした部屋に蚊帳《かや》をつって寝た。東京に家のある貴子も、同じ敷地内に家を持つ智子も――。

子供たちは、居間のソファーや床に敷かれたマットで眠った。もっとも、良太だけは幸子のそばで眠っていたが。

「広島にいたころは、毎晩こうじゃったのう」

「よく貴子姉様のお布団に、みんなでもぐり込んで、おしゃべりをしたわ」

「お祖母様に聞こえないようにね」

「時にはお祖母様を起こしちゃって、叱られてね」

あのころ姉妹は、そうやって未来への夢を語り合ったものだった。

貴子は「東京へ出て、華族の若様と結婚する」と言った。確かに貴子は、伯爵家の次男坊と結婚はしたが、その生活は、あのころ夢見た生活とはまるで違う。もっとも、小さいが庭つきの家に住み、女中も雇っている生活は、本家によって支えられてはいたが。

智子は、アメリカへ行きたいと考えていた。そして、アメリカ人の経営する会社に入りアメリカ人の恋人もでき、アメリカへ行きもしたが、サンフランシスコに一週間いたきりで帰ってきてしまった。恋人には婚約者がいたのだった。智子自身に言わせると、とんだ『マダム・バタフライ』だった――というわけである。

幸子はあまり深く考えもせず「成金さんのお嫁さんになろうかいな」などと言っていたが、株屋で働いていた善次郎と結婚し、成金とは縁遠いが夫婦して映画館を経営している。

「お姉様たちはそれぞれ計画を持っておられるのに、わたしには何もない」と、あのころ悩んでいた和子は、いま大連市で、数少ない日本人弁護士として活躍している頼之の妻となった。

「結局、和子が一番りこうだったのかもしれないわね」

貴子は言い、またひそかに思う――「でも、たかが弁護士じゃないの」

智子は、自分の暮らしが気に入っていた。仕事はやりがいがあったし、娘の洋子は、叔母のキヨが母親代わりの役を引き受けてくれていたから、娘時代と同じように「気まま」だった。

幸子も、自分の生活に満足していた。経済的には一番つましい暮らしだったが、惚れぬいて一緒になった善次郎と、二人の子供がいるだけで幸せだった。

あたしはどうなんだろう――と和子は思う。確かに、姉妹たちのなかでは一番ぜいたくな生活をしているかもしれないけれど、なぜか、これは本当の生活ではないという思いがあった。

智子は早々と眠ってしまったが、貴子、幸子、和子は明け方近くまで、思い出話をしたり、近況を語りあったりした。しかし、それは、娘時代のような熱っぽい語り合いとは違ったものだった。

ふと話がとぎれると、庭の虫の声が降るように聞こえた。

久しぶりの東京

翌日、和子は眞理子を連れて、牛込の寺崎家を訪れた。

中野から省線で新宿へ、新宿から市電で牛込へ出る。市電を降りると、

「くしゃいよー、ママ、くしゃいよー」と眞理子が鼻をつまんで言う。

町角に、「おわい桶」が積んである。やがて、牛車や馬車が運んでいくのだ。東京の町ではよく見かけるおわい桶だし、どこへ行っても、そのニオイが鼻をついた。以前東京に住んでいたころは気にならなかったのだが、下水が完備した大連で生まれ育った眞理子が、町に出るたびにそのニオイを嫌がるせいもあって、和子も気になる。

市電通りから屋敷町に入ると、ごたごたした商店街とは違って、しっとりとした静けさが支配している。九月といってもまだ暑い日だったが、樹の多い屋敷町には涼しさがあった。

頼之の母は、以前頼之が住んでいた家に二人の女中と一緒に住んでいた。頼之の弟たちは、一人は札幌の大学に、もう一人は京都の高等学校でそれぞれ寮生活をしている。

まず、仏壇に線香をあげる。

「お義父様がお亡くなりになったときは、お伺いできませんで……」

「あなた、体の方はどうなの?」

「はい、もう、今は……」

「そう、それは結構ね」そして、取って付けたように続ける、

「あなたも、このたびは大変でしたね」

和子の祖母の死については、頼之から知らされていたが、弔問には行かなかった。どの道、正式に認めていない「嫁の身寄り」のことだから。

和子はそんな義母を「冷たい人」だと感じる。頼之が相談もせずに勝手に結婚したことを、未だに許してくれないのはわかるが、それにしても結婚して七年たっているというのに。

それでも、孫の眞理子はかわいいらしく、

「眞理子ちゃん大きくなったわね。この前会ったときは、まだ赤ちゃんだったけど」

眞理子は、出された和菓子を、楊枝《ようじ》でうまく口へ運ぼうと苦闘していた。

「いいのよ、おててで取って召し上がれ」

眞理子がいなかったら、一時間とは持たなかったろう。でも、幼い者を挟んでの会話で、なんとなく時間が過ぎた。

「お義兄様、お義姉様もお変わりなく」

「ええ。あちらは三人目ができてねぇ」

それは、二人目を流産した和子に対する皮肉のようにも聞こえる。しかし、隣家に住む息子夫婦を「あちら」と言うのも、なんだか他人行儀だと和子は思う。

その隣家へも挨拶に回った。門を出て、生垣にそって行き、また門を入る。同じ庭内にそれぞれ家を建てて、双方が自分の家と同じように行き来している叔父夫婦や智子の気楽さと、何という違いだ

ろうと和子は思う。

「あら、いらしてたの」

それが嫂の第一声だった。

「お義母様ご在宅でした？」

「ええ」

「まあ、お珍しいこと」

「お珍しいんですか？」

思わず聞き返してしまう。

「ええ。活動写真だ、お芝居だって、あちらお出かけが多いから」

また「あちら」だった。それにしても、義母にそんな楽しみがあったのか――と、ちょっとほほ笑ましくなる。

「それに、お出かけまでが、また大変――朝からお風呂を焚かせて、お入りになり、髪結いまでお呼びになるのよ。そして、お供をお連れになってのお出かけでしょう。そのために、お供の着物まで作っておやりなさるのよ」

嫂のおしゃべりは、とどまるところを知らない。

控訴院長まで勤め上げて亡くなった「夫の遺産」で暮らしている義母に比べて、未だに検事局の一検事に過ぎない夫への不満も強いようだ。

果てしなく続く大人の話に飽きたのか、眞理子は母親に寄りかかって眠ってしまった。

次の日、幸子は子供を連れて広島へ帰った。夫が一人で映画館を守っていることを思えば、東京でのんびりしているわけにはゆかなかった。幸子が広島へ帰り、貴子もここ数日訪ねてこない。

和子は、節夫の妻キヨとすっかり打ち解けて、「実家」に帰ってきたようにくつろいでいた。節夫と智子が会社へ、洋子が幼稚園へ出かけて行ったあと、和子は朝食の後片付けや掃除を手伝う。大連の家では、女中やボーイ任せで家事をすることもなかったが、こうして久しぶりにする家事は新鮮で、娘時代に戻ったような感じがあった。

キヨは働き者で、家のなかが片付くと外仕事をする。鶏を十羽ばかり飼っていたし、野菜を作ったり、果樹も何本かあって、卵や野菜、果物などは結構それでまかなえた。

和子も、キヨを手伝って卵を集めたり、きゅうりやトマトをもぐ。畑仕事は、和子にとって初めての経験だったが、結構楽しかった。眞理子も、和子についてまわり、卵や熟れたトマトを見つけると、まるで宝物でも探し当てたように歓声を上げた。

和子や眞理子が喜んでくれるのは嬉しかったが、せっかく東京へ来たのに、畑仕事でもあるまいにとキヨは気を遣う。

「どこか見物でもしてこられればいいのに、せっかく遠くから帰って見えたんだし」

「別に行きたいところもないし——銀座にも智子姉さんと行ったから」

智子は、一日に一度は銀座を歩くと言っていたが、和子にはそれほど魅力があるとも思えなかった。

大連には、中国風の繁華街も、日本風の繁華街もあるが、和子は繁華街が好きではなかったし、それは「ヨーロッパ風に造られた大連の街」には、不似合いだと思っていた。

銀座もまた、ごちゃごちゃした繁華街だった。品物があふれている狭い店が不ぞろいに連なり、ぞろぞろ人が歩く。それに、あの騒音はなんだろう。電車や車の音、呼び込みの声、レコード音楽、ラジオの声――まるで音の洪水だ。そんな街を、一日に一度歩かないではいられない智子の気持ちがわからない。

午後からは、幼稚園から帰ってきた洋子も連れて、貴子の家へ行った。

貴子の家も同じ中野だが、眞理子や洋子を連れてだと三十分以上かかった。バスで行けば楽だったが、ブラブラ散歩するにはちょうどいい距離だ。

駅周辺の商店街を抜ける。和子は、洋子に聞いた、

「本屋さんで、本探していい？」

「いいわよ」

眞理子も、口真似をする。

「いいわよ」

本屋に寄ろうと思ったのは、朝刊の雑誌の広告で、葉村の名前を見たからだった。

これまでも、時折、葉村は作品を発表していた。そのすべてを読んだわけではないが、やはり気になって、機会があれば読んでいた。

葉村に未練があるわけではない。ただ、書くことのできる人への羨望を感じるのは確かだった。震災後、東京へ向かう列車のなかで読んだ葉村の原稿を思い出す――そういえば、あのときの作品が発

表されたのは、眞理子の生まれた年だった。帰ってきた頼之が、

「出てるよ」と言って、その雑誌を和子に渡したのだった。

和子は、葉村の作品の載っている雑誌と、眞理子と洋子のために『アンデルセン童話』の絵本を二冊買った。本棚に、山田氏の評論集があったので、それも買った。

葉村に会いたいとは思わなかったけれど、山田夫妻には会ってみたい気がしていた。

山田氏は労働運動で、夫人は婦人問題で活躍していた。そんな二人に、和子は話したかった。満州族の土地で暮らしている、傲慢な日本人のことを。しかし、それは自分のことでもあるのだから、批判がましいことを言えるはずもなかった。

本屋を出て、ケーキを買い、貴子の家へ向かう。

「遅いじゃないの」外出着姿で、茶の間に座った貴子が言う。

「あら、どこかへお出かけ？」

「そうじゃないわよ。あんたたちが来るから」

「あら、特別のお客でもないのに」

東京へ来てから貴子の家を訪ねるのも二度目になる。

もっとも貴子は、来客の予定がなくても、時どきそんなふうに着飾ってみたりする。若いころ、ちょっとのあいだ小間使いとして働いていた旧藩主邸の夫人が、毎日着飾り、化粧をして、部屋に座って刺繍をしていたのを思い出して、その真似をしてみたりする。刺繍も真似したことがあったが、この数年それはやめ、トランプ占いで時間をつぶしている。

洋子は、眞理子を連れて、勝手知った二階へ上がって行った。二階には、千代と裕の部屋がある。

「やあ、いらっしゃい」

敏二郎が書斎から出てきた。

敏二郎は、客でもなければ、一日中書斎で本を読んでいる。まるで、それが仕事かのように。

女中が茶菓を運んできた。敏二郎と貴子が結婚したときに、敏二郎の生家からついてきた女中で、和子とも顔馴染みである。結婚以来、生活費は月末になると本家の家令が届けてくる。子供が生まれるとその都度金額は増えるが、ぜいたくができるほどの金額ではない。家も本家のもの、女中のお手当ても本家から出ている。

何も変わっていない——と和子は思う。子供が二人増えただけで、貴子も敏二郎も、少しも変わっていない。この家にみなぎっている「倦怠感」は、訪ねてきた者にも感染するようだ。

「そろそろ帰ろうかと思うの」

「大連に？」

「ええ」

「どうして。久しぶりに来たんじゃないの。ゆっくりしてゆけばいいいわ」

「もう充分ゆっくりしたもの」

「退屈したってわけ」

「そうじゃないけど……」

「人生は『退屈』なものですよ」敏二郎が、悟りきったようなことを言う。

「とにかく、その話は、来週しましょう。この週末は、智子がパーティーを計画しているようだし」

二階で子供たちの騒ぐ声が聞こえる。

「何をしてるのかしら」

「子供たちはいいね。楽しいことがたくさんあって」

「女の子はお行儀よくしてくれなくちゃ。どんなところへお嫁にゆくかわからないんですからね」

貴子は、今まで自分が敏二郎に失望した分、千代に期待しているようだった。

その週末、智子は、本当にパーティーを催した。節夫の家の食堂、居間、それに庭にまで、自分の家からテーブルや椅子を運び出して並べた。

明るいうちから客が次々やってきたが、そのほとんどは和子の知らない人たちで、智子の仕事相手や遊び友だちらしかった。「和子のためのパーティー」とはどうやら口実のようだった。

智子は、生き生きと客のあいだを泳ぎまわっていたが、貴子はお付き合いをしていますといった表情で居間の隅に腰をおろしたきり、敏二郎は結構楽しそうに客たちの相手をしていた。節夫は、もっぱら外国人の相手を務めている。

結局、和子はキヨと二人で、オードブルやパンチを追加したり、汚れたグラスや皿を下げて洗ったり、忙しいばかりだった。

「和子、あんた、こんなところで何してるのよ！」

智子が、台所へ入ってきて叫んだ。

「だって、そろそろサンドイッチでも出さなくちゃ、テーブルの上が寂しいでしょ」

「そんなこといいから、あなたのお客さんよ」

「あたしの？」

智子に手を引っ張られて、エプロンをはずすのが精一杯だった。

居間に入ってゆくと、そこに思いがけない人が立っていた。

「葉村さん――」

和服姿の葉村は、パーティーの人混みのなかに、不機嫌な顔で突っ立っていたが、和子に気づくと表情を和ませた。

「やあ、久しぶりですね」

「どうして、ここへ？」

「あなたに会えると、知り合いの編集者に誘われて来たんですが、どうやら、お姉さんの策略に引っかかったようですね」

「策略はないでしょう。葉村さんはね、小説家として目下売り出し中なのよ。和子は、お祖母さんの葬式で帰ってきたの。まあ、二人とも大人なんだから、ゆっくり昔話でもしてちょうだい」

智子は、和子を葉村の方へ押しやるようにして、他の客たちの方へ行ってしまった。

「お書きになった小説、読ませていただきましたわ」

「それは光栄ですね。しかし売り出し中というわけじゃありません。それにしてもあなたはちっとも変わらないですね」

「そうでしょうか」

「ええ」

レコードをかけて、ダンスが始まっていた。

「庭へ出ませんか、ここは騒々しくて――」

「でも、お客様にサンドイッチを……」

「そんなこといいじゃないですか、大体主賓はあなたなんでしょう？　とにかく出ましょう」

葉村は先に立って庭に出てゆく。相変わらず強引な人だわと和子は思ったが、結局、あとに続いた。

「こういうパーティー、お嫌いでしょう」

「ええ、嫌いです。プチブル趣味で、退廃的で、鼻持ちなりませんね」

「そうでしょうか。カフェやダンスホールなんかに比べて、ホームパーティーは健康的だと思いますけど」

葉村はそれには答えず、話題を変えた。

「寺崎氏は元気ですか？」

「えーええ」

「彼は、なかなかの人物ですね。あなたと結婚して、大連へ行くと聞いたとき、ほんとならカッとして、二つや三つ殴ってもよかったんですが、彼があまり穏やかに話すものだから、ついそのきっかけを失ってしまいましてね」

そうだったのか――と和子は思う。夫の頼之は、「そのとき」も「そのあと」も、葉村とのあいだで何が話されたか、語ったことはなかった。

「彼は、今、何をしているんですか」

「弁護士をしています」

「なるほど、それはぴったりだ。なにしろ説得力があるからな」

「葉村さんも、望みを実現なさいましたね」

「まあ、作品はいくつか発表しましたがね。筆は一本、箸は二本でね。なかなか家族を養ってはいけませんよ」

「お子さまもいらっしゃいますの」

「娘がおります」

「そうですか。あたくしも娘が……連れてきてますのよ」

和子は、庭を横切り、葉村を智子の家に案内した。

眞理子は、洋子と一緒にもうベッドに入っているはずだった。パーティーの始まる前に食事もさせ、入浴もさせたのだから。

二人はベッドに入っていたが、熱っぽく上気して、荒い息をしていた。

「まあ、どうしたの？　眞理子、洋子ちゃん――」

洋子が、トロンとした目で和子を見上げた。

二人の枕元に、チョコレートの大箱があって、中味はかなり減っている。

「ウイスキーですよ」

「えっ?」

「ウイスキー入りのチョコレートを食べて、二人とも酔っぱらっているんですよ」

「まあ、イヤだわ。洋子ちゃん、このチョコレートどうしたの?」

「……ママが持ってきてくれたの。誰かのプレゼントだって」

パーティーの客の誰かが持ってきたのを、ウイスキー入りとは知らず、智子が子供たちに与えたのだろう。

「イヤだわ、姉さんたら……」

葉村は笑っていたが、和子は笑うどころではなかった。そして「小さな酔っぱらいたち」の世話で、葉村との会話も途切れてしまった。

気がつくと、葉村はいなくなっていた。パーティーは盛り上がっているようだったが、そこにも葉村の姿はなかった。

久しぶりの広島

和子が、眞理子を連れて東京を発ったのは、翌週だった。

幸子と約束したように、広島で一泊する予定だった。

広島へは、京城の大叔父の養女になって以来、帰っていない。何度か通りはしたし、その都度、列車を降りたいと思いながら、その願いを果たしたことはない。

その「広島駅」には幸子が迎えにきていた。

「疲れているかもしれんけど、うちの小屋見てくれる？」

「それもいいけど、まず、昔の家に行ってみたいわ」

「そうじゃね。和ちゃん、あれ以来じゃけんねぇ」

「そうなの、あれ以来なのよ。あたしたちの育った家、あのころのままかしら」

「うん、ちいとも変わっとらんよ」

昔の家に向かう電車のなかで、車窓から左右の家を見ては、

「ちっとも変わってないわ――あ、この道、覚えてる」などと娘時代に戻ったようにはしゃいで、

「ママ、嬉しそうね」と眞理子に冷やかされた。

電車は繁華街に入ってゆく。

「へえー、この辺は変わったわねぇ」

「この先に、うちの小屋が――ほれ、これ、これがうちの小屋なんよ」

今度は、幸子がはしゃぐ番だった。

「へぇー、これがねぇ」

それはなんとなく、善次郎や幸子がよく行っていた「浅草の活動写真館」を思い出させる「映画館」だった。

電車は繁華街を通り過ぎ、和子も見覚えのある懐かしい通りを走る。

やがて、幸子にうながされて電車を降りると、そこはまぎれもなく和子たちが育った町だった。

昔の家――祖母と姉妹四人が暮らした家は、いくらか古びてはいたが、あのころのままに残っていて、今にも、格子戸を開けて祖母のトラが出てきそうだった。

「今は、お年寄り夫婦が住んどりんさるんよ。そのお婆さん見るたんびに、お祖母様かとハッとするんよ」幸子もそんなことを言った。外からは、住人の姿は見えなかったが。

姉妹が育った家を離れると、幸子は言った、

「東京では、貴子姉さんがおいでるけん、話さなかったけんど、お父さんなあ……」

「お父様、お加減どうなの」

幸子からの手紙で、神戸にいる父は最近からだの具合がよくないと知っていた。母を裏切り、自分たちを捨てた父だが、幸子や和子は、姉たちのように父親を無視する気にはなれなかった。

「思わしゅうないんよ。東京の帰りに、ちょっと寄ってきたんじゃけんど、もう、うちのことわからんようじゃった」

「そう……」

和子も見舞いにゆくことを考えないではなかったけれど、現在の父の家族への遠慮もあって、実行しなかった。それに、大阪にいたころちょくちょく訪ねていた幸子でさえわからないのなら、和子のことがわかるはずもない。縁の薄い父を思って、和子は涙ぐんだ。

「ここからは、家の方が近いけんど、小屋へ寄って。うちの人、待っちょるけん」

善次郎は本当に待ちかねて、映画館の表に出ていた。

「どうしたんじゃ。あんまり遅いから、心配になって、駅へ行ってみようか思うとったんじゃ」

「お久しぶりです」

「よう来てくれちゃったのう。眞理ちゃん、伯父さんじゃ。よろしゅうのう」

以前と同じほほ笑みが、その顔に広がっていた。

眞理子は、そんな伯父に、映画館のなかを案内されて大はしゃぎだった。大連でも、たまに子供向けの作品がかかっているときに、母に連れられて行くことはあるが、映画館のなかをこんなふうに自由に歩き回ったことはなかった。事務所、映写室、客席、舞台裏——まだ映写は始まっていなかったので、正代と二人で「鬼ごっこ」だってできた。

「うちらが、この小屋引き受けたときは、まだ升席《ますせき》じゃったんよ。それを、ようよう椅子席に変えて、ほっとした思うたら、今度はトーキーにせんならん。東京や大阪じゃ、もうトーキーに切り替えた小屋があるそうじゃけん」

幸子は、映画館経営の苦労を語りながら、楽しそうだった。

幸子姉さんも、善次郎義兄さんも、ちっとも変わっていない、と和子は思う。恋人時代、新婚時代と、ちっとも変わっていない——と。それに二人の愛情が、経営する映画館にもあふれている、そうも思った。

午後、眞理子は、正代と一緒に映画を見たいと言うので、和子と幸子は子供たちを置いて町へ出た。

「映画館、手伝わなくていいの?」

「東京に行っとるあいだに、新しい従業員さんも来てくれちゃったし、大丈夫じゃ。以前は、何もかも二人でやっとったけん、ほんまに大変じゃったけんど――わたしが切符売って、うちの人が映写して、休憩には、売店の売り子もやって――」

二人の足は、自然に、通い慣れた女学院への道に向かう。

やがて、懐かしい赤煉瓦の校舎が見えてきた。新しい校舎も増えてはいたが、思ったよりは小じんまりしている。

「校長先生は、お具合が悪うて、伏せっておいでじゃって聞いたけんど――」

明治十年代に、一牧師によって「聖書と英語の女子塾」として創立され、その翌年アメリカから招聘《しょうへい》された女性宣教師が校長を勤め、本格的な学校を建設し今日まで続いている母校。貴子、智子、幸子、和子の四人姉妹は、クリスチャンだった祖母トラの影響で、そろってこの学院に入学した。貴子と智子は、女学部五年と専門部の三年を終了したが、幸子は女学部だけで専門部には行かなかった。

「うちは、智子姉さんと違うて勉強嫌いじゃったけん、五年でも長うて……」

「あたしは、養女になっていったから、四年と一学期しか通えなかった」

「そうじゃったねぇ」

「あれから九年――もう、あたしのこと覚えている先生もいらっしゃらないだろうけど。幸子姉さんは同じ広島にいるんだから、たまには先生方や同級生に会うこともあるんじゃない」

「それがちいとも——たまに、小屋に来てくれる同級生もいるけど、ゆっくり話する暇ものうて。同窓会の集まりもあったけんど、忙しうてよう出んのよ」

午後の校庭は閑散としていて、どこからか、讃美歌の合唱が聞こえてくる。

「うちらも、よう歌わされたね」

和子は、小さく声を合わせて歌った。

校舎の裏手に回り、川沿いの道に出る。その道も懐かしかった。たっぷりな水面に、緑をしたたらせた樹々——これこそが、広島だった。

「お祖母さんのお骨のことなんじゃけどねぇ……」幸子が言い出した。

二人は祖父と母の眠る墓地に向かっていた。

「叔父さんは、東京にお墓作りんさるつもりじゃろうか」

「あたしも聞いてみようかと思ったんだけど……」

しかし、二人にとっては、口を出しにくいことだった。

祖父と母の墓は、本家の墓所の片隅にあった。祖父も母も、幸子や和子が幼いころに亡くなっている。

「このお墓に納めてくれれば、うちが『墓守り』させてもらうつもりじゃけんど」

「そうねぇ、お祖母さんも、ほんとは広島に帰ってきたいでしょうにね」

「うちもそう思うんよ」

あたしが死んだら、どこへ埋められるのだろう——和子は思った。養女になっていった京城の家とは、養父が亡くなってから縁が遠くなっている。歓迎されない嫁の和子としては、寺崎家の墓へ行ったこともない。結局、大連に、新しい墓を作ることになるのだろうか。

翌朝、和子は、その大連に向かって広島を離れた。

駅には、幸子、善次郎、そして子供たち、一家をあげて見送ってくれた。

「いい夫婦だ——」と和子は思う。いい人たち、この広島の町にふさわしい人たちだと。水と緑の豊かな広島。あたしたち姉妹が育った町——しかしその町は、和子にとっては、もう縁のない町だった。いや、姉の一人が住んでいるにすぎない町だった。広島も、東京も、そこは、単に姉たちが住んでいる町。あたしには故郷はない。東京で生まれ、幼いころに博多へ、広島へ。そこで育って、京城に養女に行って、また東京に戻ったが、一年たらずで大連へ。結局、大連しかないのだ。あたしの帰る場所は——和子は窓外を過ぎる景色に目を預けたまま、考え続けていた。

その夜

客船が大連埠頭の桟橋に横づけになるかならないうちに、眞理子は、出迎えの人混みのなかに父親の顔を見つけた。

「パパ」

頼之は、「やあ」と言うように片手を上げた。

埠頭から我が家へはそれほどの距離ではないが、頼之はマーチョと呼ばれる馬車をひろった。馬と、馭者《ぎょしゃ》の体臭の入り混じった匂いに、ああ、大連に帰ってきた——と和子は思う。

「ちょっと、ゴタゴタしてるよ」

「ゴタゴタ？」

「いや、工事をね——帰ってくるまでには終わると思ったんだが、意外に早かったものだから」

家の前には、工事に使う木材が立て掛けてあり、満州人の労働者が出入りしていた。

家に入ると、廊下のすぐ右に事務室があり、その入口で、二人の事務員が出迎えてくれた。気配を察して、奥からも女中とボーイが出てきた。彼らは口々に「お帰りなさい」と言いながら、表の馬車に積んだトランクを取りに行ったり、和子が手に下げていたバッグを受け取ったりする。

眞理子は、十歳ほど年上のボーイの腕をとって、

「リュウのお土産もあるよ。ね、ママ」

と興奮気味だった。

事務室の隣が頼之の執務室。廊下の突き当たりが広い客間になっていたが、工事が進んでいるのはその客間だった。床板が新しく張り直され、今、天井の照明が替えられようとしていた。

「どうするの？」

「間接照明にしようと思ってね」

「床も張り替えたのね」

「ああ、ダンスができるようにね」

「ダンス——ホールね、まるで」

これまでは、客があったときにたまにダンスをすることもあったが、それは、主として和子の友人たちであった。日本人の中年男性は、ダンスをすることにテレがあり、そのダンスもスマートとは言いがたかった。そのなかでは、背の高い頼之のダンスは一応形にはなっていたが、それとても客に対するお付き合いの域は出なかった。

「あなたが、そんなにダンスが好きだったとは思わなかったわ」

「いや、好きというわけでもないけどね」

どういう心境の変化だろう——和子は思う。頼之が和子をともなってこの大連へ来たのは、兄や母の反対を押し切って結婚することのわずらわしさと、葉村の存在を考えてのことだったろう。それと同時に、いや、もしかしたらそれ以上に「新天地での夢」もあったのかもしれない。事実、頼之は大連に来てから、同じように新天地を求めてやってきた青年たちを集め、現在、未来について議論をたたかわせて飽きることがなかった。——しかし考えてみれば、それもおかしなことだった。この国には、この国の歴史があり、その歴史を引き継いで暮らす人々がいる。そこへ、別の国からやってきた人間が、何をできるというのだろう——もしかしたら、頼之もその空しさを感じたのかもしれない。それで、青年たちの集まる客間の改造を思い立ったのかもしれない。

しかし、わが家はやはりいい。夕方になって職人たちが帰ってゆき、家族水入らずの夕食。食事が終わって眞理子を寝かせると、和子はベランダに出た。半円に近い月が低く、外は暗かったが、頭上には降るような星空が広がっていた。

「風邪引くよ」頼之が部屋から声をかける。

「お星さまがきれい」

その星空の下で、この大連から北へ約七百キロ、奉天市の郊外では「大事件」が起こっていることを、頼之も和子もまだ知らなかった。それればかりではない、その事件が自分たちの人生に、目に見えない地すべりを引き起こすことになろうなどと、考えてもいなかった。

翌朝、食事の用意していた女中のスエが言った、

「事務所の人たちが、騒いでますよ」

「騒いでるって？」

「戦争が始まったんですって」

「どこで？」

「奉天らしいですよ。支那兵が線路を爆破して、それで戦争が始まったって言ってました」

そこへ、朝刊を持った頼之が入ってきた。『支那軍満鉄線を爆破』という字が、朝刊の一面に躍っていた。

「どうせまた、関東軍がやったんだろう」

「また」というのは、三年前の張作霖《チョウサクリン》爆殺のことを言っているのだと、和子にはすぐわかった。満州で力を持っていた軍閥の張作霖元帥が乗った特別列車を、奉天の近くで爆破した事件は、中国国民党の「便衣隊員」の仕業だと関東軍も日本陸軍省も発表したが、中国の新聞はむろん英字紙も、背後に日本陸軍のあることを当初から報道していたし、時日の経過とともに「関東軍が怪しい」という噂

が広がったのだった。

「また関東軍が――」という言葉は、その夜、東京の節夫の口からも出た。

智子はまだ帰ってきていなかったが、貴子と夫の敏二郎が訪ねてきていた。敏二郎は、何か事件があると節夫の家を訪ねる。日本の新聞記事より、アメリカの新聞社に勤める節夫から得る情報の方が信用できるというのが、その理由だった。

「満州なんかに行ったからいけないのよ。頼之さんは、東京でだってちゃんとやってゆける人なのに」貴子は、さっきから同じ不満を繰り返していた。

「でも、戦争が始まったのだから、帰ってみえるかもしれませんよ」キヨが慰める。

広島でも、似たようなやり取りが交わされていた。

「こんなことじゃったら、もう一日でも二日でも、和ちゃん引き止めておきゃあよかった」

「そうじゃったのう」

しかし、東京でも、広島でも、心配は心配だが「戦争」ということにもう一つ実感が湧かないというのは、大連市にいる日本人たちにとっても同じだった。もっとも「戦争」は三日もたたないうちに「事変」と言い替えられたが。事変直後、在留邦人たちは、不安のなかで呆然としていたが、そのうちに、噂まじりのニュースを話題にすることはあっても、日常生活は事変前と同じように続けるようになった。

日本から送られてくる部隊が、埠頭から駅へ向かって行進してゆく以外は、街は妙に静まりかえっていた。店を閉めている満州人の商店もあったが、日本人の店は商売を続けていた。

中国本土から出稼ぎに来ていた中国人たちが、本土へ続々と引き揚げているという噂はあったが、街の周辺に住む中国人たちの表情は、事変に無関心のように見えた。

しかし、そのあいだに、関東軍は、奉天、長春、営口などの都市を次々占領し、中国軍を追撃していた。

頼之の計画した客間の改造も終わり、「パーティーをやろうー」と頼之は言い出した。

「でも、こんな時期に……」

「こんな時期だから、パッとやろうじゃないか」

頼之のように、なんとなく憂鬱な気分を振り払いたいと思う人も多かったようで、別に招待状を出したわけでもなく、電話と口伝えで、結構多勢の友人、知人が集まった。皆、事変のことなど忘れたように、おしゃべりをしたり、ダンスをしたりして、パーティーは盛り上がった。それは、不安を抱えた人々が、その不安をあえて無視しようとしているようにも見えた。

そして、その不安は、やはり形になって現れた。

パーティーが終わりに近づいたころ、三人の関東軍将校が入ってきた。入口近くにいた人々は気付いて、表情を凍らせたが、多くの客たちはまだ騒いでいた。将校の一人が、怒声を上げた。

客たちは、ようやく闖入者《ちんにゅうしゃ》に気づいて、静かになった。

和子が止めようとするより早く、頼之が、将校の前に立った。

「やあ、いらっしゃい」

「貴様が寺崎か！」

「そうです。皆さんは？」

「名を名乗る必要なんかない！」

「それはまた……で、何かご用でも」

「この騒ぎはなんだ」

「改築祝いのパーティーでして」

「ダンスなんかしやがって、この非常時をなんだと思ってるんだ」

「非常時――しかし、政府は不拡大方針を出したんでしょう」

「黙れ、貴様それでも日本人か！」

将校は、いきなり軍刀を抜いた。婦人客が悲鳴をあげた。

さすがに他の将校たちが止めに入り軍刀は元に戻したが、

「寺崎、貴様のことは覚えておくからな」と捨てぜりふを残して、将校たちは出て行った。

客たちは白け、頼之や和子に挨拶もそこそこ帰って行った。

みんな恐れている、と和子は思った。

「あなた、休みましょうか」

「そうだね」

二階の階段を登りながら、頼之はつぶやいた、

「ちょっと大人気なかったかな」

和子は黙って、夫の背中に手を置いた。そして、この人を愛していると思った。

雪の日

あの夜、奉天郊外で起こった「事変」は、日本政府の不拡大声明にもかかわらず、満州全土に広がり、中国政府の抗議や国際連盟の撤兵勧告を無視し、翌年の「満州国建国」へと強行された。それにつれて、日本国内の不景気から逃れようとする人々が、満州国に理想郷を求めて、ぞくぞくと流れ込んできた。かつて頼之の周辺に集まってきていた若者たちのうちの数人も、満州建国に夢をかけて、首都新京へ去った。

頼之はというと、こんな動きにまるで興味がないように、これまでと同じ生活を続けていた。例のダンスパーティーも、週末には必ず友人夫妻を招いて続けていた。それどころか、ひところは、博多で食いつめて大連へ渡ってきたダンス教師を雇って、ダンスが苦手な友人たちに教えさせたりもした。

日本国内の不景気は、当然就職難の原因となり、頼之の弟直之も大学を卒業すると、兄を頼って大連へ来て、通信関係の会社に就職した。

社会人になったばかりの弟が同居することになったせいか、それとも、娘の眞理子が小学生になったせいか、頼之は、週末のダンスパーティーをあまりやらなくなった。そのかわり、週末には、午後から家族そろって海岸のホテルで過ごすことが多くなった。しかし、夏なら海岸で遊んだり、泳いだりできるが、冬は家族そろって楽しめることも少ない。

そこで頼之は、公園の近くの、これもロシア人が建てた「家」を見つけてきた。

和子はこれまでの家と違って、広間もなく、事務室もなく、客間、居間、食堂を中心にした「平凡なこの家」の間取りが気に入った。弟の直之も、冬になると公園の池でスケートができるし、山に近いのでスキーもできる、と喜んだ。学生時代札幌でウインタースポーツを楽しんだ直之らしい発想だった。

事務所は、裁判所の近くのビルの部屋を借りることにした。

軍はますます力を持ち、満州国政府を操り、中国本土でも、小競り合いを繰り返していたが、和子の周辺は平和だった。

頼之は事務所へ、眞理子は学校へ、そして直之も会社へ出かける。ボーイの劉《リュウ》は眞理子を小学校へ送ると、自分も中学校へ通うようになったので、和子は女中のスエと二人きりになる。家のなかを片付けたり、植木の世話をしたりして、午後は眞理子を迎えにゆき、ついでに買い物をして帰ることもある。夕食の献立を考え、スエに手伝わせて料理を作る。

週末は、夏は海岸で、冬は公園や山で過ごす。たまには気の合った友人夫妻が訪ねてきたりする。

和子は、そんな生活に満足し、しみじみ「幸福」だと感じていた。

幼いころ、父と別れて母と三人の姉たちと九州へ行った。そこでの短い幸せな生活の後、母から引き離され、姉たちと広島の祖母の家で暮らすことになった。昔風の暮らしと厳しかった祖母——それは、つらい生活だったとも言えないが、幸せな生活とも言いがたかった。その後、朝鮮の大叔父の家に養女にやられたが、ここでも大叔母の冷たさに悲しい思いをした。震災後東京で姉たちと再会したが、その生活も長くは続かなかった。その間、和子はいつも、自分のいるべき場所にいないという思いに悩まされていたような気がする。幸せだと思ったときも、その幸せが決して長続きしないのだという「不安」を感じていたようだ。――でも、今は違う。生活は安定し、家庭内のことは和子の思うまま、その生活が崩れたり、変質したりすることはまるでないように続いてゆく。――しかし、そうだろうか、と和子はまた考える。家のなかは安全で、心地よいが、外へ出ればどうだろう。このあたりの住宅地では目にしたことはないが、二、三日前にも、街中で見かけた光景を思い出す――垢で黒光りした襤褸《ボロ》をまとった満州人が、電車に乗ろうとしていた。しかし、車掌が彼をさえぎり、なおも乗ろうとした彼を突き落した。道路に倒れた男を残して、電車は走り去った。電車の車掌は、日本人ではなく満州人だったろう。この大連で、電車の車掌になる日本人はいないから。そのことが、和子の気持ちをさらに重くさせる。

そして、和子は、この美しい大連の街のはずれにある満州人町のことを考える。それは、道路に倒れた男が身につけていた襤褸のように、垢にまみれ、いや、泥と埃にまみれた町だった。和子はそこに足を踏みいれたことはない。十年近くこの大連に住んでいるのに、ほんの二、三度、それも表通りを、車で走り過ぎたことがあるだけだった。

そんなことを考えると、平和で幸せなこの生活も、もしかしたら「ガラス細工」のようなものではないかとふと感じる。泥と埃の上に置かれたガラス細工――。

もっともそんな不安感は、大連にいる和子だけのものではなかった。東京の貴子や智子の生活も、順調だったけれど、なんとなく息苦しい気分が自分たちの生活を取り囲んでいるという感じがあった。

貴子は、それは叔父の節夫と夫の敏二郎のせいだと、いつもこぼしていた。

「あの二人ときたら、『日本は世界の孤児になってしまった』の『軍は横暴で、政治家は軍の言いなり』だの、『日本はもう駄目だ』なんて、年中言ってるんだから。そりゃーあたしだって軍なんか嫌いよ。でも、そう言ってみたって仕様がないじゃないの」

「言いたいなら、言わせておきゃーいいのよ」

智子は、気にも留めないふうだった。

「叔父ちゃんは、いろいろ理屈を書くのが商売だし、義兄さんは暇を持て余してる人だし、顔合わせりゃそういうことになるのよ。もっとも、この不景気にはあたしだってうんざりだけど。それより、今夜、銀座で食事しない?」

智子は、相変わらず日中は車の販売で忙しく立ちまわり、夜は銀座で飲むか、ダンスをする。その上に、仕事のない週末まで出かけたがるのだった。

「ねぇ、叔父ちゃんたちも一緒にどう」

「僕は、叔母ちゃんの料理の方がいいね」

節夫も、週日は仕事で忙しく、帰宅時間も不規則だったが、週末は家でゆっくりするのが好きだった。

そして、結局は、貴子の一家と智子の一家が、銀座に繰り出してゆく。

要するに貴子や智子も、漠然とした不安を感じてはいるものの、それぞれの生活に満足していたということかもしれない。

しかし、そんな貴子や智子にとっても、あの雪の日の「事件」は衝撃だった。

その朝、節夫は会社の同僚からの電話で、食事もとらずに家を飛び出した。

「『事件』が起こったらしいから、智子も洋子も、今日は出かけない方がいい」と言い残して。

キヨは、智子と洋子を起こし、三人は書斎のラジオの前に集まったが、事件についての放送はない。

智子があちこち電話をかけて、「今朝方、軍隊によって大臣が殺害されたらしい」ということがわかった。

「クーデターだわ」

智子もさすがに緊張した。しかし、クーデターという言葉は知っていても、その実体を想像することはできなかった。

「おじいちゃん大丈夫？」

洋子は出かけた節夫を心配した。

「大丈夫よ、叔父ちゃんはジャーナリストだもの」

「貴子さんのお宅は大丈夫でしょうかね」キヨが言った。

貴子の家には電話がないので連絡しようがない。

「クーデターが起こったとしても、敏二郎義兄さんや姉さんに何かあるとは思えないわ」

事実、敏二郎と貴子は、正午近くになるまでその騒ぎを知らなかった。学習院に通っている娘の千代と息子の裕が帰ってきて、それで事件が起こったことを知ったのだった。しかし、小学生の話では要領を得ず、ここでも早速ラジオをつけたが、なんの報道もない。敏二郎が雪のなかを近所へ電話を借りにゆき、智子と連絡がついて、やっとおおよその様子がわかった。

「智子さん、来ないかと言うんだ。何かあれば、叔父さんから電話があるだろうし、アメリカ大使館の友人に電話をすれば、ラジオや新聞より正確な情報が入るからって言うんだ」

「だって、行けるかしら？」

「大丈夫だろう。大通りも、人や車が通っていたし、いつもよりは静かだったけどね。智子さんはクーデターだなんて言ってたけど、兵隊なんて一人も見なかったよ」

「そうじゃないのよ。雪で歩けるかしらって言ってるのよ」

貴子は、縁側のガラス戸越しに庭を見た。庭は、昨夜からの雪で、植木も芝も白一色だった。

「草履じゃ無理だね。子供たちは長靴だから大丈夫だろうけど」

両親の話を不安げに聞いていた千代と裕は、その言葉で勢いづき、「行こう、行こう」と言い出した。子供は、日常生活に変化がありさえすれば、何につけても嬉しいらしい。

というわけで、敏二郎の一家は女中に留守を任せて、節夫の家へ出かけた。

その夜、節夫は帰ってこなかった。しかし、時どき入る電話で、襲撃された大臣たちの名前もわかったし、軍人たちが、首相官邸や警視庁を占領していることなどもわかった。

翌朝、智子は、前夜泊まった貴子たちを送りがてら中野駅まで行った。雪はまだ残っていたが、空は晴れていた。そして、省線電車は動いていた。

「会社へ行ってみようかしら」

「よした方がいいよ。戒厳令も出ているんだから」

「でも、危いのは、山王から首相官邸のあたりだけでしょう」

「何言ってるのよ。こんなとき会社に行ってみたって、仕事にもならないでしょう」

結局その日は、智子も、貴子の家で時間を潰して自宅に帰ったが、その翌日にはたまりかねて出社した。休日でさえ出かけないではいられない智子には、家でただ電話を待っている生活は耐えられなかったのだ。もっとも、新聞もラジオも事件の報道を始めていたし、電話で情報をとる必要もなくなっていたが。

節夫が帰ってきたのは、事件から四日目の夜だった。

その日ラジオは、反乱軍に対して「帰順命令」を繰り返し放送した。

そして反乱は鎮圧され、主だった将校の一人は自殺し、他は逮捕された。二週間近く、節夫の言う「まるで無政府状態」は続いたが、庶民の生活は平常に戻った。

貴子は一日中茶の間に座って、敏二郎のために茶を入れ、子供たちが学校から帰ってくるとおやつにし、夕方も、女中の作る食事をとる以外はトランプの一人占いを繰り返し、智子は会社で、電話をしたり書類を作ったり、商用で出かけたり、そして夜は、銀座で友人と飲んだり食事をしたり、ダンスをしたりの毎日が続いた。

事件のことは、広島の幸子も、大連の和子も新聞で知ったが、姉たちには関係のないことと考えて、あまり心配はしなかった。

「事件」が起こっても、自分や家族に関りがないかぎり、いつまでも記憶にとどめておくわけもなく、まして、その事件の一つ一つが形づくる歴史の流れも、その流れのなかにいる者には見えてこない。ジャーナリストの節夫でさえ、職業柄、一応事件の解説はするが、いつの日か、歴史の流れに自分や家族が翻弄されるときがこようとは、まだ思っていなかった。

外の空気

国内でも、国外でも「暗いニュース」が続いたが、貴子も、智子も、幸子も、そして和子もそんな世相の影響を受けることはあまりなかった。ただ一つ、暗いニュースというわけではなかったが、敏二郎の兄が大臣になったことが、姉妹を驚かせたニュースと言えるかもしれない。もっとも、貴子でさえ、最初聞いたときには信じようとはしなかったが。

朝飯のあと、新聞を取り上げた敏二郎が、

「へえ、兄貴が農林大臣だって」

と言っても、貴子はなんのことかわからなかった。いつものとおりちゃぶ台の上にカードを並べながら、

「また大臣が替わったんですか」と興味もなさそうに答えただけだった。

敏二郎は新聞にざっと目を通すと、いつものように書斎に行き、本を開いた。

しばらくして、茶の間で悲鳴のような声が聞こえて、やがて貴子が書斎に駆け込んできた。

「あなた、荻窪へ行かなくていいんですか」

「荻窪へ……何しに?」

「お祝いにですよ。お兄様大臣になられたんですから」

「大臣になったからって、祝いに駆けつけることもなかろう」

「でも……総理大臣の近衛公もお近くだし」

「近衛さんは、兄貴の友だちで、僕の友だちじゃないよ」

貴子は、義兄が、友人である公爵を主班とした内閣の大臣になったことに、すっかり興奮していた。若いころから「華族社会」にあこがれていた貴子にとっては、もうあきらめていた夢が、急に現実になったような思いがあった。

その日、貴子は何度も荻窪行きをすすめたが、しかし敏二郎は、書斎から出ようとはしなかった。昼食も、食欲がないからと、紅茶とサンドイッチを書斎に運ばせた。

仕方なく貴子は、茶の間でいつものようにカードを並べていたが、イライラして落着かず、一人占いはうまくゆかなかった。

夕方「散歩にゆく」と敏二郎は家を出た。

散歩はいつものことだし、普段着の着流しで荻窪へ行く気配もないので、貴子は見送りに立とうともしなかった。

敏二郎は、いつものコースを回ったあと、節夫を訪ねた。

「やあ。お兄さん大変だね」

「ええ。軍を押さえるには、近衛さんでもかつぎだすしか手がなかったんでしょうがね。しかし、うまくゆきますかね」

「むずかしいだろうね」

「外国はどう受けとめていますか?」

「うーん……」

「支那との関係は、これまでよりはよくなるんじゃないかな。近衛さんは、親父ゆずりの『東亜同文同種論』だから」

その日、智子は珍しく早く帰ってきた。

「なんだか、お義兄さん来てるような気がしたの。姉さんは?」

「荻窪へ行け行けってうるさいから、逃げ出してきたんだ」

「姉さんらしい——で、結局行かなかったの?」

「ああ、行ったってしょうがないもの」

「でも、いつかは行くんでしょう? 大臣になった人の顔見に。そうだ、この際、車必要ないかなあ……」

「車か、一台あるしね」

本家では、二年ほど前に車を買い替えた。そのとき敏二郎は、貴子にはないしょで、智子を家令に紹介したのだった。

「その節はどうも」

「それに、これからは、役所の車を使うことになるんじゃないかな」

「お役所じゃ、国産車か」

政府は、自動車の輸入に伴って悪化する国際収支のバランスの改善と、軍用自動車の需要の増大への対応を目的として、国産自動車を本格的に育成する方針を押しすすめていた。

その夜、大連の和子の家でも、敏二郎の兄の入閣が話題に出た。

「嫂さん、祝電打ちましたか？」義弟の直之が口火を切った。

「祝電って？　……姉の結婚式でお見かけしただけですもの」

「農林大臣か――近衛公の信頼が厚いと、新聞に出てましたよ」

頼之は黙ったままだった。直之は、そんな頼之を見て言った、

「ハルピンの兄貴は、関心があるんじゃないかな。なんか言ってくるかもしれませんね」

それでも、頼之は答えなかった。

前の年、頼之の兄博之が、ハルピンの検察庁に赴任してきた。

ハルピンには頼之の事務所もあり、頼之もハルピンに行ったときには、兄の家を訪ねているようだった。しかし、和子には兄一家の話はほとんどしなかったし、和子の方も特に尋ねようとはしなかった。博之は、未だに和子を「弟の嫁」と認めてはいなかった。だから直之は、和子の親戚から大臣が出たことが、権力指向の強い博之の態度を変えさせるかもしれない――と期待したのだった。

敏二郎の兄の入閣は、広島の幸子や善次郎にとっても大きなニュースだったが、それは遠い世界のことだった。

「お姉さんきっと喜んでおられるわ」

た。

トーキーの設備を入れたときの借金も返し、それと同時に劇場も近代的に改装した、従業員の数も増やした。それでも、幸子は家の仕事は手早く片付け、一日のほとんどの時間を劇場で過ごしていた。

義兄が大臣になったその日に、敏二郎を挨拶にゆかせることはできなかったが、貴子はあきらめなかった。

本家の家令を使って、「次の日曜日にでも、ご夫婦でご挨拶にお越しください」と言わせた。毎月、本家から生活費を届けてくれる家令には、敏二郎もちょっと弱いところがある。なにしろ、結婚前から、相談役でもありお目付け役でもあったわけだから。

その日曜日、兄も家にいて、珍しく客もなく、久しぶりに敏二郎は兄と雑談をした。

「おまえも、家に引っ込んでいないで、少しは外の空気を吸ってみたらどうだ」

「空気は吸ってますよ」

「いや、何か仕事をしたらどうかと言っているんだ。こういうご時世なんだから」

「僕には、大臣にしてくれる友人もいないのでね」

「あなた……」

貴子は心配して義兄の顔を盗み見る。しかし、義兄は別に機嫌を悪くした様子もなかった。

「そうだなあ。おまえにも出来そうな仕事を何か心がけておこう」

その話はそれきりで、敏二郎も貴子も忘れていたが、ひと月ほどして、社団法人農村文化協会専務理事、同じく事務局長という名刺を持った男たちが訪ねてきた。

「このたび、当協会の理事にご就任いただくことになりました。つきましては、ご挨拶に――」

「農村文化協会」は兄が理事長をしている団体の一つだということは、敏二郎も知っていた。専務理事に言わせると、その兄が大臣になって、団体のことまで手がまわりかねるので、敏二郎に手伝ってもらいたいというのである。

　貴子は声をうわずらせた、

「それはもう、先日もお義兄様からそのようなお話を伺いまして、喜んでお手伝いをさせていただこうと……」

「貴子、困るよ、そんな……」

　しかし、貴子は、敏二郎にしゃべらせなかった。

　理事なら、まあ、月に一度理事会に顔を出せばいいだろうくらいに初めは考えたが、常勤で、毎日有楽町の事務所に出勤しなければならないと聞いて、敏二郎は慌てた。

　しかし、男たちは、敏二郎と兄のあいだで話はすでに決まっているものと思い込んでいるようだった。男たちが帰ったあと、

「冗談じゃないよ、明日でも兄貴に断わってくる」

「そんな……、お義兄さまのお立場だってあるじゃないですか。せめて、半月でもひと月でもお仕事をしてから、お断わりするならともかく……」

　そう言われると、確かにそれも一理ある。

次の朝、「今さら勤め人とはね……」とボヤきながら、敏二郎は出かけて行った。

しかし、勤め始めてみると、これまで一度も勤めたことのない敏二郎にとって、それはちょっと新鮮な体験だった。

第一、一日中貴子と顔をつき合せているよりも、いろいろ人に会う機会があるのは退屈しのぎになるというものだった。

協会は、農家向けの雑誌を出したり、農村での講演会に講師や、慰安会に出演者を派遣したりしていたので、敏二郎のアイディアが結構役に立った。それに、これまでのように雑誌の一読者ではなく、編集者側であることの方がはるかに楽しかった。

日曜日、智子が久しぶりに訪ねてきた。

「へえー、お義兄さん、ちゃんと毎日出勤してるの」

「そうなのよ、初めは三日もつかと思ったんだけど……」

「まさか、日曜日までご出勤ってわけじゃないでしょ?」

「丸善に行くって出かけたわ。農業関係の本を集めたいんですって」

「本気なんだ。そういえば、叔父さんのとこへも『アメリカの農業の話聞かせてくれ』って、このあいだ——」

「あの人、意外に『凝り性』なのかもしれないわね」

「そうよ。これまでだって、毎日書斎にこもって本を読んでたじゃない」

「まあね。ただ本読んでるより、仕事の役に立つ本を読んでくれる方がマシかもね」

貴子にしてみれば、敏二郎が、大臣になった兄を助けることは嬉しかったが、農村文化などに熱中して欲しいとは思っていなかった。

銃弾

新しい内閣に期待したのは、敏二郎ばかりではなかったが、結局、中国との関係はよくなるどころか「蘆溝橋事件」をきっかけに、戦線がどんどん広がっていった。

それに反比例して、智子の仕事は、どんどん狭まった。アメリカ車を販売する智子の会社は、アメリカ人の社員も次々引き揚げて、支配人のほかは、智子たち三、四人の日本人社員が、細々と仕事をしているといった情況だった。

「いったい、この先どうなってゆくんだろう」

自動車を売ることに情熱をかけていた智子は、目標を失って、好きだった銀ブラも楽しくなくなってしまったようだった。

「ま、仕方ないだろうな。やってゆけなくなったら、うちの社へ来ればいい、何か仕事はあるだろう」節夫が言う。

中国戦線の拡大ばかりではなく、「日独伊防共協定」の締結や国内での国民精神総動員の実施、それに反対する人々への弾圧など、アメリカへ送るニュースは増える一方だった。もっとも、このまま進んでゆけば、いずれアメリカと敵対せざるを得ないだろうし、そうなれば、ニュースを送るどころではなくなるだろうという不安は、節夫にもあった。

不安は、漠然としたものではあったが、大連にいる和子にもあった。いや、和子がというより、夫の頼之の様子が和子に不安を感じさせたのだった。頼之は、依頼された事件の弁護を誠実にこなし、家庭ではいい夫、いい父親だったが、以前のように友人たちと付き合うこともなく、社会の動きに対して意見を言うこともなかった。結婚前からの頼之を考えれば、戦争のことも、諸外国の動きも、そして日本の政治についても、様々な思いがあるだろうに、それらのことを決して口にしようとはしなかった。だから和子も、そんな話題を口にしないように気を遣っていた。

しかし和子は、その不安が、夫の身に振りかかる現実となろうとは予想もしていなかった。そんな予想をするには、日々の生活が、あまりに平穏だったから――。

初夏だった。大連の街には、アカシアの花の甘い香りが漂っていた。その地続きで、苛烈な戦闘が行われているなど、嘘のようだった。

日曜日の午後を、和子は、夫、娘、そして義弟と、星が浦のホテルで過ごしていた。まだ水泳シーズンには早く、海岸の砂浜には、一家のほかには人影はなかった。一家は、眞理子が家から持ってきた紙風船をふくらませて、風船つきに興じていた。もっとも、頼之はデッキチェアに腰をおろして、もっぱら応援役だったが――のどかな午後だった。

翌日から、頼之はハルピンに行くことになっていた。夏休みにでもなれば、眞理子も連れて一緒に行くのにと、和子は思う。眞理子が学校に上がるまでは、頼之はどこへ行くにも妻と娘を連れて行った。それこそ連れてゆかないのは裁判所くらいのものだった。ことにハルピンは、頼之も和子も好きな街だった。もっとも最近は、和子にとってハルピンは、あまり行きたくない街になってしまった。ハルピンに行けば、博之夫婦のところへ挨拶に行かなくてはならない。だから、頼之だけのハルピン行きにも、和子は気を遣う。

「おみやげ用意しましょうか、お義兄さまのお宅にいらっしゃるんでしょう」

「行くかどうかわからないよ。電話くらいするだろうがね」

翌朝、和子は駅まで頼之を送った。

「行ってらっしゃい」

「ああ」

頼之はちょっと右手を上げて、列車に乗り込んだ。窓越しに、ほほ笑みながらうなずいた――それが、最期の姿になろうとは、和子は考えもしなかった。

「ヨリユキキトク」の電報を受け取ったのは、翌日の夜だった。発信者は博之だった。

電報を読んだとき、和子も、義弟の直之も、それが何を意味しているのか理解できなかった。昨日の朝あんなに元気だった頼之が、「キトク」とは。

何がなんだかわからないまま、和子と直之は眞理子を連れて、翌朝の列車でハルピンへ向かった。

その車中で、和子は考え続けた。キトクと言われることになる理由は思いつかない。とすれば、何か外から危害を加えられたとしか考えられない。電報の発信地がハルピンであることが、和子の不安を増やした。眞理子が小学校へ入る前は、いつも眞理子を連れて、頼之の旅行に同行したものだった。当時ハルピンでは、繁華街のキタエスカヤのモデルンホテルに投宿した。そのころは、深夜の窓の下で、銃弾の音がすることもあった。日本領事夫人が、白昼撃たれたのもそのころだった。

考え込んでいる和子をそっとしておこうと思ってか、直之はさっきから眞理子と話していたが、眞理子が本を広げたので、和子に声をかけた、

「博之兄さんの事件に、巻き込まれたんじゃないでしょうね」

「事件——」

和子は「はっ」とした。博之が公安関係の事件を扱っていることに、頼之が不安感を持っていたのに和子も気づいていた。

東京にいたころ、評論家の山田夫婦が刑事に付きまとわれていたことを思い出す。しかし、ここは日本ではなく、満州と言っても、実際はいま戦闘が行われている中国の一部で、いわば占領地なのだから、公安関係の仕事というのは、つまり、占領側として、被占領側を押えるということになるのではなかろうかと、和子は思う。そして思い出す。戦争がなかった朝鮮の京城でも、朝鮮人の友人が、和子と含む日本人を、決して許していなかったことを。——しかし、たとえ博之が中国人に恨まれていようとも、頼之が危害を受けるようなことは信じがたい。

和子たちの乗った亜細亜号は、夕方近くハルピンに着いた。とにかく、事務所に使っている家へ向かう。

それは、小作りではあったが、大連の家によく似ている。同じようにロシア人が建てた家だからかもしれない。

ベルを押すと、家政婦のソーニャがドアをあけ、和子を見ると、ワッと泣きだした。その泣き声が、すべてを語っていた。——それから何があったのか、和子は記憶していない。我に返ると奥の寝室にいた。ベッドは片付けられ、代りに「柩」が置かれていた。「柩」のまわりには、眞理子、直之のほかに、博之の妻がいた。彼女はさっきから、何かくどくどとしゃべっている。しかし、和子には何も聞こえない。

和子は手を伸ばして、頼之の頬を撫でる。冷たい頬——日曜日の海岸で、眞理子のために紙風船をふくらませていた頬とはあまりにも違いすぎる。遭難当時とは違う背広に着替えさせられてはいても、なおワイシャツには黒ずんだ血の跡があり、その胸はもう息づいてはいない。あの海岸の午後が夢だったのか……それとも今、悪い夢を見ているのだろうか……。

ドアがあいて、青い顔をした博之が入ってきた。

博之は、振り返った和子の前で、いきなり床に座り、両手をつき、頭を下げた。あの博之が、土下座をするなどということがあるだろうか。これも夢……と和子は思おうとした。

その夜は、ハルピンでの友人たちや、裁判所の関係者が集まって通夜が行われ、翌日は葬儀が行われた。葬儀は日本人の僧侶によって行われたが、柩や祭壇はロシア正教のものだった。和子の喪服も、ソーニャがどこからか調達してきた。踝《くるぶし》まで届く黒いベールも。

やがて柩は、白い天蓋《てんがい》を戴《いただ》いた四本柱の馬車で、火葬場に運ばれた。

家族、親戚、友人たちも馬車で従った。

和子は、その馬車の上から、跪《ひざまず》き十字を切って見送ってくれるロシア人たちや、物珍しげに見送る満州人たちを、これも夢のなかの出来事のように、ぼんやり見ていた。

頼之の「骨箱」を抱いていた和子が大連に帰ったのは、一週間後だった。

大連では、寺崎家の宗旨によって、本願寺で葬儀が行われた。

頼之の突然の死は、当然、東京の貴子や智子、広島の幸子を驚かせ、悲しませた。

「頼之さん、いい人だったのに……」

それぞれの言葉で、三人それぞれが口にしたのは、そのことだった。

「だから満州なんて行かなければよかったのよ」

と貴子は言い、眞理子を連れて早く東京に帰ってくるようにと、早速和子に手紙を書いた。

ことに、頼之の死が「銃弾」によるものだったことが、姉妹を震え上がらせた。

「町を歩いていて撃たれるなんて、だから外国はイヤなのよ」

「外国ったって、満州はつまり支那でしょ。支那とは戦争してるんだもの、日本人は、恨まれたって仕様がないことをしてるんだもの」

「頼之さんは恨まれるような人じゃありませんよ」

「日本人一般が恨まれているって言ったのよ」

「どうして日本人が恨まれるのよ、悪いのは支那じゃない、支那人じゃない」

「でも、攻めて行ったのは、日本でしょう」

「だからって、頼之さんが殺されなくたっていいでしょう」

貴子も智子も、頼之が「兄の家の前」で撃たれたことは、知らなかった。そして、兄の博之も、警察も、狙われたのは博之自身だと考えていることも。

頼之狙撃の犯人として何人かの中国人を検挙したという連絡が、ハルピン警察からあったが、和子は、犯人が何者か知りたいとも思わなかった。知ったところで何になるだろう、頼之はもう戻ってきはしないのだ。

もっとも、その現実が実感されるようになったのは、大連での葬式が終わってからだった。

しかし、いつまでも悲しんでばかりもいられない。事務所をそのままにしておくわけにもゆかず、事務員たちの身の振り方も考えなければならなかった。それより何より、頼之が引き受けていた事件、ことに裁判中の事件をどうするか。結局、友人の弁護士に受け継いでもらうよりなかった。そのために、事務員たちはよく働いてくれたし、そのせいもあって、事務員たちは事件のあとを引き受けてくれた弁護士の事務所に引き取られていった。

ハルピン事務所の後片付けは、博之がやってくれた。弟の直之も、会社を休んで、事務所のあと片付けを手伝ってくれた。

すべてが片付いたのは、秋の終わりだった。そのあいだに、捕まった犯人たちの刑が執行されたという知らせが博之からあったが、和子はその知らせにほとんど興味を持たなかった。頼之は、博之と間違えられ殺されたのだ。博之には、犯人や犯行の動機を知ることに意味はあるだろうが、和子にとっては何の意味もなかった。

その半年のあいだに、貴子や智子から「一日も早く東京へ帰ってくるように」と手紙が何通も来た。幸子も「よかったら広島へ来ないか」と便りをよこした。

貴子や智子は、すぐにも帰ってこられるように、貴子の家の一間をあけた、いや、智子の家を建て増しするか、それとも節夫やキヨと暮らすこともできると、節夫やキヨの手紙まで同封してくるほど積極的だった。

和子は迷っていた。東京で生まれ、広島で育ち、その後朝鮮の京城へ養女に行った和子は、故郷に対する執着が少なかった。そのことが、この大連という街に対する愛着を強くしているとも言えた。考えてみれば、東京よりも、京城よりも、この大連で暮らした年月の方が長くなっている。

しかし、頼之の死で、この満州に対する自分の思いが、自分勝手な思い込みにすぎなかったことを知らされた――満州はあたしの故郷ではない。あたしには結局故郷はないのだと和子は思う。

直之は、和子や眞理子を引き止めたい様子だった。しかし、二人にこれまでと同じ生活を保障することは、サラリーマンの直之にはできなかった。その上、東京の母親が、頼之が亡くなったのにいつまでも嫂の和子と暮らしていることについて、苦情の手紙をよこした。

東京の姑は、和子に対しても「後片付けが終わったら、眞理子を連れて帰ってくるように」と手紙で言ってきた。もっとも、それは、貴子や智子の手紙とは違って、冷たく、通り一遍ではあったけれど。姑は、世間体を気にしているのだと和子は思った。しかし、それも当然かもしれない、夫が亡くなった今、自分がこれまでと同じように大連で暮らしている意味はない。

「東京へ帰ろう――」

和子はようやく決心した。姉たちのいる東京、そこにしか帰る場所はない。

嵐の前

東京へ帰ろう——と決心はしたが、和子が実際に東京の土を踏んだのは、翌年になってからだった。

東京駅には、貴子と智子が出迎えた。

頼之の「骨箱」を抱いた和子の姿は、痛々しかった。

「よく帰ってきたわね。もう大丈夫よ」

貴子は和子の背を撫で、眞理子の手を握った。

「眞理ちゃん、智子伯母ちゃんのお家に行こうね」

智子は、貴子と違って冷静だったが、その視線はあたたかだった。

「昨日、あんたのベッドを入れたとこよ。眞理ちゃんのベッドは、叔父さんが作ってくれたの」

「いろいろすみません」

「何言ってるの、そんなこと当たり前じゃないの。さ、眞理ちゃん、行きましょ」

貴子は、眞理子の手を引いて歩き出す。

「お姉さん、ちょっと待って。今度は、まず寺崎の家に行かなくちゃいけないと思うの」

「どうして。あちらは、迎えにも来てないじゃないの」

「和子は、頼之さんのことを言ってるのよ」智子が横から注意する。

貴子は、和子が抱いている骨箱に目を落す。

「それもそうね。じゃ、牛込へ送るから」

「大丈夫よ。お姉さんたちもお忙しいのに……」

「わたしは、暇を持て余してるんだから。智子は会社に戻るの？」

「まあね」

「ごめんなさい。仕事の邪魔しちゃって」

「ううん。うちの会社、いよいよ店じまいだから、別に仕事はないの」

外国製品の「輸入禁止処置」のため、売るべき自動車はないし、アメリカ人の社員たちも帰国してゆき、残っているのは後片付けだけ、それももうほとんど終わっていた。

それでも智子は会社に戻り、貴子は、和子と眞理子を牛込の寺崎家まで送った。

寺崎の家では、仏壇の前に祭壇をしつらえて、遺骨の到着を待っていた。

「遅くなりまして、申し訳ございません」

頭を下げる和子に、

「もうすぐ一周忌ですものね」

姑の表情は堅かった。

その日の夕方、智子は、姉の家を訪ねた。寺崎の家に遺骨を届け、和子も姉の家に来ているものと思っていたのだが、

「冗談じゃないわよ。『一周忌が終わりましたら、改めてご挨拶に伺わせますから』だって。あのお

姑さん、次男の嫁なんて、女中代りだぐらいに思ってるんじゃないの。あれじゃ、和子がかわいそうだわ」

「そんなら、連れて帰ってくればよかったじゃない」

「そうもいかないわよ。一応、嫁なんだから」

「いつものことだけど、姉さんの話は矛盾してる」

「だって……お茶を入れさせたり、あれしろ、これしろ、よ。いく日も旅をして来たっていうのに……」

女中扱いというわけではなかったけれど、和子は、姑の家で身の置きどころがなかった。眞理子の部屋は用意されていたが、和子の部屋はなく、姑は、座敷に床をとるようにと女中に命じたが、和子は遠慮して眞理子と一緒に寝た。

女中は二人いて、和子が働くことはなかったが、何もせずに座っているわけにもゆかず、掃除や食事の支度を手伝った。若いころのことを考えれば、それは辛いというほどのことではなかったが、この十年余りの大連でのぜいたくな生活のあとでは、やはりかなり我慢のいることだった。

「あなた、いつも洋服なの?」と姑は言う。

「はい」

「まあ、外地ではそれでいいかもしれないけれど、ここは、日本ですからねぇ」

「あの、荷物を姉のところへ送ったものですから……」

「ああ、そう。じゃあ、取っていらっしゃい」

しかし、姉の家にチッキで送った荷物のなかにも、和服はなかった。

次の日、和子は中野の貴子の家を訪ねた。

「そんなわけだから、なるべく地味な和服貸して」

「何もわざわざ着物を着なくたって——このごろじゃ、洋服の人だって珍しくないわよ」

と言ったものの、貴子はタンスから次々着物を取り出した。

「こんな贅沢なのじゃなくて、銘仙か何か、普段着でいいのよ」

「銘仙なんか、わたし持ってないわよ」

結局、和子は比較的地味な着物や帯ひとそろえを借りることにした。

「いくらお姑さんだからって、着る物までいちいち指図されることないじゃないの」

「それはそうだけど……」

「これからずっと、あのお姑さんと暮らすつもりなの？」

その自信はなかったけれど、さりとて、今すぐ姑の家を出るという決心もつかなかった。

「とにかく、一周忌が終わって、納骨が済むまでは……」

「そうねぇ。智子のとこは『建て増し』もして待ってるんだから、なるべく早く出てきなさいよ」

一周忌の法要が終わり、納骨が済むと、和子は姑の前に手をついた。

「眞理子の転校手続きもしなくてはなりませんし、叔父や姉が住居を用意してくれていますので、そちらへ落ち着こうと思いますが」

するると、姑は意外にあっさり答えた、

「そう、そういうことなら。あなたもその方がいいでしょう」

姑にしても、死んだ次男の嫁と暮らすことに、ためらいを感じていたのかもしれない。しかも、これまで嫁として認めてもいなかったのだから。

その週末、和子と眞理子は、智子の家にいた。

叔父の家の庭に建てられていた智子の家は、和子と真理子の部屋を建て増しして、広くなっていた。

「その分、叔父様の庭が狭くなりましたね」

「いや、たいしたことはないよ。花や野菜くらいなら、これで充分だ」

「畳の部屋がよければ、お祖母様のお部屋がそのままになっているから、使ってくださってもいいんだけど」と叔母のキヨが言う。

「ベッドの方が慣れてますから、わたしも眞理子も」

「そうだなぁ、ベッドに慣れてしまうと、布団の上げ下ろしはやっかいなもんだからね」

節夫も、アメリカ以来のベッド党だった。

「もっとも、子供のベッドはスプリングじゃないほうがいいから、材木買ってきて作ったんだがね」

「洋子のベッドも、おじいちゃんが作ってくれたのよ」横から洋子が言う。

「さぁて、今夜は歓迎パーティーよ。貴子姉さんたち遅いわね」智子はお得意のパンチ作りに張り切っていた。

こうして、和子と眞理子の新しい生活が始まった。

朝食は、節夫の家の「食堂」に全員がそろう。もっとも、智子は寝坊してコーヒーだけという日の方が多かったが――。食事が終わると、洋子と眞理子が学校へ行く。洋子は、お茶の水の私立女学校へ。眞理子は、洋子が卒業した小学校へ。その後、節夫が会社へ行く。智子も職探しに出かけてゆく。

和子は、キヨと食事の後片付けをし、二軒の家の掃除や洗濯をする。午後は、キヨの飼っている鶏の世話をしたり、節夫の育てている花や野菜の手入れをする。そして、夕食の支度。やがて、眞理子、洋子、智子、節夫がそれぞれ帰ってくる。

たまには、貴子が訪ねてくる。貴子は、キヨと和子が働いていても、手伝うことはない。庭のベンチや台所の椅子に座り込んで、働いているキヨや和子を相手におしゃべりをする。

敏二郎が勤めに出るようになったので、貴子はますます時間を持て余しているのだ。

敏二郎の兄は、一年近く大臣をやったが、結局「内閣改造」で閣外に去った。しかし、「農村文化協会」の理事長は続けていた。もっとも、敏二郎はそんなことには関係なく、勤めを続けていた。

「そう。お義兄様が毎日お勤めなんて……以前は考えられなかったわ」

「なにしろ、家で本ばかり読んでいた人だからね。お勤めなんていつまで続くかと思っていたんだけど。御本家の息がかかっている団体だからそう簡単にやめられても困るけどね」

「でも、お仕事が気に入っているって、いいことだと思うわ」

「まあね」

「幸子姉さんのとこは、相変わらずがんばってるんでしょうね。お姉さんもお義兄さんも」

「二人の夢だったんだもの、自分たちの映画館を持ちたいというのが」

「ええ。仲がよくて、いいご夫婦だわ」

平和で平凡な毎日だったけれど、街に出れば、さすがに戦時色がみなぎっていた。駅頭でも、街頭でも、出征兵士を送る人々の列や、その兵士のために「千人針《せんにんばり》」を頼む女性の姿が目立った。

それはまさに、戦争の泥沼のなかにますます踏み込んでゆく国、国民の姿であった。

やりきれない日々

「こんなことして、なんの役に立つのよ！」

智子は、スコップを放り出した。

「役に立つかどうかわからないけど」キヨは声を落とす「隣組がうるさいから……」

「ま、とにかくやりましょうよ。役に立たなかったら、おイモや野菜を入れておく室にしてもいいじゃないの」

キヨ、智子、和子の三人は、さっきから「防空壕《ぼうくうごう》」を掘っていたのだ。

「なるほど、室はいい。空襲には、そんなトコに入るより、畑で寝転んでいる方がマシだろうがね」

節夫は、ジャガイモを掘り起こしながら言う。

「なんでもいいから、手伝ってくださいよ。とりあえずは、そのジャガイモを入れといてもいいですから――」

この年の春、東京は初めて「空襲」を受けた。その被害はたいしたものではなかったが、にわかに防空意識を高めることになった。

「アメリカと戦争を始めたりするからだ――」と智子は思う。二十年近くアメリカ車を売ってきた智子には、アメリカと日本の「国力の違い」がわかる。なにしろ、木炭や薪《まき》で車を走らせようっていう国だから――。そして今、アメリカ機の空襲に備えて、スコップで穴を掘っている自分の惨めさが、いやというほどわかる。

もちろん青春時代をアメリカで過ごし、その後もアメリカ人の経営する新聞社で働いていた節夫には、もっとその思いが強いだろう。

しかし、節夫にしても智子にしても、そんなことを公然と口にすることはできない。

節夫は、前の年の十二月八日、日米開戦の日の朝、踏み込んできた私服刑事に連行され、結局、なんの理由も告げられないまま「拘留」一か月余りで釈放された。おそらく、敵国の新聞社で働いていたというだけの理由だったのだろう。

同じようにアメリカ人の会社で働いていた智子も、自分の身にも何か起こるかもしれないと覚悟したが、こちらは何事もなかった。

ただ、娘の洋子は「混血」だということで、白い目で見られることが多くなった。

洋子が通っていた私立女学校は、自由主義者の校長の影響もあって、混血児であることを意識させられることもなかったが、学校への行き帰りは不安だった。そんなときは、同じ学校へ通う眞理子が護衛役で、目深に帽子をかぶってうつむいて歩く洋子の手を引いて電車に乗ったら、盲学校の生徒と間違われたこともあったりした。

そんなわけで洋子は、この春女学校を卒業してからは、ほとんど家から出ることはなく、「あたしはこの家のコック長よ」などと、台所仕事を引き受けていた。

そんな家族を抱えて、「隣組」などの近所付き合いはキヨの役目で、その人柄のせいか、近所の人たちもこの「一風変わった家族たち」に干渉することはなかった。

「皆さぁーん、お昼ですよー」

洋子がキッチンの窓から乗り出して、フライパンをたたく。

「本日は、ナポリ風スパゲッティ、です」

「なにがスパゲッティよ。ただの『野菜うどん炒め』じゃない」

「我慢してください。ぜいたくは敵ですから」

米、魚、肉、調味料なども「配給制」になり、食事は日ごとに貧しくなっていた。それでも、節夫の作る野菜は豊富だったし、キヨの飼う鶏が産む卵もあったから、ほかの家の食卓よりはまだましだった。

それに、貴子の家からのおすそ分けもあった。農村文化協会には地方からの客もあったし、事務局員の出張も多かった。そして、今や、何であれ「食べ物が一番のみやげ」だった。

紙も統制品になったが、協会が月刊誌を出す程度の紙は配給されていたし、増産、増産と書きたてる記事のほかに、まじめに農業を論じ、農村の生活を論じる記事を掲載することも可能だった。その上、かつて敏二郎が愛読した作家たちに、随筆や小説を書いてもらうこともできた。もっとも、ほんの少しでも農村に関わりがあることが必要とされたが。

敏二郎は自らも農村をよく歩き回った。もっとも、敏二郎の関心は、農業にあるのではなく、農村に残っている「民俗文化」にあった。

貴子は、仕事にのめり込んでいる敏二郎に、半ばあきれていた。

「もともとお義兄さんは学者になればよかったのよ」と智子が言う。

「わたしは、学者なんかと結婚したんじゃありませんからね」

「伯爵家の御曹司だから結婚した。もっとも、それなら長男と結婚すべきだったのよ。今ごろ後悔しても遅いけどね。ま、千代ちゃんは、長男と結婚させなさい」

貴子にしてみれば、娘の千代こそは「大家の奥方に」と思ってきたし、千代はそれにふさわしい品格も、教養も、美貌も備えていると思うが、しかし、ふさわしい年令の男性たちは、次々に戦地に送られてゆく今日このごろだった。

そしてそのことは、この春高等学校に入った裕の問題でもあった。

「いつまで続くんだろうね、戦争。これじゃ若い男なんかいなくなっちまう——。アメリカが、さっさと降参してくれりゃーいいんだけど」

「そうはいかないでしょ。もともと子供と大人ほど力の違う国に戦争をしかけたんだもの」

「あんたがそう言いたい気持ちはわかるけど、日本の海軍は強いんだから。あとは、外交官がうまいこと手を打って、戦争をやめるようにすればいいのよ」

その年の夏、日本の海軍が「ミッドウェー沖で大敗」を喫していたことを、貴子も智子も、節夫でさえも知らなかった。

街では、食糧に限らず、何か売られていると「行列」ができた。

翻訳の内職をしている節夫が、ときどきそんな行列に並んで、意外なものを買って帰ってきた。たとえば、病人用の「ぶどう糖」とか「真っ黒な干しバナナ」とか——。

近所の店に配給物を受け取りに行っても行列だった。キヨは、智子を連れてゆくと、何かの拍子に政府や軍に対して批判的なことを言いはしないか心配で、いつも和子を誘うようにした。

智子は、節夫がとってくる翻訳の内職を手伝ったりしていたが、仕事は少なく、いつも時間を持て余し、いら立っていた。

「イライラしたってしょうがないよ。いい機会だから、英語の勉強でもやり直したらどうだね」節夫が言う。

「敵性語のお勉強をしろと言うの?」

「会話の練習じゃない。この際、できるだけ『原書』を読んだらどうだと言っているんだ。いずれ役に立つときがあると思うがね」

節夫の本棚の洋書を片っ端から読みだして、智子は少し落ち着いた。

節夫がたまに内職をみつけてくるくらいで、働き手のいない一家だったが、買う物もなく、金を使うことのない自給自足の生活は、これまでの貯金を少しずつ食い潰してゆくだけでなんとかやってゆけた。

巷《ちまた》では、全国企業整備の名で、軍需産業以外の中小企業とその従業員は、軍需産業に転業させられるか、失業するしかなかった。

翌年になると「女子勤労挺身隊」が結成され、学徒徴兵猶予が停止になり、十二月には学徒入営、しかも徴兵年令が一年引下げられた。

それまで家にいて、お茶やお花の稽古だけしていた千代も、挺身隊に徴用される心配があるので、急遽《きょ》農村文化協会に就職した。洋子のことも心配だったが、「いざとなったら、僕のとこで雇うから」と敏二郎が言ってくれたので、当分のあいだはこれまでどおり一家の台所を受け持っていた。

この春高等学校に進学した裕は、講義を聞くより軍事訓練を受けることの多い学生生活を送っていた。

食糧事情はますます悪くなり、近所の八百屋が、節夫の作る野菜を少し分けてくれないかと言ってくるほどになった。

キヨがキッチンの床下の貯蔵庫に蓄えていた食料品も、目に見えて減ってきた。

食糧の欠乏は情ないことなのに、思わず笑ってしまうようなおかしなことも起った。

二年前、店頭から食料品が消えはじめたころ、駅へ行く途中の乾物屋が店じまいをした。そのときキヨは、店の倉庫の隅の箱に放り込まれていた「ラベルがはげて売り物にならない缶詰」をごっそり安く買い込んでいた。その缶詰は、箱ごとキッチンの床下貯蔵庫に入れてあったが、食料が減ってくると、いよいよ出番が回ってきた。ところがラベルがはがれているので、缶を開けるまでは何が出てくるかわからない。夕食のたびに「缶の中身当て」が淋しい食卓を賑やかにしてくれた。「牛缶」

「きっと蟹《かに》だわ」「鮭《さけ》かもしれないわよ」ところが、開けてみると「栗の甘煮」だったりした。かと思うと、節夫が一時間以上も行列して買ってきた「コーヒーの粉」と称するものが、実はただ焦げ臭いだけの粉で、「小麦粉かな」「おイモの皮を粉にしたんじゃない？」「柿の皮のコーヒーを出す店もあるっていうわよ」と、これまた食卓を賑わした。

貴子の家でも、食卓は日に日に貧しくなった。

「それなのに、あの人、食べ物を少しずつ残すのよ」

貴子は、智子や和子にこぼす。

「どうして？」

「子供のころから、ご飯やおかずを全部食べないようにしつけられたって言うの」

「どういうこと？」

「小さいころ、茶碗のご飯をかき込んだり、お皿や小鉢のものを全部食べてしまうと、女中頭ににらまれたんですって。だから今でも、ご飯は一口、おかずはちょっとずつ残す癖があるのよ」

「へえー、気がつかなかった」

「そう、わたしも以前は気にならなかったんだけど、このごろのようだと、一粒のお米だって大切に食べてもらわなくちゃ」

「で、今度は、残すと姉さんがにらむ」

「当然よ。いつまでも『お殿様』じゃ困るわよ」

「それがよくて結婚したくせに」

「食べ物の話じゃないけれど、このあいだも、ホントに腹が立ったら……」

薪の配給がなくて風呂が焚けず、敏二郎を銭湯に行かせたと言うのだ。

「最後の石鹸を持たせてね。いえ、配給の石鹸じゃなく『むかしの石鹸』よ。それを、持って帰ってこないじゃない」

「どうしたの？」

「隣で体を洗っていた人が『ほう、いい匂《にお》いだ』とか、なんとか言ったので『よかったら、どうぞ』って言ったんですって。そしたら、そのまた隣の人が『むかしの石鹸ですね、懐かしい……』『どうぞ使ってください』そのまた隣が『やっぱり配給の石鹸とは泡立ちが違いますね』『どうぞ、どうぞ』――それで洗い場の人にその石鹸が回わっていったって言うじゃない」

「お義兄さんらしい」

「それで、結局どうなったの」

「誰かがこっそり持って帰っちゃったんじゃないの。要するに、空の石鹸箱持って帰ってきたってわけ」

智子と和子は笑ったけれど、貴子の腹立たしい気持ちは充分わかった。なにしろ配給の石鹸ときたら、砂を固めたようで、匂いもなく、泡もたたない代物だったから。

とにかく、皆必死で生きてはいたが、なんともやりきれない毎日だった。

終末

昭和十九年になると、国民もさすがに日本の敗色に気づきはじめた。それでも「今に『神風』が吹いて戦況が有利になる」と真面目に言う人もいた。

この年一月、東京では「建築疎開命令」が出た。それに続いて「住民疎開促進」、六月には大都市の「学童疎開」も決定された。

広島の幸子から、広島へ帰ってきたらどうか——と手紙がしきりに来るようになった。

「帰ってきたら、って、わたしたちは東京生まれなのよ。広島には、母さまが亡くなってからしばらくいただけじゃない」と貴子。

「つまり、疎開して来いってことよ。でも、映画館はどうなってるのかしらね」と智子。

東京の劇場はほとんど閉鎖され、「風船爆弾」の工場になっているという噂があった。

「幸子のとこは、普通に映画を上映してるみたいよ」

この春、敏二郎が広島県の農村を視察に行ったとき、幸子夫婦の映画館に寄ったが、「チャンバラ映画を上映していたよ」と帰ってきた敏二郎は言っていた。

「せっかく自分のものになった映画館だし、映画の好きな善次郎さんだものねぇ」

「で、どうするの、姉さんのとこは。疎開するの、しないの?」

「『本家』は九州に引き揚げるらしいけど……」

「ついてゆくつもりなの？」

「本家にとっては国元だけど、わたしは今さら知らない土地へ行くのはゴメンよ」

「お義兄さんにとっては、国元じゃない」

「あの人も、わたしも、東京生まれよ。今さら地方へは行きたくないわ」

「じゃ、広島も駄目ってわけね」

「それに、あの人も千代も勤めがあるし、裕は御殿場だから面会に行くにも近い方がいいし……」

裕は徴兵され、幹部候補生として御殿場の部隊で訓練を受けていた。

「あんたたちこそ、勤めもないし、広島に疎開したらいいじゃないの」

「叔父ちゃんたちは、東京にいるって言うの。それに、洋子を連れてゆくのもねぇ」

「じゃ、和子たちだけでも疎開したら？」

「眞理子も疎開したくない、ここにいるって言うのよ。洋子ちゃんと一緒の方がいいらしいわ」

和子自身も「姉や叔父たちと一緒にいたい」と思っていた。

眞理子は、この春女学校を卒業した。洋子も卒業したその学校は、自由主義者の校長が「言論出版集会等臨時取締法違反」の疑いで逮捕され、学校は強制的に閉鎖されて、眞理子たちは最後の卒業生となった。

この年、十二歳から四十歳までの女子は全員登録され、女子挺身隊にとられるおそれがあったので、眞理子も卒業と同時に「農村文化協会」に就職した。

そんなわけで、結局、誰も広島へは疎開しなかったが、使わない布団や着ない衣類などは広島へ送った。もんぺかズボンでなければ、街を歩けない情況だったし、貴子は和服をもんぺの上下に仕立て直し、智子と和子は、和子が大連時代に作ったスキー服のズボンを愛用していた。

敏二郎も蔵書を国元に送った。節夫も、敏二郎に誘われたが、「直撃弾が落ちれば仕方がないが、類焼はないいんじゃないかな」と断わった。確かに、節夫の家の周辺は畑が多かったし、類焼の危険はないように思われた。

その夏、東条内閣が総辞職し、節夫や智子は戦争が終わるのではないかと期待したが、期待ははずれた。

そんなとき、御殿場の裕から面会日を知らせるはがきが届いた。

「しばらくお会いできなくなるかもしれません」という一節が、貴子の不安をかきたてた。敏二郎も深刻に受け止めた。

「もしかしたら、南方か、中国にやられるのかもしれん」

「そんな……なんとか内地にいられるようにできないんですか」

敏二郎はしばらく考えて、言った、

「とにかく、荻窪へ行って相談してみよう」

荻窪といっても、兄は九州へ疎開しているから、家令夫婦しかいない。しかし、今の敏二郎にはその家令くらいしか相談相手はいなかった。ほかのことなら節夫に相談しただろう。しかし、この種のことでは節夫は頼りにならない。勤め先の農村文化協会でも、挺身隊逃れに娘や姪を採用するくらいのことはできるが、徴兵された息子には何をしてやることもできなかった。

翌日、一緒に行くという貴子を押し止めて、敏二郎は荻窪へ向かった。

兄の広い屋敷は、雨戸がしまっていて、手入れされない庭も荒れていた。

家令は、その庭の一隅にある小さな家に住んでいる。

「むずかしいですね。憲兵隊が目を光らせていますから。下手に動くと、かえって裕さんのためにならないんじゃないですか。殿様がいらしても、何もなされないと思いますよ。憲兵隊は、華族だからといって、容赦しませんから。最近では近衛さんにまで目をつけているそうですよ。それに、裕さんも外地へやられると決まったわけじゃないのでしょう。噂では、兵隊を送る輸送船だって、不足しているそうですから」

敏二郎は、心ない相談を持ちかけたと思った。相談した相手の息子は、召集されて、中国戦線にいることを思い出したからだ。

面会日は、千代も一緒に御殿場へ行った。

裕は元気そうだったが、なぜしばらく会えなくなるかは言わなかった。いや、言えなかったのだろう。敏二郎や貴子も、無理に聞くわけにもゆかず「とにかく体を大切に」と囁くより仕方なかった。それさえも上官の耳に入ったら、ただではすまなかったかもしれない。

裕は別れしなに、子供のころからかわいがっていた犬のことを「頼むね」と言って、兵舎へ戻って行った。そのうしろ姿が寂しそうで、貴子は泣いてしまった。

十一月の末からは、B29による大規模な空襲が始まった。

夜になると、「灯火管制」は当然のことだが、寝るときも、もんぺ、ズボンのままで、警報が鳴ったらすぐ外へ飛び出せるように、枕元にはそれぞれ防空頭巾と重要書類、薬、乾パンなどの入った袋やリュックサックが置かれた。

「特攻隊」の出撃が新聞紙面を飾り、『一億玉砕』ということが盛んに言われた。

「冗談じゃないわ、何のためにみんな死ななくちゃならないのよ」

貴子や和子も、智子の言うとおりだと思う。でも、口に出す勇気はなかった。

年が明けて、昭和二十年。

一日の朝は、配給の餅でどうやら雑煮だけは食べられた。

昼過ぎ、貴子が、敏二郎、千代と一緒に訪ねてきた。正月の挨拶が一応終わって、大事そうに抱えてきた風呂敷包みを広げると、重箱だった。蓋《ふた》をあけると、きんぴらごぼうに芋ようかん、ゆでた大豆をつぶした茶巾しぼりなどが並んでいる。

「まあ、おせち」

「そうなのよ。千代が、暮れに一生懸命作ったのよ」

貴子の家では、本家から来ていた女中も九州に帰り、台所仕事は主として千代の受け持ちだった。

「へぇー、一応おせち料理になってるじゃない」と智子。

「そんな、一応なんて。とてもよく出来てるわよ、千代ちゃん」と和子。

「ホント、見事だこと」

キヨ、節夫、洋子や眞理子も集まってきて、口々に褒めた。

その夜は、灯火管制の暗いあかりの下にその重箱を置き、主食は雑炊だったが、久しぶりで賑やかな夕食になった。

連日連夜の空襲は、一月、二月と続いた。

そして三月十日未明は、空襲慣れしていた智子や和子にも、この日の被害がいつもよりも広範囲にわたっていることがわかった。家の周辺に焼夷弾《しょういだん》が落下することはなかったが、空は赤く、新聞が読めるのではないかと思えるほど明るかった。

「姉さんのとこ大丈夫かしら」

貴子の家は、歩いてゆけば十五分か二十分の距離だったが、火はその辺りまで来ている感じだった。しかし、自分たちの家にもいつ焼夷弾が落ちてくるかわからず、食物や着替えを防空壕に入れ、ムシロを水に濡らしてその上に掛けたり、砂をかけたり、忙しかった。

節夫は、焼夷弾が落ちてきたらそれでたたき消すために、竹竿に束ねた縄をしばりつけた火たたきを手にしていた。「ほんとに焼夷弾が落ちてきたら、こんなものでたたいたって、おっつかないよ」といつもなら文句を言うところだが、この夜はさすがに緊張して、空をにらんでいた。

毎晩のように、十二時近くになるとこの騒ぎが始まり、二時間か二時間半は続いていた。いつもなら空襲警報解除になると、そのまま板の間に横になって仮眠をとるのだったが、十日は、明るくなるまで、空を焼く炎の色が消えなかった。

その朝智子と和子は、勤めに出る眞理子と一緒に家を出た。

大通りでは、ススで汚れた人々の一団に出会った。火の粉を浴びたのか、防空頭巾や服はあちこち焼けこげ、破れている。ケガをしている人もいたし、疲れきって、皆のろのろと歩いてゆく。声をかけるのも気の毒で、智子たちは無言で見送った。

「下町は、全滅だってよ……」

同じように立ち止まって被災者を見送っていた人々のなかから、そんな声が聞こえた。

電車は動いているようだったが、眞理子の勤め先もどうなっているかわからず、とにかく貴子の家に行ってみようということになった。

心配していたが、貴子の家は無事だった。玄関を開けると、敏二郎がゲートルを巻いている。その後から、貴子が叫んだ、

「あんたたちのとこ、大丈夫だった⁉」

お互いの無事は確認できたが、敏二郎たちの勤め先はどうなっているかわからない。

「とにかく行けるところまで行ってみる」と言う敏二郎に、千代や眞理子もついて行くと言う。

結局、有楽町の事務所は無事だったが、深川など下町に住んでいる職員二名の消息がわからない。それからの数日、敏二郎は職員たちを訪ねて、深川を中心に被害地を歩きまわった。経理を担当している敏二郎より年長の職員が一緒だった。若い男子職員はみな兵隊にとられて、年輩者と女子職員しかいない農村文化協会だった。

敏二郎が帰ってくると、被害地の様子が貴子や千代にもわかってきた。聞いてわかっただけではなく、被害地の臭いというか、動物が焦げたような何とも言えない臭いが、敏二郎の上衣にもズボンにもゲートルにもしみついていた。消息不明の職員の家は跡形もなく、家族たちの消息もわからなかっ

た。

五日目に、一人の職員が新宿の病院に収容されていることがわかり、敏二郎は千代を連れて駆けつけた。ひどいヤケドでその人とわからないほどだったが、廊下に並べられた屍体のことを思えば、とにかくよかったというほかはなく、千代は泣いてしまった。

貴子の話やキヨが近所から聞いてくる話で、今まで「疎開してもしょうがないだろう」と言っていた節夫も、蔵書を荷造りして、広島へ送ってもらおうと運送屋に運んだ。キヨや智子、和子も、ごくわずかな着替えと食器、布団を残して、あとは運送屋に運んでしまったので、家のなかには、からっぽの家具だけが並んでいるというありさまだった。

どこの家も同じような状況なのかもしれない。『お持ち下さい』と張り紙をした家具を表に置いているのは、疎開した家なのか。庶民たちは「本土決戦」も遠くはないと噂した。

広島の幸子からはまた、荷物だけではなく家族の疎開をうながしてきた。敏二郎、千代、眞理子は勤めがあるし、せめて節夫、キヨ、智子、洋子が疎開したらどうだろうかという話になった。しかし智子には、混血児の洋子を連れての旅行に対する不安があった。「それに」と智子は言った、「アメリカの兵隊が上陸してきても、アメリカ人の娘を殺すことはないでしょう」

もっともな言い分だった。

「洋子や眞理子が疎開しないのに、年寄りが疎開することもなかろう」節夫が言い、キヨも賛成した。

三月十日の空襲の次に、大きな空襲は五月の末にあった。

この夜、火は畑の向こうまで迫ったが、節夫の家のある一画には焼夷弾が落ちなかったので、畑の防火帯に守られて一画だけは焼け残った。

この夜は、皆、もう駄目だと思い、直撃弾が落ちたら、風上の畑に逃げようと覚悟していた。貴子の家は大丈夫だろうかなどと心配する余裕もなかった。

夜が明けた。昨夜からの緊張にクタクタになって、皆、台所に座り込んで、大豆入りの握り飯をほおばっていた。と、庭先で貴子の声が聞こえた。立って行った眞理子の悲鳴に似た声に驚いて、皆が庭に飛び出すと、敏二郎、貴子、千代が立っている。三人ともススで真っ黒な顔をしていた。

「焼けちゃった。みーんな、焼けちゃった——」

ぜいたく好きでおしゃれだった貴子が、髪はボサボサ、かぎ裂きだらけのもんぺの上下、両手にはススで黒くなった、やかんとバケツを下げていた。

焼けたのは貴子の家ばかりではなかった。駅前の商店街が焼け、広島へ送ったはずの荷物が、運送屋の倉庫ですっかり焼けてしまった。焼け跡を見に行った節夫が「本がまだ、ぶすぶす燃えていたよ」と言うのに、皆、返事のしようもなかった。

貴子たちは一週間ばかり節夫の家で暮らしたが、本家の家令が、荻窪に来て欲しいと言ってきた。荻窪の屋敷が焼け残ったのはいいが、焼け出された人たちが入り込んできて、暮らし始めるので困っているというのだ。

敏二郎と貴子が行ってみると「遠い親戚」だとか「昔家臣だった」とか、なかには「以前近所に住んでいた」とかいう連中が、八家族も住み込んでいた。家令が、必死に守った殿様と奥方様の部屋を使って欲しい、さもないと、どんどん被災者が入り込んできて、それらの部屋もどうなるかわからないと言うのだった。

かつて貴子は、この屋敷で暮らしたいと思ったものだが、今はそんなことはすっかり忘れたように、

「あんなだだっ広い家、それだけ直撃弾にやられる率が多いってことじゃないの。自分たちはさっさと疎開しといて、留守番役を押しつけようっていうんだから」と義兄一家の悪口を言った。

それなら自分も疎開すればよさそうなものだが、そうは言わない。敏二郎と千代の仕事があるから疎開しないと言ってきたが、確かに敏二郎も千代も毎日勤めに出てはゆく、しかし、仕事らしい仕事もない。裕からは何の便りもない。それなのに、なぜ便りがないのか調べることさえできない。

なにもかもどうしようもない状態のなかで、空腹をどうやって癒すか、空襲が始まればどこへ逃げるか、それだけで精一杯……「とにかく、生きてる」というありさまだった。それは、智子や和子にしても同じだったし、東京中がそんな状態だった。

幸子は、善次郎の故郷の府中村に家を買い、家具もそろえて、姉たちや妹が疎開してくるのを待ちかねていた。

しかし誰も疎開してこない。それどころか、送ったという荷物さえ着かない。幸子はいら立って、暇があると手紙を書き、駅の貨物係りに荷物が着いていないか聞きに行った。

もっとも、府中村の家には子供たちだけ疎開させ、幸子と善次郎はほとんど映画館で寝泊りしてい

た。空襲で映画館が焼けることを恐れたからだった。夫婦にとっては、この映画館は子供と同じだった。はじめ経営を任され、やがて買い取って、椅子席にし、トーキー映写機も入れ、それこそ毎日大切に磨き込んで出来た「映画館」だった。

映画の上映はできたが、警戒警報が発令されると中止せねばならなかったから、兵士や軍事工場の工員の慰問があるとき以外は、観客はほとんどなかった。広島でも、町中の人々が疎開や買い出しに浮き足立っていた。いや、それ以前に戦時下の生活に疲れ切って、映画どころではなかったのだ。従って、映画館の経営も苦しかった。そのため、映画館を引き受けたころと同じように、幸子が切符を売り、善次郎が映写を担当した。

警戒警報が発令されると、善次郎は屋根に登る。はじめのうちは延焼を防ぐためだったが、やがて、メガホンで隣組全体に「敵機の動き」「被害情況」を知らせるのが、善次郎の役目になった。幸子は屋根を突き抜けて焼夷弾が落ちてきたら、その火を消すつもりでいた。

その朝、幸子は舞台裏で朝食の後片付けをしていた。善次郎は、屋根から降りてきて、

「警報の出し間違いかのう……」と、ブツブツ言っていた。

「こう毎日じゃ、警報出す方じゃって迷うじゃろう。けど、空襲よりはええわ」

警戒警報が出たが、すぐ「解除」になったのだった。

「あんた、ご飯にしよう」

「ああ」

朝食は、台所に続いた三畳間のちゃぶ台にもう用意されていた。幸子は、雑炊をついで善次郎に渡

す。

二人が食べはじめて間もなく、善次郎がけげんな顔をした。

「どないしたん?」

「あの音……まさか、敵機じゃなかろうな」

幸子も耳を澄ませる。

「うちには聞こえん」

善次郎は立ち上がって、裏口を出ようとした。幸子は振り返って、そんな善次郎を見ていた。その瞬間、青白い「閃光《せんこう》」が台所中に広がった。

「焼夷弾――」

と幸子は叫んだようにも思う。いや、叫ぼうとしただけで、声にはならなかったのかもしれない。続いて「ドーン」という音がして、幸子は気を失った。

――どれくらいの時間がたったかわからない。

気がつくと、真っ暗で、体は何かに押さえつけられ、身動きもできない。

「あんた……あんた……」と叫ぶと、

「おう、大丈夫か、今、助けてやるけん」善次郎の力強い声が返ってきた。

頭や肩の上に載っていた材木や瓦が、一つ一つのけられて、ようやく首だけは動くようになった。うつ伏に倒れていた幸子の背中を押さえつけていた柱をのけようと、がんばっている善次郎を肩越しに見上げた幸子は、悲鳴を上げた。

「あんた、その顔……」

善次郎の顔は、赤むけになっていた。

「痛かろうに……」

幸子は動かない自分の手足のことも忘れて、心配した。

「大丈夫じゃ、たいしたことない」

善次郎は、幸子の体の上に積み重なっている瓦や木材を取り除いてゆく。ようやく上半身が自由になった。

「傷の手当てせにゃ……」

首に巻いていた手ぬぐいを善次郎に渡す。

善次郎は傷の手当てどころではなく、黙々と瓦や木材をのけ続ける。

二人ともてっきり「直撃弾」にやられたと思っていた。しかし、体が自由になって見回すと、自分の映画館どころか、裏の家も、両隣の店も、跡形もない。それどころか、不気味に残骸をさらしているコンクリート建てのデパート以外は、見渡す限り建物らしい建物は見えないのだった。

「全部やられてしもうた」

「……ほんまじゃね」

二人はしばらくのあいだ、茫然と座り込んでいた。

荒涼とした廃墟のあちこちから、火の手が上がり始めていた。

広島に『新型爆弾』が落とされたということは、東京でも翌々日の新聞で報道された。

「新型爆弾って何かしら」

智子も和子も、それがどんなものか想像できなかった。

「落下傘つきで、空中破裂――か」

節夫が新聞を読む。

「毒ガス弾かしら」

「毒ガスとは、書いてないなぁ」

「幸子ったら、広島に疎開してこい、疎開してこいって言ってたけど、広島だって結局同じじゃない」

しかし三人とも、まさか幸子が被害を受けているとは思っていない。

連日連夜の空襲、ことに三月、五月のあの大空襲でも、智子たちは被害を受けていなかった。貴子の家は焼けたが、敏二郎や千代も無事だった。かえって広島へ向けて送った荷物が、焼けてしまったのだった。

その後も空襲は毎日あったが、かつてのような大空襲ではなかったし、それより食べる物の心配の方が先だった。「食料の配給」はたまにしかなかったが、買い出しに行こうにも、東京周辺ではもう食料は手に入らなかった。遠出をするには、汽車のダイヤが混乱しているために、出かけはしたもののいつ帰ることができるかわからないような状態だった。

八月十五日、前日来、この日正午に「重大放送」があるという予告があった。

貴子は荻窪の家令の家で、敏二郎たちは職場で放送を聞いた。節夫の家でも、職場に出かけた眞理子以外の家族が、ラジオの前に集まっていた。

放送は雑音がひどく、聞きとりにくかった。

「降伏だな」と節夫がつぶやいた。

いつも口数の多い智子は、何も言わなかった。和子やキヨ、洋子も、気が抜けたような表情だった。

荻窪の貴子だけが泣いた。なぜ泣くのか自分でもわからなかったが、それでも涙が流れ続けた。

幸子は、府中の、東京から疎開してくる姉や妹のために用意した家で、この放送のことを聞いた。

幸子は骨折のために立ち上がれなかった。建物の下敷きになったときに腰を強く打ち、右大腿部を骨折していた。善次郎は、顔と両手のヤケドがひどく、包帯をぐるぐる巻いていたが、娘たちと一緒に近所の家にラジオを聞きに行った。

帰ってきた善次郎は一言、

「戦争、終わったよ」と言った。

「終わったって……そんな……どうなるの、うちら」

幸子は、頭の中が真っ白になったような気がしていた。

戦争に負けた――貴子には、そのことが納得できなかった。息子を軍隊にとられ、その消息も知れない。それも仕方ない、戦争だったのだから。空襲で家を焼かれた。それも仕方ない、戦争だったのだから。でも、その戦争に負けたということが、納得できなかった。息子の消息も知れず、家も失ったというのに、今さら戦争に負けたなんて。

「ま、仕方ないさ。もともと勝てる相手じゃなかったんだから」

などと言う敏二郎も、貴子には許しがたかった。

「殿様はどうなさいますでしょうか――」

本家の家令は、九州に疎開している主人を心配した。

「まあ、当分はクニにいた方がいいだろうね」

「さようですなぁ。ところで、奥様やお嬢様はどうなさいます？」

「わたしは田舎へなんか行きませんよ。あの空襲のあいだだって、疎開しなかったんですから」

と言ったものの、千代のことは気がかりだった。アメリカ軍が上陸してくる前に――と、ここへきて妻や娘を田舎へ疎開させる家も少なくなかった。

「とにかく千代は、叔父さんのところへやるわ。アメリカ兵が来たって、叔父さんや智子が一緒にいれば大丈夫でしょう」

貴子の考えに、敏二郎も家令も賛成だった。

そんなわけで、千代ばかりではない、貴子自身も節夫の家で暮らすようになった。

ところで、八人の大家族の台所を受け持つキヨは大変だった。戦争は終わったが、庶民にとっては「生きるため」の戦いの毎日だった。「主食」の配給は一人一日二合一勺。一食あたり茶碗に一膳ちょっと。それも、サツマイモ、大豆、豆かすなどに変わることがあった。「副食」となると、四日に一度、イワシ一匹というような状況だった。

戦争中と違って、闇市《やみいち》に行けばたいがいの物は手に入れることができたが、それを買う金がなかった。キヨは、せっせと着物を食料品に替えた。智子や和子も自分の衣服をキヨに渡した。もっとも、洋服はあまりいい条件で食料に替えられなかったが。そして貴子は、空襲で焼いてしまった和服のことを思い出し、悔しがった。

節夫の農園も、台所を助けた。こちらの方は人手が多いことで助かった。これまで、家事もろくにしなかった貴子までがかり出され、草むしりをしたり、野菜のとり入れをした。

そんなある日、貴子が恐れていたことが起こった。アメリカ兵が来たのだ。「コンニチハ」という声に、畑仕事をしていた貴子が振り返えると、生垣の上からアメリカ兵がのぞき込んでいた。貴子は悲鳴を上げて家に駆け込んだ。

しかし、それはアメリカ兵ではなく、アメリカの従軍記者だった。彼は、節夫がかつて働いていた新聞社の同僚で、日本占領の取材で東京へ来た。いずれ東京支社を再開するために、節夫を訪ねて来たのだった。

節夫が東京支社再開のために出かけるようになると、たまには米軍の缶詰などを持って帰り、キヨの苦労も少し減った。それに、貴子や千代が荻窪に帰って行ったので、それも助かった。

千代と眞理子は、戦争中と同じように農村文化協会に出勤しはじめたが、仕事はなかった。敏二郎さえ、二人の護衛役として出勤しているようなものだった。一日何もすることがない。

「日本という国がどうなるかわからないんだから、農村文化もないよなあ」と彼は職員たちにこぼした。しかし、徴兵されていた職員たちも、ぽつりぽつり帰ってくる。このまま仕事もせずにいたら、職員たちに月給も払えなくなってしまう。何かしなければならない。だが、製造業でも、販売業でもない文化協会としては、何をすればいいのか。

幸い、用紙の配給は、戦争中と同じように続いていた。その用紙を高く買うから譲ってほしいと言ってくる出版社もあった。

「闇で流すくらいなら、自分たちで雑誌を発行しましょう」職員たちは言った。

しかし、どんな雑誌を出せばいいのか。戦前は『農村文化』という雑誌を出していた。戦争が激しくなってからは、『戦ふ農村』と改名した。

「まさか『戦ふ農村』というわけにもゆくまい」敏二郎は言った。

「『農村文化』でいいじゃないですか」職員の一人が言った。

「しかしねぇ、今の農村がどうなっているか、さっぱりわからんし」

「同じですよ。八月十五日には、もうこれでおしまいかと思いましたが、十六日になってみたら、ちっとも変わらないんですね。いや、村の連中がですよ。みんな田に出て草取りをしたり、畑でイモのとり入れをしたり……昨日と変わらず、明日も変わらず、戦争に負けたことなんか関係ないみたいでした」

彼は、鹿児島の隊で米軍上陸阻止要員だった。

「農村って、そういうものなんだねえ。しかし、だからって、こっちも昨日と同じ雑誌を作るわけにもなぁー」

それに、雑誌が出来ても、郵便事情も交通事情も悪く、これまでの読者の元に雑誌を届けることはできそうにもなかった。

「東京農民を対象にするテもありますよ」

「東京農民……？」

確かに、食糧事情の悪い東京の街は、空地も庭も公園までも耕されていた。敏二郎も千代も、眞理子も、日曜日には鍬《くわ》やスコップを握った。

「やってみるか」

全員が原稿取りと、取材に走った。

雑誌『都市と農村』が刊行されたのは、一か月後、十月の終わりに近かった。

雑誌は出来たものの、売れるかどうか皆不安だった。敏二郎だけではなく、千代も眞理子も、家族に協力を訴えた。キヨや和子や洋子までかり出されて、駅前の闇市に店を出した。店といってもリンゴ箱の上に板を渡して「雑誌」を並べただけだった。売れるだろうかと心配したのに、眞理子が持ち帰った雑誌は半日で売り切れた。協会の事務員たちもその売れ行きに驚いた。薄っぺらな粗末な仙花紙の雑誌は、結局その月のうちに全部売り切れた。人々は活字にも飢えていたのだった。

雑誌の売れ行きがよかったことで、敏二郎たちは一息つけた。

敏二郎もどうやら仕事のメドを立て、節夫も東京支社の開設で忙しくしているなかで、智子は一人いら立っていた。節夫が勤める新聞社とは違って、自動車の販売会社の東京支社などとても考えられなかった。焼け跡の東京で、すり切れた軍服やツギのあたったもんぺを身に着けて、食べ物を求めて歩き回っている人々に「自動車は無縁の物」だった。街を走っているのは、アメリカ軍のジープと窓ガラスの割れた電車くらいのものだった。日本人が自動車に乗る日などくることはないだろう。震災のときとは違うんだ、智子は思った。震災のあとは、売れに売れた自動車だった。あのときは、たまたま外遊していて、ニュースを耳にするや、外車を買いまくり、日本へ送って会社を大きくした社長もいたのに。

自動車を売ることに青春をかけた——と智子は思う。しかし、アメリカとの雲行きがあやしくなってからは、それどころじゃなかった。そして、戦争は終わったが、これからどう生きてゆけばいいのか、智子は「生きがい」も「目的」も見失っていた。

そんなある日、会社から帰ってきた節夫が言った、

「GHQで働かないか?」

連合国軍総司令部で、通訳を探しているという。

結局、智子はGHQの民間情報教育局の通訳になった。

上司は、十歳も年下の中尉で、日本女性の解放に情熱を持って取り組もうとしているが、これまで

自由気儘《きまま》に生きてきた智子にとっては、いささか青臭く感じられる。

それでも、家にくすぶっているよりは、毎日勤めに出る生活の方が智子には性に合っていた。

そんな母親とは反対に、戦争中の習慣からか外に出るのが嫌いな洋子だったが、雑誌の露店商から始めて、闇市のバラックの一軒を借りて和子が始めた「本屋」の手伝いをするようになっていた。

和子にしてみれば、娘眞理子の働く協会の役に立ちたい、その上、できたら家計を助けたいという気持ちから始めたのだが、若いころから本好きだった和子には、本屋の仕事は楽しかった。結婚前に知り合った葉村や山田夫妻の作品を見つけると、娘時代のように心がときめいた。本を売るばかりではなく、店をのぞく若者たちに顔見知りもできて、そんな若者たちが版元に本を仕入れにゆくときなど手伝ってくれたりした。アルバイトの収入も目当てだったかもしれないが、若者たちにしてみれば、自分たちの話を聞いてくれるおばさんと、ハーフの洋子に対するあこがれもあったのかもしれない。

しかし洋子は、そんな若者たちと話をすることもあまりなく、店の掃除をしたり、持って行った庭の花をカウンターに飾ったりしていた。智子はよく言った、

「うちの『女性解放中尉』があんたを見たら、嘆くだろうね」

半分アメリカ人の血が流れている洋子を、女性解放論者のアメリカ女性がどう思うだろうかという意味だった。なにしろ、中尉さんは「日本の女性はまだ前近代を生きている」といつも言っていたから。

広島の幸子から便りがあったのは、秋も深まったころだった。便りを追いかけて、疎開していた荷

物も送り返してくれた。

心配はしていたが、便りがないのは無事の証拠だろうとお互いに慰め合っていた姉たちや妹は、何度もその手紙を読んでは、「よかった」と言い合った。ことに、貴子の一家は幸子の元に送った荷物以外は、家財道具、衣類ともほとんど焼いてしまっていたから、本当に助かった。

もっとも、幸子の一家にしても楽だったわけではない。原爆で、映画館は全壊、焼失し、そのときの骨折で、幸子は杖なしでは歩けなかった。善次郎も髪は抜け、顔のケロイドもひどく、昔の面影はなかった。

しかし善次郎は、戦争が終わった翌日から焼け跡にバラックを建て、村で買い込んだ米やイモで雑炊を作り、売り始めた。今では幸子も建て増ししたバラックに住み込み、夫婦で「雑炊屋」をやっている。娘の正代も挺身隊員として動員されていた工場が閉鎖されたので、両親を助けて働いた。

戦争が終わって三か月。節夫、敏二郎、智子、それに、千代や眞理子もそれぞれの職場で働き、和子と洋子の本屋も順調だった。食糧事情はますます悪くなっていたが、皆が働いているので、闇の食糧でなんとか食いつなぐことができた。

貴子は、中野駅に近い和子の本屋を訪ねたり、さらに足をのばしてキヨを訪ね、愚痴をこぼしたりしていた。愚痴のタネは息子の裕のことだった。

裕が徴兵されていた御殿場の部隊は、敗戦の前年に南方の島に送られたという。同じ部隊にいて、病気になり取り残された隊員からの報せで、それだけはわかっていた。

しかし、その南方の島から帰ってきたという復員兵もいるのに、裕の属していた部隊の消息を聞くことはなかった。敏二郎は役所に調べに行った。夫婦して御殿場の元兵舎にも行ってみた。しかし、消息は得られなかった。

貴子は最後に面会に行った日のことを思い出す。何か言いたそうにしながら、肝心なことは何も言わず、犬のカロは元気にしているかとたずね、「配給で大変だろうけど、頼むね」と言った。そのカロも、あの空襲の夜以来行方不明だった。

その年も押しつまった日、敏二郎と千代を送り出して、貴子はいつもの癖で、トランプをちゃぶ台に広げ一人占いを始めようとしていた。

「奥様、奥様」と家令の妻の甲高い声が聞こえた。

庭に面したガラス戸を開けると、家令の妻は手にしたはがきを差し出した。

「裕様が――」

「裕が？」

どこかからはがきをよこしたのだと思った――しかし、受け取ったはがきの字は、裕のそれではなかった。はがきの文面を読んだ。いや、読んだはずだった。しかし、貴子は何も理解できなかった。

家令の妻が、わっと泣き声を上げた。

昼近く、和子の店に、眞理子が飛び込んできた。

「裕さんの公報が来たって」

「帰ってくるの？」

「そうじゃないわ、戦死の公報よ」

一瞬、和子と洋子の表情は凍りついた。

「そんな……今ごろになって……何かの間違いでしょう」

「電話がきて、伯父さんも、千代ちゃんも帰ったわ」

和子は、洋子に店を任せて、眞理子とともに荻窪に駆けつけた。

門を入って、いつものように、家庭菜園になってしまった庭へ回った。敏二郎たちが使っている離れの前には、この邸に住んでいる人たちが集まっていた。いやな予感がして、離れに上がると、障子は破れ、火鉢はひっくり返り、灰や茶碗や皿が散乱している。目も当てられないありさまだった。声をかけると奥の部屋から出てきた千代が、わっと泣いて和子に抱きついてきた。続いて出てきた敏二郎は、頬にひどいひっかき傷をつくり、憔悴しきった様子だった。

「姉さんは――」

「医者に鎮静剤打ってもらって、今は眠っている」

公報を受け取って、茫然《ぼうぜん》自失座り込んでいた貴子は、家令の電話で急いで帰ってきた敏二郎を見ると、泣き叫び、手当たり次第に物を投げる、火鉢はひっくり返す、止めようとする敏二郎の顔をひっかく暴れぶりだったという――敏二郎と千代の話に、和子は答える言葉を失っていた。

再び旅立ち

貴子は、すっかり「娘時代」に戻ってしまった。

洋子は「智子」、眞理子は「和子」と思っているらしく、この二人がいれば機嫌がよく、娘時代のように他愛もないおしゃべりをするが、そのほかは他人だと思っているのか、敏二郎や千代だけではなく、智子や和子に対してもよそよそしい態度をとった。

もう暴れることはない。一日中でも部屋の隅にじっと座っている。洋子や眞理子が訪れると、生き生きした表情になり、しゃべりはじめる。

洋子は本屋の仕事を休み、毎日荻窪に通った。優しい性格だったから、そんな貴子の相手を嫌がりもせずに務めた。眞理子もなるべく千代と一緒に荻窪に寄るようにしていた。

「あら和子、お帰り」

と貴子は眞理子を迎え、自分の娘千代には、

「いらっしゃい、和子のお友だちね」などと言う。

日曜日には、店を洋子や眞理子に任せて、和子が見舞いにゆくが、貴子は少しも喜ばない。他人行儀に挨拶をして、あとは黙り込んでしまう。和子が一方的に話しかけるが、聞いているのか、聞いていないのか……ただ結婚前の思い出話には、時に反応を示すことがあった。

娘時代「華族の若様と結婚をする」と言っていた貴子。確かに伯爵家の次男と結婚はしたが、それ

は夢見ていたような生活ではなかった。娘の千代が生まれると、その娘に期待して学習院に入れた。そこで、華族の若様に見初められるかもしれない、と貴子は思った。息子も生まれたが、あまり期待をしていなかった。

そして戦争。

義兄の伯爵一家は故郷に疎開し、自分たちは空襲で焼け出された。今、その伯爵家に身を寄せているが、家も庭も昔の面影はない。焼け出された親戚や近所の人が十家族近くも住み込んでいる共同住宅であり、共同菜園であった。その上、昔の領地に暮らす義兄は生活に窮して、この家を売りに出すように言ってきている。そんなこともあって、姉は結婚以来の記憶を消してしまいたいと思っているのではあるまいか、と和子は思う。

そういえば、少し前のことだが「近衛公」が戦犯に問われることを恐れて服毒自殺したという報道があった日、貴子は一日中落ち込んでいた。貴子にとって、近衛公は義兄以上の希望の星のような存在だった。

近衛公の自殺ばかりではない、最近、「華族、宮家の家庭崩壊」の新聞記事が目につく。

自分の人生は失敗だったと貴子は思っていたのかもしれない。その上、娘の人生にも期待が持てないでいた。そこへ、息子の戦死の公報が追い討ちをかけたのではなかろうか。和子はそんな姉が痛ましい。そんなことから娘時代以降の自分の人生を拒否しているなら、せめて、「娘時代の記憶」のなかに姉を置いておきたいと思う。だから、洋子や眞理子が、貴子の相手をしやすいように、娘時代のことを細かく話してやる。悲しいことだが、今はそれが姉のためにただ一つできることだ、と和子は考えている。

しかし、現実はさらに厳しく、貴子とその家族に追い討ちをかけてきた。邸は、九州に工場を持つ製鉄会社が、東京駐在の上級社員の寮として買い取るということになった。和子はいよいよとなったら貴子だけでも引き取って、自分たちで面倒をみようと、智子に相談した。

敏二郎は、貴子を気にかけながら、農村文化協会のことでそれどころではない。年が改まって、行政・財政・経済各分野における公職から、軍国主義者を追放する指令が出た。農村文化協会では、敏二郎をはじめとして追放令にかかった者はなかったが、前年の暮れにできた労組が、敏二郎の退陣を要求していた。

それは、敏二郎に対する批判や反発というよりは、生活の苦しさによる八つ当たりのようなものだった。雑誌が売れなくなったわけではなかったが、戦前から続いている老舗の出版社がようやく立ち直って、総合誌、娯楽誌などを発行し始めたので、『都市と農村』というタイトルではなかなか太刀打ちできない。昨年十二月に農地改革法案が衆議院、貴族院を通ったが、対日理事会はさらに厳しい改革案を検討しているという情況のなかで、取り上げるべき主題にはことかからないが、協会の職員までが地主側、小作人側に分かれて、それが労使対立に拍車をかけた。

そんな労組と父親のあいだで板挟みになって、千代が協会をやめた。千代は、戦争中協会が農村慰問に派遣していた「劇団」の制作部に移った。

次いで眞理子も、神田にある出版社へ移った。

娘や姪の身の振り方が決まって、敏二郎はやや肩の荷が軽くなったものの、自分と妻のためにも、なんとか協会を立て直さなければならなかった。敗戦までは、給料のほかに本家からの援助もあったが、今は援助どころか、今住んでいるところからも追われようとしているのだから。

節夫の一家は、変わったこともなく、節夫、智子、眞理子が勤めに出て、和子と洋子は本屋をやっている。キヨは一人で朝食の後片付け、掃除、庭仕事と忙しかった。夕食の支度は、洋子が買い物をして帰ってきてから手伝った。

配給は遅れ、物価はどんどん上がったが、家族全員が働いているので、なんとか餓えずにすんだが、二月には「預金封鎖」があり、新円が発行されて生活はさらに苦しくなった。

そんなある日、突然智子の勤め先にロバートが現れた。

サンフランシスコで別れて二十年以上たっていた。智子は初めロバートとはわからず、新しくアメリカから赴任してきた軍属かと思ったくらいだった。ロバートとわかって智子が発した第一声は、「老けたわねえ」だった。かつては、映画俳優かと思うような――とまではいかないにしても、ちょっとした二枚目だったロバートだが、別人のように太って老けてしまった。白茶けた髪、シミのついたたるんだ皮膚。わたしもこんなふうに老けたのかしら――智子はそんなことを考えながら、ロバートの顔を見つめた。

ロバートは独立して、車のディーラーをやっているという。昔働いていた東京で、一旗上げたいと思ってやってきたのだが、街の惨状にすっかり失望していた。

「あんたの国の空軍が焼き払ったんじゃないの」

智子が毒づくと、ロバートは肩をすくめて苦笑した。

「それにしても驚いた」とロバートは言う。

「何が」

「ダイネンシャ」ロバートは、そこだけ日本語を使った。

「ああ、代用燃料車ね」

おしりにストーブと燃料用の木片の入ったバケツをくりつけ、ガタガタと走る代用燃料車は、ロバートにはこの世の物とは思えなかった。

戦争が終わったら、また自動車の販売を始めたいと思っていた智子だったが、ロバートの失望ぶりに、自分の夢も消えてゆく思いだった。

そして智子は、洋子のことを言わないまま、ロバートと別れた。そのためにサンフランシスコまで行ったのに、ロバートに対する信頼を失って、妊娠していることを言わないまま日本に帰ってきてしまったのに、今さら何を言うことがあろう。

次の日曜日だった。

「洋子ちゃん、今日は眞理子に手伝ってもらうから、お店いいわよ。たまにはママに付き合ってあげなさい」

和子は、智子からロバートに会ったことを聞いていた。それに、洋子の方からも母親に話したいことがあるらしいことも察していた。

午後、智子は洋子を誘って散歩に出た。二人は住宅街をぶらぶら歩いて、西武線を越え、哲学堂まで足をのばした。

智子はまだ迷っていた。これまで洋子に、ロバートのことは話していなかった。洋子も父親のことを聞きはしなかった。アメリカとの戦争が始まるまでは仕事に追われていたから、洋子はキヨ任せだった。戦争中は仕事もできず、家にいることが多くなったが、洋子は相変わらずキヨに甘えていたし、むしろ母親より、叔母の和子を頼りにしていた。そしてその方が智子にとっても都合がよかった。智子にとっては、妊娠も出産も予期していないことだったし、母親になったことが間違いだったという思いがあり、未だに洋子に対して戸惑いのようなものを感じている。

「おじいちゃんから聞いたことある？」

「何を？」

「……パパのこと」

「パパ……」

「それとも、和子叔母ちゃんに聞かなかった？」

「おじいちゃんや、叔母ちゃん、知ってるの？　わたしの……」

「そりゃ知ってるわよ。貴子伯母さんだって、敏二郎伯父さんだって」

「そう。……アメリカ人なんでしょう、わたしの……パパ」

「うん。でも、今、日本に来てるよ」

「……そう」

「会いたいと思う？」

「……わからない。だって……あんまり突然だもの」

「そうだろうね」

それから、母と娘は黙り込んで、哲学堂の庭を歩いた。

「あたしも、聞いてもらいたいことがある」

「なに？」

「うん……会ってもらいたい人がいるの」

「だれ？」

「お店の、お客さん」

「お客さん……ああ、好きな人、できたんだ」

今度は、智子が驚いた。

「そう。……洋子も、そういう年になったんだね」

今、この子は、父親より「未来の伴侶」を求めているのだ。

「で、どんな人？」

「自動車の会社で働いているの」

「えっ、自動車――」

「あ、今は、お鍋やフライパンを作ってるそうだけど……でも、いつかは、自動車を作りたいって」

「車を作る？」

「ええ」

日本人は、車を買う力なんか持てないだろうと思っていたのに――いえ、わたしだけではなく、ロバートだってそう言っていた。それなのに、その日本人が、車を作りたいなんて。

「彼ね、いつか、アメリカに行って、自動車の製造現場で勉強してきたいんだって。だから、ママに、英語を教えてもらえないだろうかって、言ってるよ」

「へえー、アメリカへ……ね」智子は、若いころの自分を思い出していた。

「アメリカへ行きたい」若いころの智子もそう思いつめていたのだった。

次の日曜日から、その青年、加山亮が訪ねてくるようになった。

智子は、亮に英語と車についての知識を教える。

その日は洋子が休むので、眞理子が代わって店を手伝う。出版社に働く眞理子は本が好きで、以前から暇があれば店を手伝っていた。そしてそれが、洋子の恋の応援にもなり、自分も母と一緒に過ごす時間を持てるというわけだった。

ある日、広島の善次郎から手紙がきた。

幸子の具合が悪く、入院をしている。「――やはり、ピカのせいと思います」と善次郎は書いていた。幸子は入院しているけど、店は娘の正代と二人でなんとかやっている。しかし、幸子の容体は思わしくなく、しきりに姉たちや妹に会いたがっている、とも書いてあった。

手紙は貴子宛になっていたが、敏二郎が封を切って渡しても貴子は読もうともせず、千代が和子の店に届けてきたのだった。

「今、ふっと思ったんだけど……」

手紙を読み終えた和子が言った。

「智子姉さんとわたしとで、あなたのお母さんを広島に連れて行ったらどうかしら」

「広島へ？」

「ええ。あなたのお母さん、広島時代のことは覚えているようだし。それに、幸子姉さんに会わせてあげたいとも思うし」

そう言いながら、それが貴子にとっていいことかどうか、和子は自信がなかった。原爆が投下された広島に、昔の面影がどのくらい残っているだろうか。眞理子を和子だと思い込んでいる姉が、幸子に会ってわかるかどうか。しかし、幸子に姉たちと会わせてやりたい。そして、和子自身も、幸子に会いたいと思った。

その夜、智子に話すと、智子も、

「そうだねえ、幸子がそんなふうなら、今のうちに会っといた方がいいかもしれないね」

「お休みとれる？」

「休みねえ……休みなんかチマチマとるより……やめちゃおうかと思っているのよ、ＧＨＱ」

「えっ？」

「フェミニスト中尉さんと付き合うのも疲れたし――」

「で、どうするの。また、自動車の仕事を――」

「それは駄目。今時自動車を買える日本人なんかいやしない。それより、英会話の学校を作ろうかなと思ってるの」

「学校なんて……そんな簡単に出来るかしら」

「そりゃあ簡単にはゆかないわよ。場所の問題だってあるし」

「お金もかかるでしょ」

「もちろんスポンサー探さなくちゃね」

他人事のような言い方をしていたが、行動力のある智子のこと、なにやら忙しそうにしていたが、ひと月もたたないうちに、GHQをやめてしまい、「さあ広島へ行こう」と言い出した。

その年の夏の終わりだった。

母親の突然の旅立ちに千代はあわてた。劇団の秋の公演とぶつかったせいもある。どのみち四、五日の旅だから、用意といってもたいしたことはないが、母親に「心の」というか「気持ちの用意」をさせたいと思った。

「広島は、お母さんの育った町でしょ。智子叔母さんも、和子叔母さんも一緒に行くのよ。広島では、幸子叔母さんが待っているわ。幸子叔母さん、お母さんに会いたいって。お母さんも会いたいでしょ?」

貴子はうなずくが、わかっているのかどうか。

出発の前夜、貴子は、節夫の家の、昔トラばあさんが使っていた部屋に泊まることになった。和子も、自分の寝具を運んで、貴子と一緒に寝ることにした。智子はまだ帰ってきていない。英会話学校のスポンサーと打ち合わせでもしているのだろうか。

貴子は眠っているようだったが、和子はなかなか寝付けなかった。

寝付けないまま、和子は、広島で姉妹四人、祖母と暮らしていた日々のことを思い出していた。

隣室の祖母を気にしながら、四人一つの布団に集まって、語り合った夜――「華族さんの奥方になる」と言った貴子、「アメリカへ行く」と言った智子、「成金さんのお嫁さんにでもなろうかしら」と言った幸子。しかし、和子は姉たちのように目標も持たず、夢を語ることができなかった。

貴子は、華族の次男坊と結婚することはできたが、空襲で焼け出され、息子の戦死で精神のバランスを失ってしまった。アメリカへ行きはしたが、すぐに帰ってきてしまった智子は、アメリカ人の子供を産み、戦争のあいだは仕事もできず、戦後勤めたGHQもやめてしまった。株屋で働く青年と結婚をし、夫婦で映画館を経営していた幸子は、原爆ですべてを失い、しかも後遺症で苦しんでいる。

そしてわたしは――と和子は考える。姉たちのように目標を持たず、夢を語ることもできなかったわたしは、それでも、結婚して、子供を産んで、そして夫を失った。その後は娘の眞理子と二人、いや姉たちや叔父夫婦とともに暮らしている。姉たちもわたしも、幸せなときもあったが、その幸せは永くは続かなかった。戦争のせいだと言ってしまえば簡単だが――。

ドアがあく気配があった。

「智子姉さん？」

「ただいま」

智子は、ちょっと酒気を帯びていた。

「うまくゆきそう？　英会話学校」

「うまくゆかせなくちゃ。姉さんもう寝てるの」

「ええ」

下着になった智子は、和子の敷いた布団にもぐり込む。

「考えていたの、今」

「何を」

「戦争がなかったら、私たちの人生どうだったろうかって」

短い沈黙のあと、智子は言った、

「そんなこと考えても、始まらない。こうだったら、ああだったら、なんて」

智子姉さんらしい、と和子は思った。


翌朝、東京駅まで、千代、洋子、眞理子が見送った。本屋の店番はキヨが引き受けてくれた。

東京駅――ここは、二十五年前に、広島から上京した貴子や智子が第一歩を印《しる》した所だ。いや、それよりさらに十二年前に、母に連れられて姉妹四人、ここから広島へ向かったのだ。そのときのことを智子はおぼろげに覚えているが、和子は覚えていない。

今、そのプラットホームに、娘たちがいる。

そして、貴子、智子、和子の三人は、幸子の待つ広島へ向かおうとしている。

アルバムには、東京駅プラットホームの写真もある。わたしが、大叔父から借りた写真機で写したあの朝の写真である。

貴子伯母、智子伯母、そしてわたしの母、従姉の千代と洋子も写っている。

貴子伯母は、洋子と手をつないで、遠足に出かける小学生のように嬉しそうだ。母と従姉の千代は、そんな貴子伯母を不安げに見ている。しかし智子伯母は、皆の表情など気にもかけず、カメラを見ている。いや、カメラに目を向けているが、もしかしたら、新しい仕事のことでも考えているのかもしれない。

ともあれ、この朝の「母たちの旅立ち」は、わたしたちにとっても、自立への第一歩となったのだった。

第二部

娘たちの時代

娘たちの時代

わたしたちが社会に出たのは、戦争が終わってからだった。

もっとも、従姉の千代とわたしは、戦争末期に徴用逃れに叔父の敏二郎が役員をしていた「農村文化協会」で働いていたから、従姉とわたしの場合は、戦争が終わる前と書くべきかもしれない。

いずれにしろ、それは惨憺《さんたん》たる時代だった。

その夜

その夜も、千代が家に帰ったのは十二時近かった。

「バー」でアルバイトをしている千代の帰りは、いつも、だいたいこの時間になる。日によって、客から夜食に誘われたりすると、もっと遅くなることもあった。

いつも、父があけておいてくれる裏の潜り戸を、そっとあけて裏庭へ入る。かつては伯父の住居だった母屋は、今は九州に本社のある「会社の寮」になっている。いや、去年まで千代と両親が住んでいた離れにも、今では同じ会社の重役が住んでいる。

だから、千代は、伯父の家——つまり父の実家であった伯爵家の「家令が住んでいた家」に、両親と住んでいる。元家令の家は、母屋の裏にあったから、裏口からは近い。

いつも格子戸をあけると、「お帰り」と父が茶の間から出てきて、玄関の電灯をつけてくれる。しかし、この夜は違っていた。

「ただいま」と言っても、返事がなかった。

千代は暗がりのなかで、格子戸に鍵をかけ、靴を脱いだ。

それでも、父は出てこない。どうしたのだろう——またお母さんが暴れて、困っているのかしら。それにしては、声も物音もしない。

襖の隙間から、茶の間に電灯がついているのが見えた。千代は「ただいま」と襖をあけた。ちゃぶ台の上には、いつものような「夕飯の支度」がされていず、何か書かれた便箋が一枚あった。

父は、いつも夕飯を作って千代を待っていた。どんなに遅くても、千代が夕食をとるあいだ、千代の話を聞いたり、留守中の話をしたりした。

その父の姿が見えない。母の具合でも悪いのだろうか——千代は置き手紙は読まず、母が眠っているはずの奥の部屋の襖を開いた。電灯はついていなかった。茶の間の明かりで、母の顔の上に白布が掛けてあるのがわかった。そこにも父の姿がなかったが、縁側に出る障子の一枚があいていて、そこに人影があった。いや、人影というより、それは、衣紋《えもん》掛けに吊《つ》るされた着物のように見えた——

が、そうではなかった。

「お父さん――」

それから何をどうしたか、細かいことは覚えていない。そのくせ、「このことは忘れない」「このことは決して忘れない」と、千代は熱っぽい頭のなかで繰り返していた。

とにかく、父の遺体を下ろし、母の遺体の横に寝かした。

その次に覚えているのは、母屋の裏口をたたいて、寮の賄いをしているおばさんを起こし、電話を借り、母方の大叔父の家に電話をした。夜中というより、もう明け方に近かったが、あまり待たせずに大叔父は電話に出た。永年ジャーナリストだった習性かもしれない。

千代が大叔父に両親の死を報告しているのを聞いていた賄いのおばさんが、「やっぱり」と口走った。

「やっぱり?」

千代が聞き返すと、「お母さん今日も発作を起こされてねぇ。あいにくそれが夕方で、寮生の皆さんも戻ってきていたもので……」

このところ、母は発作が起こると、いきなり外へ飛び出し、着ている物を脱ぎ始めるのだった。

それを、会社から帰ってきていた寮生たちが、窓や縁側に鈴なりになって「見物」していたという。父は、そんな母をかばって、脱ぎ捨てた着物でなんとか母の体を隠そうとしたが、母は逃げ回りながら、なおも脱ぐ――、それはまるで近ごろはやりの「ストリップ劇場」のような光景だったという。

『疲れた。自分の無力が情けない』

と父敏二郎は遺書に書いていたが、しかし、母の看病に疲れただけではなかったろう。きっと、生活そのものに疲れていたのだ、と千代は思う。

父は、戦争中から勤めていた「農村文化協会」を、労働組合の突き上げでやめさせられるような形で辞めた。そこでしか働いたことのない父には、新しい勤め先を見つけることはできなかった。

もともと農村文化協会に勤められたのも、兄の伯爵が農林大臣になったとき、それまで家で読書ばかりしていた弟を、農林省の外郭団体の文化協会常務理事に据えたのだった。

古い大名家に生まれた敏二郎は、大学を出て、結婚してからも本家からの援助で暮らしていた。そのことを当然と思っていた敏二郎だが、敗戦を境に、本家からの援助は全くなくなり、農村文化協会常務理事の椅子も失った。

当然、親子三人の生活は、千代一人が背負わなくてはならなくなった。

千代は、戦争中に、徴用逃れに農村文化協会に就職した。そこで、協会所属劇団の地方派遣の連絡などの事務をしていた。戦後、協会のなかに労働組合ができて、父が組合から攻撃されるようになると、やはり、戦後協会から独立した劇団の制作部の仕事をするようになった。しかし、劇団からもらう給料では、父と、弟の戦死を知ってから精神を病んでいる母の生活を支えることはできなかった。

千代は、新橋というより、田村町に近いバーのホステスになった。父には相談しなかった。

劇団の女優たちの多くが、生活のためにバーやクラブで働いていた。それを見ていた千代は、劇団からもらう月給では一家を支えてゆけないとわかったとき、躊躇《ちゅうちょ》せずその方法を選んだ。ただし、劇団の女優たちが働く店は避けた。新聞の広告欄に載っている銀座の店を、片っ端から訪ねた。しかし、銀座や新橋駅周辺の店はケバケバしく、経営者やマネージャーも、いかにもその業界の人らしく、そんな店で働くのは千代の「誇り」が許さなかった。

田村町のその店は、スタンドと四つばかりのテーブル席があるだけの狭い店だった。女主人も、年配でどこか品のある素人っぽい人だった。千代は、女主人の「素人っぽさ」が気に入って、その店で働くことにした。

そのことを話したとき、父は「そう」と言っただけだった。もっとも、どうにもならない情況のなかで、それ以外何を言うことができただろう。

昼も夜も働いて一年、親子三人なんとか食べてゆくことはできたが、昼も夜も妻の面倒をみてきた敏二郎の疲労は、限界にきていたのかもしれない。

母方の大叔父に電話をして家に帰ると、千代は、両親の髪の乱れを直し、母には化粧をしてやった。

寄り添って横たわる二人は、「仲の良い幸せな夫婦」のように見えた。そんな両親を見て、千代は初めて涙を流した。

大叔父と二人の叔母が中野から駆けつけたのは、まだ夜が明けきる前だった。大叔父が働いていた新聞社のアメリカ人記者に頼み込んで、車で送ってもらったのだった。

叔母の和子は、姉の遺体を抱いて泣いた。気丈な智子も、さすがに「お義兄さん、大変だったねぇ。ありがとう。ありがとう」と声を詰まらせ、敏二郎の顔を撫でた。

警察に届け、検死も一応終わった。

そのあとで身内だけの葬儀がひっそりと終わると、大叔父は「千代ちゃん、うちへ来ないか」と言った。

千代には、もうこの家に住む理由はなかった。

この荻窪の家は、敏二郎の兄である元伯爵が、関東大震災のあとに建てた屋敷だった。母の貴子は、結婚してこの家に住みたいという夢を持っていたが、本家は、中野の貸し家を敏二郎と貴子に与えた。そして、皮肉にも伯爵夫妻が九州へ疎開し、中野の家が空襲で焼けた後「留守番代わり」に、敏二郎一家をこの家に住まわせることにした。

しかし敗戦後、元伯爵はこの屋敷を九州に本社を持つ会社に売り、敏二郎、貴子、千代は、敷地内の家令の住んでいた家に移ることになった。それも、この屋敷を買い取った会社の好意によるものだった。

父も母も亡くなった今、千代がこの家に住み続ける理由はもうなかった。

跡片付けをすませると、千代は両親の骨箱を抱き、大叔父の家に移った。わずかな家財道具と身の回りの品は、アメリカ人記者の車で運んでもらった。

事件は、大叔父節夫の尽力で、新聞記事にならずにすんだ。

その前年の五月、新憲法の施行によって「華族制度」がなくなり、その後、社会的地位と生活の道を失った旧華族の家庭崩壊やスキャンダルが、新聞、雑誌に報道され話題になっていた。

節夫は、姪やその連れ合いの名誉を守り、千代も守ったのだった。

昭和二十二年の秋も終わろうとしていた。

中野の家

中野の家は、震災からしばらくして大叔父の節夫が手に入れた家と、その後、庭に叔母の智子が建てた家が柴垣で囲われている。

節夫の家は、和風の二階建てで、階下の一部に洋風の応接間がついているという当時はやりの文化住宅を、その後アメリカ風に改築したもので、智子の家の方は、初めから洋風の木造二階建てだった。もっとも、智子は最初から食事は節夫の妻のキヨに作ってもらうつもりだったから、台所や食堂は作らなかった。だから、智子も、一緒に住んでいる妹の和子、その娘の眞理子も、節夫の家を「母屋」と呼んでいる。

その母屋の座敷に、千代は落ち着いた。

それは、この家で唯一の日本間だった。もともとは日本家屋だったこの家のほとんどを、アメリカ帰りの節夫は洋間に直したが、当時存命中だった母親のために、座敷だけはそのまま残したのだった。

同じ敷地内の二件の家に別れて住んではいたが、それは「一つの家族」だった。家族は、それぞれの家のそれぞれの部屋で目をさますと、節夫の家に集まって、妻キヨが用意した朝食の席につく。

もっとも、夜が遅く寝坊の智子は、皆の朝食が終わるころバタバタと食堂に入ってきて、立ったままコーヒーを飲み、そのまま出かけてゆく。智子は、神田で「英会話学校」を経営していた。妹の和子は、その英会話学校の事務を引き受けていたが、いつも智子が食堂に現れる前に出かけてゆく。節夫はアメリカの新聞社の仕事をしていたが、今は常勤ではなく、週に二、三度出社するだけで、最近は智子に頼まれて、週に一度は英会話学校にも顔を出していた。それ以外は、家にいて、タイプを打っていることが多かった。英字新聞のコラムを担当しているのだ。戦争中から続いている庭の畑仕事をする日もあったが、最近は、そちらは主として妻キヨの分担になっている。和子の娘眞理子も、出版社に勤めていた。つまり、キヨを除いて皆が外で働いていた。それにキヨも畑仕事に精を出したから、餓死者が出るほどの食糧難のなかでも、この一家はなんとかしのいでいた。

千代は、この家に暮らすようになって、劇団の制作部はやめなかったがバーはやめた。もう両親の生活を支える必要もなかったし、大叔父の家に住み、食べさせてもらっているのだからバーで働く必要はなかったのだ。智子叔母は、劇団もやめて、英会話学校を手伝わないかと誘ったが、千代にその気はなかった。

「どうして?」と眞理子が聞く。

「英会話なんて、占領軍におべっか使ってるみたいじゃない」と千代は答える。

「そうかなぁ、おじいちゃんだって、智子叔母さんだって、おべっか使っているとは思えないけど」

「あの二人はもともとアメリカが好きなのよ。だけど、あたしは嫌い」

アメリカ軍が輸送船を沈めたから「弟は死んだ」。そのために母は精神を病み、結局、父はその母を殺して、自分もあとを追ったのだった。「そのことを忘れない」――口には出さないが、千代はあの夜のように、胸のなかで繰り返す。

しかし、千代が劇団の制作部をやめなかったのは、演劇活動に特別な興味や情熱をもっていたからではなかった。

戦争中に、徴用逃れのために、父が役員をしていた農村文化協会に就職した。そこで専属劇団の地方派遣事務を担当する部署にいた。

戦後、労働組合ができ、父たち役員に対する突き上げが烈《はげ》しくなった。そのころ、劇団が文化協会から離れて独立したので、いたたまれない思いだった千代は、その劇団の制作部に入れてもらったのだった。

組合に対する反発から劇団について行ったのだが、劇団にも、組合こそないが、なかなか活発な左翼分子がいて、劇団幹部が突き上げられることがあった。もっとも、劇団の幹部たちも、戦前は左翼劇団に属していたので、劇団員の態度は、文化協会の組合員の態度とはやや違っていたが。

「でも、同じようなことをやってるわよ。どうしてあの連中ときたら、同じような紋切り型なんだろう」

そう言われると、眞理子には辛い思いがある。実は農村文化協会で組合の中心的存在だった青年遠山は、眞理子の恋人だった。紋切り型と言えばそうだけど――と眞理子は思う。

あのころ、遠山はよく言った、

「農村文化だなんて言ったって、要するに、農民に戦争協力させるために、飴《あめ》をなめさせていただけじゃないか」

その上、自分たち青年は、戦争に狩り出された——彼の持ってゆき場のない怒りはよくわかる、と眞理子は思うのだ。

しかし、その怒りを伯父にぶつけられても——とも思う。伯父が、農民に戦争協力をさせたとも思えない。その意味では、伯父は決して優秀な役員ではなかった。兄の強引な推薦がなければ協会に入ることもなかったろうし、戦争中は仕事らしい仕事もしていない。協会が出している雑誌に、ときどき、時流に乗れない文士の作品や、政府ににらまれている学者の論文を匿名で掲載したりして、彼らに生活費のいくばくかを稼がせてやるようなこともしていた。

「そういうイージーなところが許せない」と遠山は言った、「結局は、いくらか良心的な作家や、転向学者にものを書かせて、政府を助けただけさ」

戦争に協力した指導者は許せない、というのが遠山の意見だった。——そんな遠山への想いを振りきるように、眞理子は千代に聞く、

「劇団も気に入らないって——ほかにしたいことあるの?」

「別にないけど……国会議員にでもなるかなぁ」

この年の春、衆院選挙で、婦人議員十五名が当選した。

「国会議員なんて……」冗談だと眞理子は思う。

だが、千代にはちょっぴり本気なところもあったかもしれない。その二、三日後、千代は顔見知りの国会議員に電話をした。田村町のバーで働いていたころ、店にときどき来た国会議員だった。千代

が気に入ったのか、いつも千代を指名してくれた。そして「何かあったらいつでも相談に乗るから」と耳元で囁くのだった。

国会議員の中村は、すぐに会う約束をしてくれた。

その夜、千代は指定された湯島天神に近い旅館へ行った。旅館といっても、看板が出ているわけでもなく、客もいないし従業員もほとんどいないようだった。若いころには美人だったろうと思われる四十くらいのおかみが玄関に出てきて、わけ知り顔に千代を二階へ案内した。

「あの、中村先生は……?」

「もうお見えだと思いますけど、なにしろお忙しい方ですからねぇ。あなた、どちらで先生と?」

「お店で……田村町の」

「ああ、なんとかいうバーね。あなた、あそこで働いてるの?」

「前には……でも、もうやめました」

「おや、そう」

階下で賑やかな声がした。

「あら、ナーさんだわ」おかみは急に浮き立った。

このおかみさんと先生は、どんな関係なのかしら、千代は考えた。

「やぁ、よく来たな」

議員先生が部屋に入ってきた。

「急に店をやめたって言うから、どうしているか心配しとったよ」

酒と料理が運ばれた。鯛の刺身、帆立貝の酢の物、野菜の煮しめ、鶏モモの照り焼き——目の前に並べられた料理を見て、千代は息を呑んだ。子供のころには珍しくもなかったが、今、こんな材料をどこで手に入れることができるのだろう。

主食の配給も遅れ、たまに配給があっても、米ではなく、大麦やトウモロコシ粉の配給だったりした。まして副食になるようなものは配給もない。大叔母のキヨが田舎の知り合いを頼って買い出しに行ったり、大叔父が、もと同僚の新聞記者から手に入れたアメリカ軍の缶詰がたまに食卓を飾ることはあったが、毎日の食卓は、精一杯の努力にもかかわらず貧しいものだった。

もっとも戦争中と違って、闇市に行けば何でも売ってはいたが、庶民にはとても手の出せる値段ではなかったし、キヨ以外の家族全員が外で働いている家であっても、闇市で日々の糧を買うほどの収入はなかった。

千代は箸を運びながら、今自分が食べるより、持って帰って、家族に食べさせたいと思っていた。

中村は、料理にはあまり箸をつけず、おかみの酌で酒を飲んでいたが、

「どうだね、うまいだろう。今どきこれだけの物は、なかなか食べられないぞ」などと得意げだった。

階下が賑やかになって、新しい客が来たようだった。

おかみは、銚子を千代の前に置いて「お願いしますね」と、階下へ降りて行った。

「で、用って何だね?」

従妹の眞理子に言ったように、「国会議員になりたい」と、国会議員に向かって言うのは気がひけ

た。

「あの、仕事を……わたしにもできるような仕事がないかしらと思って……」

「ほう。仕事ねぇ――。秘書にでもなるか、わしの」

「秘書……」

秘書になって「政治の勉強」をするのも悪くないと、チラと考えた。

「心配することはない、面倒はみるよ」

中村は千代の手を握った。妙に柔らかい湿った手だった。千代は相手の意図を察した。

「でも、わたし、秘書なんかつとまりそうもありませんわ」

「なぁに、わたしのそばにいて、身の回りの世話をしてくれればいい。そんなに堅くならずにこっちへおいで」手に力が入った。

「いけませんわ。おかみさんがみえます」

「なぁに、あの女はそれほど不粋《ぶすい》じゃないさ……」

と言いかけたところへ、おかみが現れた。

「あら、なんだか意味深ね。お気をつけなさいよ。ナーさんは手が早いんだから」

おかみは、そばにペタリと座り、中村の太腿《ふともも》をつねる。

「痛ッ。痛いじゃないか」

「ナーさんが悪いんでしょ」

二人がじゃれ合っているのを幸い、千代は席を立った。

「おい、どこへ行くんだ」千代を追おうとする中村。

「ナーさん――」止めるおかみ。

千代はそのまま階下へ降りた。

あんなのが国会議員だなんて、日本はどうなっちまうんだろう――。夜の街を歩きながら、腹が立つより、なんだかおかしくなって、笑ってしまった。

その夜以来、千代は「国会議員になろうかしら」とは言わなくなった。そして、その分、劇団の仕事に精を出すようになった。

劇団は、相変わらず月給が出たり出なかったりだったが、もう生活のことをあれこれ考えなくてもよかったし、母の病気の心配をすることもなかった。大叔父の家では、とにかく、住んで、食べてゆくことだけはできるのだから。

劇団は、チェーホフの『三人姉妹』の公演を準備していた。そして千代は、制作部員として切符売りに走り回っていた。千代はこの芝居が気に入っていた。地方の小さな町に取り残された三人姉妹のやりきれなさが、ことに兄や妹たちのために自分の青春を捧げてしまった長女オリガの悲しみが、今の自分の気持ちにビッタリだと思えたのだった。

――「もう暫くすれば、わたし達にも、わたし達が何故生きているのか、何のために苦しんでいるのか、分かるような気がするわ。ああ、それが分かったらねぇ、わかったらねぇ」（中村白葉訳）千代は、オリガの終幕のセリフをつぶやくのだった。

新しい年

主食の遅配と極度のインフレのなかで迎えた新しい年。

キヨの涙ぐましい努力で、一家はどうやら雑煮を祝うことができた。ちょっと煮過ぎると、どろどろになってしまう餅ではあっても、それは確かに「餅入り雑煮」だった。

午後には、洋子が夫の亮と訪ねてきた。洋子は妊娠三か月だった。

「つわりは、大丈夫なの？」と聞いたのは、母親の智子ではなく叔母の和子だった。

「全然。何でも食べるし、気分は爽快だし……あたし鈍感なのかしら」

「何でも食べられるのはいいことですよ」

キヨは、今朝の雑煮を洋子と亮のために温めてきた。

「誰が母親だか、わかんないわね」千代が眞理子に囁く。

智子は、何も聞こえなかったような顔をして、節夫が大晦日に持って帰った英字新聞を読んでいた。

智子伯母さんテレてるんだわ――眞理子は思った。

智子は、昔、アメリカ人の経営する自動車販売会社で働いていた。そこで同僚と恋愛をし、帰国した彼を追ってサンフランシスコへ行ったのだが、実は彼には許婚者がいた。そして、智子は日本へ帰って洋子を産んだ。

しかし、働いてはいたし、洋子の世話はほとんどキヨに任せっぱなしだった。その後、和子が一緒に暮らすようになると、キヨが「祖母」、和子が「母」の役割を引き受けた。従って、洋子と眞理子は姉妹のように育った。

戦争中、混血児の洋子を守るために、一家は疎開しなかった。田舎では、混血児であることが目立つだろうと心配して。もっとも、東京でも、なるべく外へ出さないようにしたが、学校へ行かないわけにはゆかず、その登校・下校時の「護衛役」は眞理子だった。

そんな洋子が結婚して、もうすぐ母になる。それは、キヨにとっても、和子にとっても、眞理子にとっても期待で胸がふくらむことだった。いや、実は智子だって、その思いは強いに違いない。

洋子を囲む女たちを見ながら、節夫が亮に言う、

「これだけ姑、小姑がそろっちゃ、君も大変だな」

「いやぁ、ありがたいですよ。僕の方は北海道で遠いですから。僕にとっても、こちらが実家のようなものです」

「実家ねぇ。——しかし、平和はいいな」

たとえごちそうは食べられなくても、空襲のない、戦争のない幸せを、節夫はつくづく思う。

亮も同じことを考えたのか、

「これも、戦争に負けたおかげですね。もっとも、勝った国はもっと幸せなんだろうけど」

亮はエンジニアで、いつかアメリカに勉強にゆきたいと考えている。

「アメリカか……しかし、アメリカも変わったなぁ」

「そうですか」

「ああ、去年あたりから、占領軍に批判的な新聞記者はどんどん本国に送り返されているよ」

「司令部でも、憲法起草と戦犯追及の推進力だったケーディス大佐や、財閥解体に熱心だったクレーマー大佐たちが呼び戻されたようよ」

智子は、一昨年までマッカーサー司令部で働いていた。それに、智子にとっては「女たちのおしゃべり」に加わるよりは、男たちの話題の方が性に合っているのだ。

とにかく、この家族にとっては「平和な元旦」だったが、世の中は決して明るくなく、年明けからなんともやり切れない事件が続いていた。

赤ん坊が産まれても育てることができない親がいれば、その子を五、六千円の養育費で貰《もら》い受け、ミルクなどの配給品は横流しにし、餓死させたり、凍死させた産院があったし、二十名余の銀行員に青酸カリを飲ませ、現金や小切手を奪った男も現れた——なんとも暗い時代だった。


正月が過ぎて、眞理子は体調を崩した。

眞理子が働く出版社では、石炭ストーブで暖をとっていたが、これが、石炭が燃えているあいだは汗が出るほど暑いのだが、火力が落ちると、戸外にいるのと同じように寒く、そのせいで風邪を引いたと眞理子は思っていた。

それに、眞理子は辞書の編集をしていたので、出勤すると金庫から重い原稿を運び出し、昼休みに弁当を食べる時間を除くと、一日中こまかな校正の仕事を続け、夕方になるとまた重い原稿を金庫に運び込む――背中が痛むのはそのせいだと眞理子は思っていた。

背中の「痛み」で眠れない夜が続いた。眠れないというより、ベットの上でも、床の上でも、仰向けに寝ることも左右どちらを向くこともできない。座ったまま、畳んだ布団に伏せて眠るのが、まだ楽だった。

母の和子が心配して、無理に会社を休ませ、病院に連れて行った。

医者が打診を始めると「ボコッ、ボコッ」という音が聞こえて、眞理子にも、自分の胸に「水が溜まっている」ことがわかった。

医師は看護婦に太い注射器を持ってこさせ、それで背中から肋膜に溜まった水を取りはじめた。取っても取っても水は出てきた。「こりぁードラム缶一杯溜まっているなぁー」と医師は言いながら、水を採取し続けた。注射器十二、三本分の水を取ったところで、眞理子は気が遠くなるような気がした。「今日はこのくらいで止めとくかなぁ」と医師が言う声が遠くに聞こえた。

『湿性肋膜炎』それが病名だった。しかし、入院はしないで、自宅療養でもいいということだった。

水を取ったあとは痛みもなく、よく眠れたし、節夫がアメリカ軍の缶詰を手に入れ、和子とキヨが少しでも栄養が摂れるようにいろいろ工夫をしてくれた。それに、若さのせいだろうか、ひと月も経つと、会社を休んで家にいるのが退屈になるほど快復した。

眞理子はベットのなかで本を読んだり、小説のようなものを書きはじめていた。

「小説じゃなくて、戯曲を書きなさいよ」千代が言った。

「ねぇ、いつか、眞理の戯曲をわたしがプロデュースして、一緒にいいドラマ作ろうよ」

眞理子も舞台に興味を持っていた。

肋膜炎が治って出社できるようになるまでに、眞理子は二幕ものの戯曲を書き上げた。

若い恋人同士が、歪んだ家族関係の軛《くびき》から逃れ、未来に飛び立ってゆくというストーリーを、鳥たちの世界で描いたものだった。

「ファンタジーもいいけど、もっと現実的で、でも、詩情のあるドラマを書いて欲しかったなぁー」

「チェーホフのように？」

「そう、チェーホフのようにね」

しかし、戯曲は、演劇雑誌のコンクールで一位になった。

眞理子は出社するようになっても、夜や休日は机に向かって戯曲を書いた。

千代も劇団活動に集中していた。表情も明るく、生き生きしている千代を見て、眞理子は恋人でもできたのではないかと思う。

「恋人なんかいないわよ。劇団のために働いているだけよ」

「そうかなぁ。誰か好きな人ができたみたい」

「そんなのいやしないって」

「あ、もしかしたら、ウェルシーニンじゃない？」

チェーホフ『三人姉妹』の次女マーシャの恋人を演じた「小野さんでしょう？」と眞理子は言う。

「違うわよ、あれは、チェーホフが書いたウェルシーニンがすてきなんで、小野さんはいい俳優だけど、舞台を降りたら、女にダラシないつまらない男よ」

「じゃ、演出家の千野先生――」

「違うってば。わたしはね、いいドラマを作ることに参加してる、それが嬉しいのよ」

千代のそんな変化を喜んでいたのは、眞理子だけではなく、家族みんなだった。

暗い世相のなかで、この家には、女たちの明るい表情と弾んだ声があった。

千代、広島へ

その年の春、千代は、劇団の中国地方公演についてゆくことになった。

広島は、節夫が生まれた町、智子と和子が育った町である。そこには、智子の妹、和子の姉に当たる今は亡き幸子の夫と、娘や息子が暮らしている。

和子は、幸子の子供たちや夫へのみやげを、千代のリュックに詰める。貰い物のスカーフや、靴下や、こまごました物を――。

和子は一昨年姉妹そろって「幸子の見舞い」に行ったときのことを思い出して、荷造りをしながら、つい涙ぐんでしまう。被爆の後遺症で死んだ幸子姉さん、あのとき一緒に見舞いに行った貴子姉さんも、去年死んでしまった。四人姉妹のうち二人までが、無残に死ななければならなかったことが口惜しい。

キヨが、節夫が手に入れてきたアメリカ製のチョコレートや缶詰を持ってくる。

「缶詰、重いけど、持って行ってくれる?」

「うん、持っていくわ。だって、一番のおみやげだもの」

ずしりと重くなったリュックを背負って、千代は、その翌朝、劇団員たちと東京を発った。

地方公演での千代の仕事は、公演が終わって、主催者から公演料を徴集することだった。

娯楽らしいもののほとんどないなかで、東京から来た新劇団の公演だったから、客の入りはよかったし、主催者も喜んでくれて、集金は順調だった。

広島に入ったのは、三日目だった。

和子叔母から聞いてはいたが、やはり広島の町はひどかった。焼け跡にバラック建てというのは、東京でもよく目にする風景だが、広島は町全体が「砂漠」のようで、そのところどころに「バラック群」があるという感じだった。

千代は、主催者との打ち合せを終えてから舞台の幕が上がるまでのあいだに、和子叔母が書いてくれた地図を頼りに、叔父善次郎の店を訪ねようと思っていた。

智子叔母と和子叔母は、一昨年、千代の母を連れてこの広島に来ている。被爆後、病床にあった幸子叔母が「いよいよ危ない」という知らせを受けての旅立ちだった。

仲のいい姉妹だった——と千代は思う。長女だった母は、いつも妹たちのことをあれこれ心配していた。もっとも、母のは口に出すばかりで、実際には、妹たちの方が母のためにいろいろ心配りしたり、助けてくれたりしたのだったが。

一昨年の広島行きもそうだった。精神のバランスを崩し、娘時代に戻ってしまった母のために、娘時代を過ごした広島へ連れてゆき、妹の幸子に会わせて、母の精神を安定させることはできないだろうかというのが、智子叔母と和子叔母の考えだった——そううまくはいかなかったけれど。

和子叔母の書いてくれた地図は役に立たなかった。千代が主催者と打ち合せをしているあいだに、従妹の正代が、訪ねてきたからだった。

千代が正代に会ったのは、まだ子供のころだった。曽祖母が亡くなったとき、母親に連れられて上京した正代と遊んだ記憶がある。

今会う正代は、写真で見た幸子叔母の若いころそっくりで、従妹に会っているというより、叔母に会っているような気がした。

千代が、叔母たちの消息を伝えると、

「皆さんお元気なんじゃのう」と正代はちょっと寂しげだった。

「叔父様はどう?」

「それが、また入院しとるんよ。今度は駄目かもしれん……でも、しょうがないわ『ピカ』のせいじゃけん」

正代の両親は、爆心地に遠くない八丁堀で、映画館を経営していたが、そこで被爆した。

正代の母幸子の最後を看取った和子叔母の話では、そのころの善次郎、つまり正代の父は、顔のケロイドがいたましかったが、元気に焼け跡で雑炊食堂をやりながら、病院に通って幸子の世話をしていたという。

「幸子姉さんの顔にはケロイドもないのに、善次郎さんはひどいケロイドでね、一目で被爆者とわかるの。でも、見たところなんでもない姉さんの方が白血病で亡くなって——原爆ってこわいわねぇ」

と和子叔母は言っていた。

「善次郎さんは、本当によくしてくれたわ。食堂が結構忙しいのに、ちょっとでも手がすくと、病院へ行って、姉さんの看病をしてねー」

今、正代は言う、

「お父さん、あのころは気が張っていたんじゃねぇーでも、お母さんが死んでからは、がっくり元気がのうなってしもうて」

千代は、主催者との打ち合せを切り上げて正代と、叔父善次郎の見舞いに行くことにした。

これまで写真でしか見たことのない叔父だったが、ベットに横たわった善次郎は、写真とは別人のようだった。顔の右半分がケロイドで、和子叔母は「ガッシリした体格の人」と言っていたが、やせ衰えて、背も縮んでしまったのか、小柄な人だった。まだ四十代のはずなのに、七十か八十の老人のように見えた。

善次郎は、「千代さんじゃったのう、貴子姉さんによう似とりんさる」と涙ぐんだ。

「あんたも大変じゃったのう。お母さんのことで、お父さんも辛かったんじゃろうが……」

なぐさめられると、かえって辛かった。

「叔父さんだって、幸子叔母さんのことで苦労されたのに……」だが、それは声にならなかった。いや、声にできなかった。

「劇団と一緒に来んさったそうじゃのう」

「はい」

「うちの映画館が残っとったら、使うてもろうたのにのう。元気出さんといけんのう。元気出して、映画館《こや》を立て直して、千代ちゃんの劇団に使こうてもらわにゃ」

千代はなんと言っていいかわからなかった。叔父が映画館を愛し、自分の映画館をどんなに大切にしていたか、それは和子叔母から聞いていた。その叔父が、骨と皮だけになってしまった体で、起き上がる力さえないのに、目を輝かして映画館の再建を語る姿は、千代の胸を激しく打った。

病院を出ると、千代は言った、

「叔父さん、映画館を再建したいと思っていらっしゃるのねぇ」

「そうなんよ。けんど、もう映画館は建たんわ」

「どうして?」

「建てるにゃお金がかかるし、そんなお金ないし——それに、地主さんから立ち退いてくれ言われとるんよ」

「自分の土地じゃなかったの?」

正代はうなずいた。

善次郎は幸子と結婚したころ、大阪の株屋で働いていた。そのころ、善次郎の同郷の客が、広島に「はやらない映画館」を持っていて、映画好きの善次郎に経営を任せてくれた。

それから二十年近く、善次郎と幸子は、その映画館のために全精力を費やしたと言ってもいいだろう。そんな夫婦を見て、持ち主は二人に映画館を譲ってくれた。しかし、土地までは譲ってくれなかったのだ。その持ち主も数年前に亡くなって、戦後遺族は、映画館があった土地を売ってしまった。だから、正代の食堂は立ち退きを迫られているというわけだった。

千代は正代と一緒に、その食堂に向かう。

それは、和子たちが知っている雑炊食堂を修繕して、表だけちょっと見場をよくした店だった。店に入ると、雑炊を煮ていた大鍋はなく、かぎ型のカウンターとテーブル席が三つ。軽食堂といった感じだった。

落合という青年が料理を作り、正代の弟の良太が客の接待をしていた。もっとも、昼食には遅い時間だったので、客は一組しかいなかったが。

「千代さん、おなかすいたでしょう。オチさん、何か作ってぇ」

と言う正代の口調は、なんとなく甘えを含んでいた。しかし落合の方は、無表情だった。良太が気を遣って、

「カレーでいいかな。それとも、海老《えび》あるから――」

「カレーで結構よ」千代が答えた。

「お父さんの具合が悪うなって、そいで、落合さんが手伝ってくれちゃったんよ」

「以前からのお知り合い？」

「それが、お客さんじゃったんよ。ちょうど店に来とりんさったときお父さんが倒れて、そいで、『すいまへん、こんな騒ぎですけん、店閉めさせてもらいます』言うたら、『留守番しとってあげ

る』言わはって、そいで、良太と二人でお父さん病院へ運んだんよ」

「そう」

正代は、千代の耳元で囁く、

「オチさん、シベリアからの復員兵なんや」

「広島の人？」

「奥さんが広島の人じゃったん。そいで、復員しはってから、奥さん探しに広島へ見えたんよ」

「で、見つかったの？」

正代は、悲しげに首を横に振った。

千代が店にいたあいだ、ついに落合の声は聞けなかったが、とにかく、正代と良太が入院している父の留守を守って、店をやっているということはわかった。

和子は、地方公演から帰ってくる千代を待ちわびていた。

亡き姉の夫善次郎の原爆症のこと、そして、姪の正代や甥の良太がどうしているのか、心配だったのだ。

和子は「千代の報告」を聞いて、ひとまず安心した。

「――で、その落合さんって人、これからもお店を手伝ってくれるのかしら」

「さあ」

「さぁって、誰か助けてくれなければ、正代と良太だけじゃ、善次郎さんだって不安でしょうに」

正代さんは落合さんが好きらしいけど、でも、落合という人は何を考えているかわからない、と千代は思っていたが、そんなことを言えば、叔母を心配させるばかりだから、黙っていた。

千代が東京から帰って半月ほどして、善次郎の「危篤」の電報がきた。

和子がすぐ広島へ向かったのは、正代と良太のことを心配していたからだった。

正代と良太

和子が広島の病院に着いたとき、善次郎は昏睡状態だった。

「もう三日も眠り続けとるんよ」付き添っていた正代が言う。

「あなた、疲れたでしょう？　叔母さんが代わるから、少し休んでちょうだい」

「けんど、叔母さんもお疲れでしょう、夜行じゃけん」

「大丈夫、なんとか眠れたから。叔母さん代わるわ」

「ほんじゃ、うち、ちぃと店へ帰らしてもろうて」

「どうぞ、どうぞ。お店、良太君が見てくれてるの？」

「オチさんと。落合さんという人が手伝ってくれはって」

千代の言っていた復員兵だと、和子は思う。

正代は、汚れ物をまとめて、「ほな、お願いします」と出て行った。

幸子姉さんのときと同じだ、と和子は思う。姉の幸子も、この病院で最期を迎えたのだった。そのときも、和子は付き添っていた。

幸子に会わせたいと思って東京から連れてきた貴子は、幸子を妹とはわからず、変わってしまった広島の町も、貴子の記憶を取り戻す役には立たなかった。貴子は、ただ「東京の家」に帰りたがるばかりだった。

結局、智子が貴子を連れて先に東京へ帰り、和子だけが広島に残り、善次郎と、「幸子の最期」を看取ったのだった。

今、また、その善次郎の最期に、和子は立ち会おうとしている。

姉の幸子を愛してやまなかった善次郎、そして、幸子も善次郎を終生愛した。幸せな夫婦だった——と和子は思う。

東京の株屋で働いていた善次郎と幸子が出会ったのは、幸子たち姉妹が生まれ育った日本橋に、幸子が幼いころの思い出を訪ねたときだったと、和子は幸子から聞いている。幸子はその後、活動写真の好きな善次郎に付き合って、よく浅草へ行った。震災が二人を一時引き離したが、その後大阪へ行った善次郎が、株屋で働くようになると、幸子を迎えにきて、二人は結婚し、大阪へ移った。その大阪で知り合った人から、広島の映画館を任されることになり、夫婦は協力してその映画館を大きくした。が、原爆で、その映画館も崩壊、焼失してしまった。

和子は、善次郎のベットのそばで、思い出をたどっていた。

と、昏睡を続けていると思った善次郎が、何か言おうとしているように見えた。

「お義兄さん、和子です。さっき広島に着いたんです。お義兄さん、わかりますか」

しかし、返事はなかった。

善次郎が息を引き取ったのは、その夜だった。

葬儀は、かつて善次郎が映画館の焼け跡にほとんど自力で建てた店で、行われた。――幸子姉さんのときもそうだった、と和子はまた思う。

手伝いに来てくれた近所の人や、弔問に訪れる客たちの表情から、この地にすっかり根をおろしていた善次郎や幸子の生前の暮らしぶりがよくわかった。

ただ今度は、幸子のときにはいなかった男がいる。それは、落合だった。そして、正代がその落合を頼りにしている様子もよくわかった。

和子は、落合と話したいと思ったが、弔問客の手前もあって、そうもいかない。それに、落合はよほど寡黙なのか、誰とも話をしない。正代が何か話しかけても、「ああ」とか「いや」と低い声で答えているだけだ。

葬儀も終わって、明日は東京へ帰るという夜、和子は正代と二人になった。

「正代ちゃん、これから、どうしてゆくつもり」

「店をやってゆこう思うとります。うち、それしかできんけん」

「良ちゃんと二人で?」

「良太がどう考えとるかわからんけんど……」

「落合さんは、手伝ってくれるの?」

「手伝ってくれるじゃろう思うけんど……」

「落合さんと、話し合ったの」

「オチさん、はっきりしたことは言うてくれん。けど、多分手伝うてくれると思う」

「正代ちゃん、落合さんが好きなのね」

うなだれている正代の表情はわからなかったが、額や耳が赤くなっているのはよくわかった。

「結婚するつもりなの？」

正代は激しくかぶりを振る。

「どうして？」

「あの人、奥さんと、子供さん探しているけん」

「でも、原爆で、亡くなったんでしょう」

「それが……わからん」

和子は、返す言葉もない。この町では、あの一瞬に消えてしまった人たちがいる。消えてしまった一家だってあるのだ。いや、生きていたという証さえ、すべて消されてしまった人たちもいるのだ
――和子は、落合の心の闇を思う。そして、心の闇を抱えている男を愛してしまった正代がいとしい。そんな正代のために何もしてやれない自分の非力が悲しい。

「とにかく、何かあったら、また来るから」そう言うのが精一杯の和子だった。

東京へ帰ってからも、正代と良太のことは気にかかっていた。

「東京に出てくる気はないの。そんな店閉めて、東京に出てくりゃいいのに」智子も言う。

「そうもいかないんでしょう、正代ちゃんたちにすれば。お父さんが残した店だもん」

しかし、ひと月もたたないうちに、良太が上京してきた。

良太は「コックの修業をしたい」と言う。

「店も、今はあの程度でなんとかやってゆけるけんど、いつまでも、そういうわけにはゆかないと思って」

東京でコックの修業をして、広島へ帰り、店をやってゆきたいと言うのだ。

「正代さんも、そう考えているの？」

良太はちょっと目を伏せて、うなずいた。

「でも、修業というと、何年もかかるでしょうし、そのあいだ正代さん一人で大丈夫かしら」

「落合さんも手伝うてくれるじゃろうけん」

「落合さんねぇ――正代さん、落合さんと結婚したいと思っているのかしら」

「もう結婚しとると同じじゃ」は吐き捨てるような言い方だった。

そんなこともあって、良太は東京に出てきたのかもしれない、と和子は思った。

結局、千代が使っていた部屋を良太に譲り、千代は眞理子の部屋に移った。

仕事は、節夫がプレスクラブに頼み込んで、調理場の見習いとして雇ってもらえることになった。

これまで、「雌鳥《めんどり》のなかの一羽の雄鳥《おんどり》」などと女性たちに冷やかされていた節夫のほかに、十八歳とはいえ、男性の家族が増えたことになる。しかし、良太はプレスクラブで朝から夜遅くまで働いていたから、家へは、ただ寝るためにに帰るようなもので、家族とゆっくりおしゃべりをすることもなかった。

和子は、正代のことが心配で、そのことを良太と話し合いたいと思いながら、ままならなかった。

それぞれの生き方

洋子の子供が生まれたのは、夏の終わり。男の子だった。

この夏、キヨと和子の関心は洋子の出産に向けられていたし、智子も、「和子に任せた」などと言ってはいたが、結構気にしていたようだ。

病院には和子が付き添い、赤ん坊が生まれてからは、キヨの提案で、良太の使っていた座敷に洋子と赤ん坊を引き取った。

その間良太は、節夫の書斎のソファーをベット代わりに使うことになった。

節夫も、智子も、仕事から帰ってくると、洋子と赤ん坊のいる部屋に顔を出した。

洋子の夫亮も来て、「家中どの部屋にも人がいる」というありさまだった。

亮と洋子は、長男に「節夫」という名前をつけようと考えていた。

幼くして父親を亡くした亮と、父親を知らない洋子にとって、大叔父の節夫は父親のようなものだったから、その節夫の名を貰いたいと考えたのだった。

「それもいいけど、でも、なんだか紛らわしいわね」和子が言った。

「大節夫さんに、小節夫ちゃん……、叔父さんどう思う?」

節夫はテレくさそうに苦笑いして答えず、代わりにキヨが言った、

「わたしたちは嬉しいけど、でもねぇ、『小節夫ちゃん』なんて、なんだかかわいそう」

「いっそ、夫は取っちゃって、節だけにしたら。『たかし』、長塚節のたかしよ」

眞理子の意見に、皆が賛成して、赤ん坊は「節」と名付けられた。

「たかし、たかしって、みんな、あたしたちのことなんか忘れてるみたい」千代がこぼす。

「しかたないわよ、赤ちゃんかわいいもの」眞理子は気にしていない。

「間借りでいいから、住むとこあったら、あたし独立したい」

でも、そんな千代の希望はかなえられないだろう。ほとんどが焼け跡の東京では、どの家でも何家族もが住み込んでいるくらいだから、眞理子と一緒の部屋でも我慢するしかない。それは、千代もわかっている。

「ごめんね。あたしの方が居候なのに、こんなこと言って……」

「あたしたちだって、智子叔母さんの家の居候だもん」

父が亡くなった満州から引き揚げてきた眞理子と母の和子は、はじめ父の実家に住んだが、結局、伯母の智子の家で暮らすようになったのだった。

「どこかにアパートがあったらねぇ。四畳半でも三畳でもいい、自分の部屋が持てたらいいんだけど」

眞理子は、千代のいら立つ原因を察している。

千代には、最近恋人ができたらしいのだ。数日前も、残業で遅くなった帰り道、家の近所で、若い男性と抱き合っている千代の姿を見た。いや、そのときは千代と気づかなかったが、眞理子が帰って間もなく帰ってきた千代の、上気した顔とうわずった声で、あれは千代だったと気づいたのだった。

「アパートが見つかったら、結婚するつもり?」

「えっ」と千代は虚を衝かれたようだった。

「——結婚なんて、考えてないわ」

「そう」

「どうして、そんなこと聞くの?」

「見ちゃったの、こないだ、彼氏と一緒のとこ」

「えっ」

「暗くてよく見えなかったけど、すてきな人みたいだった」

「劇団の研究生よ。まあ、マスクはちょっといいけど」

あの夜の熱っぽい情景に比べると、意外にクールだった。

その青年、綾川香介は、劇団の研究生で年齢は二十一歳、千代より三歳若い。彫りの深い顔だが、どこか甘さもあり、新劇の俳優になるより映画俳優向きだった。

千代は最近、劇団で、映画会社への「俳優の売り込み」を手伝わされている。公演のあいだをぬって、俳優を映画やラジオに出演させないと、劇団の維持は難しいからだ。千代は「スクリーン向き」の綾川に目をつけて、このところ彼を連れて撮影所まわりをしている。

その売り込みがうまくゆきそうで、千代はウキウキしている。劇団のベテラン俳優や人気のある女優なら、撮影所の方から出演依頼があるので、千代たち制作部員がしなくてはならないのは、スケジュールの調整や出演料の交渉など事務的なことに過ぎなかった。それに比べると、新人を売り込み、うまくゆけばスターにもできるというのは、やりがいのある仕事だった。

そして、映画会社や撮影所まわりをしているうちに、千代は、香介と急速に親しくなっていた。それは千代にとって、恋愛というより、なんとかこの若い俳優を売り込みたいという情熱のようなものだった。

香介の方は、そんな千代に、甘えるというか、全身で寄りかかっているふうだった。

千代は、そんな香介がいとしくもあったが、でも、ふと彼の計算を感じるときもあった。

もっとも彼は二枚目だし、情熱的だし、千代がひかれるのも無理はなかった。

「で、眞理子はどうなの、恋人いるんでしょう？」

「恋人とは言えないわ。ボーイフレンドくらいかな」

眞理子も、かつて恋した人はいた。

戦争中働いていた農村文化協会に、戦争が終わると青年たちが復員してきた。眞理子の恋した遠山もそのなかの一人だった。青年たちは、戦争に狩り出された経験と、敗戦後の生活苦のなかで、反抗的だった。そして、その反抗は、当時、協会の責任者であった伯父の敏二郎に向けられた。なかでも遠山は尖鋭《せんえい》だった。そのことが原因で、眞理子は恋をあきらめた。

遠山の気持ちもわからないではないが、その気持ちを伯父にぶつけてもという思いがあった。

同じ職場にいた千代は、そのことを知っている。千代にとっては、父親が職場を去ることになった原因を作ったその男を、許すことはできなかった。

「ボーイフレンドって……遠山？」

「彼じゃないわ。今の職場の人」

千代はホッとする。眞理子にはそんな千代の気持ちがわかる。

「ボーイフレンド、二、三人はいるかな」

「へぇー、じゃあ、彼とは、あれっきり？」

「職場変わってから、二、三度は会ったわよ。でも、彼、ほとんど東京にいないし――」

農民運動にのめり込んでいるから、たまに会っても、出版社で働く眞理子とは、共通の話題はなかった。そんなことから疎遠になって、もう半年以上になる。


秋になって、洋子が赤ん坊を抱いて、夫の亮と一緒に社員寮に帰ってゆき、良太はまた前に使っていた部屋に戻った。しかし、良太には複雑な思いがあった。赤ん坊を抱いて亮と帰って行った洋子の幸せいっぱいの姿が、どうしても姉正代の姿と重なる。誰にも言ってはいないが、姉の正代も妊娠していた。落合の子供だった。

良太が東京に飛び出してきたのも、そのことが原因だった。未だに行方不明の妻子にこだわって、正代と結婚しようとしない落合の子供なんか、「おろしてしまえ」と良太が言ったことから、姉弟喧嘩《けんか》になったのだ。

幸せいっぱいの洋子に比べて、姉の不幸が、良太の胸をしめつける。

良太は、姉の妊娠を誰も知らないと思っていたが、叔母の和子は気づいていた。

広島に行ったときの様子から、妊娠していると思ったが、もし産むなら、それまでになんとか落合さんと結婚させたい。そうでなければ、正代も生まれてくる子供も不幸になると、和子は心配していた。しかし、東京と広島、離れていては、何をしてやることもできない。

その日、良太は非番だった。

「正代ちゃんどうしているかしらね」

朝食のとき和子が言いだした。テーブルには智子もいた。昼間働いているサラリーマン相手で、夜の授業が中心になってきた英会話学校の朝は遅い。智子は新聞を読みながらコーヒーを飲んでいる。

「立ち退きの話はどうなったのかしら」

「店は続けとるようじゃけん、がんばっとる思うけど」

「落合さんは力になってくれてるんでしょうね」

「さあ——姉ちゃんは頼りにしとるけど」

「結婚するつもりなの？」

「姉ちゃんがそのつもりでも——」

「叔母さん、落合さんに手紙書いてみようかしら。正代ちゃん、迷惑かしらね」

新聞を読んでいた智子が突然言った、

「東京から何か言ってやったって。二人は一緒にいるんだし、二人のことは、二人で考えて、決めるよりないいんじゃない」

「そりゃそうだけど……」

「落合は、エゴイストなんや。自分のことしか考えとらん」

「そんなら、別れりゃいいじゃない」

「でも、正代ちゃんのおなかには……」

「産みたければ、産めばいいじゃない。自分の子は、自分で育てるのよ。男が育ててくれるもんですか」

智子らしい言い方だった。確かに、智子は洋子を産んで一人で育てた。もっとも、節夫やキヨや、和子の助けがあったから育てられたともいえるが。

「わたし、広島へ行ってこようかしら」

「和子叔母さんが行ってくれはったら、助かります。もし、智子伯母さんの学校で人手が足りないんやったら、僕休んで、会話学校手伝います」

「大丈夫よ、それほど忙しくないし、必要ならアルバイト頼むから」

智子のひと言で決まった。

十一月、和子はその年二度目の広島へ向かった。

「和子叔母さんは、まるでみんなのお母さんみたいね」

千代が言う。和子が広島へ発った夜だった。

「そうね」眞理子は他人事のように答える。

「娘のあなたが一番面倒かけていないんじゃない」

千代にとっても、良太にとっても、和子は母親代わりだった。洋子にとっても、実の母親より頼りになる存在だった。そして、今また、和子は正代のために広島へ向かった。


「まあ、叔母さん」

正代は大きなおなかを抱えて店に出ていた。落合もカウンターのなかで働いているのを見て、和子はほっとした。

「知らせてくれはったら、駅までお迎えに行ったのに」

「あなたそんな大きなおなかで……叔母さん、手伝いに来たのよ。赤ちゃんが無事産まれるまで、手伝いますからね」

「良太がお世話になっとるんに、その上、叔母さんにおいでてもらうなんて——」

「良ちゃんからも頼まれたの。でも、よかった、落合さんがいてくださって。ほっとしたわ」

落合は、困ったような顔で、頭を下げた。

その夜、和子は正代と銭湯に行き、正代の背を流してやりながら、落合のことを聞いた。

「落合さんは、まだ奥さんや子供さんにこだわっているの?」

「前ほどではないけんど……」

「相変わらず消息はわからないんでしょう」

「ええ。けんど、多分——奥さんの実家のあたりは、一人も助かっておらんのじゃけん」

落合の妻の実家は「爆心地」の近くだった。

「落合さん、辛いのはわかるけど、でも、過去にばかりこだわっていてもねぇ」

翌日から和子も店に立った。

はじめは客の応接を受け持ったが、そのうち料理の味付けに意見を言うようになり、ときには新しい料理を作って客に出したりした。

「叔母さんのおかげで、品数が増えたし、お客さんもとても喜んでくれはって——」

「家庭料理なのよ」

「いや、これまでは、兵隊料理でしたから」と落合も言う。

「うちの店、雑炊屋から始まったんじゃけん。叔母さんのようにしゃれた料理はよう出さんかった」

「何年かしたら、東京で本格的に修業したコックさんが帰ってくるわよ」

「うちも、それまでなんとか、がんばらなアカン言うとるんじゃけんど」

ということは、落合もそのつもりだと言うことだろう——と和子は思う。

十二月に入って間もなく、正代は産気づき、女の子を産んだ。

陣痛が始まるまで店で働いたが、産後は、和子が無理に休ませた。従って、そのあいだは落合と和子で店をやってゆくことになった。

そんなある日、客足が途絶えたとき、和子は切り出した、

「赤ちゃんも生まれたんだし、正代の籍のことなんだけど……」

「はい。きちんとしなくちゃならんと思っとります」

落合が、意外にすんなり答えてくれたので、和子はほっとし、いささか気抜けした。

「自分は、女房や子供を守ってやることもできんで……。しかし、正代さんとまたこんなことになって……責任を感じております。従って、責任は果たすつもりであります」

――兵隊にとられて、戦地に送られた男が、どうして女房、子を守ることができよう。正代のことだって、落合一人の責任ではあるまいに、と和子は思う。しかし、正代と生まれた子供のことは、一応安心してもよさそうだ、とも思う。

生まれた子は、和子の一字を取って「和美」と名付けられた。和子は固辞したが、正代の強い希望だったし、落合もそれに賛成した。

和子が東京に帰ったのは、大晦日だった。

失恋の季節

正代のことはもう心配することもなさそうだと和子は安心していたが、身近にいる千代や、自分の娘の眞理子のことは、意外に知らなかった。

その春、千代が映画界への売り込みに腐心していた綾川の主演映画が封切られた。

眞理子も、会社の同僚と一緒にその映画を見に行った。

「彼、なかなかいいじゃない。ちょっと日本人離れした二枚目で」

千代に言うと、

「まあ、ね」とあまり乗ってこない。

「嬉しそうじゃないわね。彼の売り込みに成功したって、あんなに喜んでいたのに」

「うん。いろいろあってね」

「いろいろって?」

「彼、劇団やめるらしいわ」

「へえー、映画俳優になっちゃうの」

「劇団にいれば、出演料、劇団に入れなくちゃならないし……劇団、今苦しいからね。月給は遅配だし、売れない若い連中は騒ぐし」

「騒ぐって?」

「才能もないくせに、先輩たちを吊るし上げたりして。あたしたちが、協会をやめたころみたいな感じよ」

千代と眞理子が農村文化協会をやめたころ、出来たばかりの労働組合が、連日のように役員を吊るし上げていた。その役員の一人が千代の父であり、眞理子の伯父でもあったから、二人にとっては辛い毎日だったし、それが昂じて協会をやめることにもなったのだった。

眞理子にとって、それは、別の意味でも苦しい思い出だった。組合員たちの先頭に立っていたのが、恋人の遠山だったから。遠山の気持ちもわからないではなかったが、そこまで言わなくてもと思ったし、ひたすら耐えている伯父が気の毒だったし、そのことから、遠山に対する気持ちが醒《さ》めていったのだった。

眞理子は、苦い思い出を振りきるように言った。

「で、綾川さんが劇団やめたら、一緒にやめるの？」

「彼は彼、あたしはあたしよ」

「へえー、意外にクールなのね」

千代はそれには答えず、何か考え込んでいるようだった。

それから十日ばかりたった夜、千代が言った。

「明日、病院に行こうと思うの」

「えっ、具合悪いの」

二段ベットの上段に寝ていた眞理子は、心配して、下段をのぞくように身を乗り出した。

「そうじゃないの」千代はベッドに寝たまま答える、「できたみたい」

「できたって……子供」眞理子は絶句した。

「——綾川さんの子供ね」

返事はなかった。

「じゃあ、結婚するの」

「しないわ」

「だって」

「彼、結婚する気なんかないし、あたしもないの」

「そんな――」

綾川が、映画で共演した女優と親密な仲だという記事を週刊誌で見た。だが、それは、よくあるゴシップだと思っていた。そのことで千代との仲が終わったのだろうか。

「綾川さん、例の女優さんと結婚するの？」

「さあ――多分しないでしょう。彼はスターになりたいのよ。そのために利用するだけのことよ」

つまり、千代も利用されたというのだろうか。

それにしても、妊娠してしまった千代は――。

「子供、どうするの？」

「産むわけにはゆかないでしょう」

「じゃあ――」

それ以上は言えなかったし、千代も話を続けようとはしなかった。

やがて、千代は眠ったようだったが、眞理子は眠れなかった。

綾川が千代を利用したとしても、綾川を映画会社に売り込むことは千代の仕事だったのだから、綾川だけを責めるわけにもゆくまい。それに綾川がたとえ計算ずくだったにしても、千代は彼に惚《ほ》れたのだから――でも、その結果としての妊娠は「不公平」だと眞理子は思った。「女は損」――眞理子はつぶやく。

眞理子自身も、遠山との関係に踏み込めなかったのは、妊娠を恐れたからだった。もし、そうなったら、多分遠山と結婚することになっただろう。でも、眞理子は結婚を望んではいなかった。遠山を愛していなかったからというより、自分の人生の方向を決めてしまうことを恐れていたのだった。

翌朝、眞理子は千代に言った、

「病院、一緒に行こうか」

「いい。一人で行くわ」

千代ちゃんは強くなった――と眞理子は思う。

その日、眞理子が会社から帰ると、千代が先に帰っていた。

「風邪気味だからって、部屋で寝ているけど、晩ご飯はどうするのかしらね」とキヨが言う。

「あたしが部屋へ持ってゆくわ、千代ちゃんの分」

千代は、ベットのなかにいたが、眠ってはいなかった。

「大丈夫?」

「うん」

「終わったの」

「うん」

千代ちゃんは強いと、また眞理子は思う。

眞理子の会社へ遠山が電話してきたのは、その月の終わりだった。「久しぶりに東京へ出てきたから」と遠山は言った。ちょうどその日月給が支給されたので、眞理子は新宿駅で遠山と会い、駅近くの居酒屋に誘った。

それは、編集部の連中がよく使う店で、軽演劇団の座付作家の奥さんが経営していた。会社の人に会うおそれは充分あったが、その方がかえっていいと眞理子は考えた。

遠山は、文化協会をやめてからは、農村にオルグとして入り「農民運動」を進めていた。

「東京は久しぶりなんでしょう?」

「うん、一年近くなるよ」

「うまくいってるんですか、お仕事……って言うのはおかしいかな、運動……って言えばいいの?」

「うまくいくもなにも——農民っていうのは、結局、駄目だね」

「駄目って」

「農地解放で、そこそこ土地を手に入れたもんだから」

「だって、遠山さん、そのために一生懸命がんばったんじゃないの」

「みんな、小地主になってプチブルになって……いや、彼らは、基本的に保守主義者なんだ。社会がどうなろうが、自分さえよければ、それでいいんだ」

「農民のために」と言っていた遠山が、今さらそんなことを言うなんて——。眞理子は答える言葉を失っていた。

「俺、東京に戻ってこようかなと思う」

「そう」

「だけど、東京もむずかしいらしいね」

「でも、少しずつはよくなってるんじゃない。敗戦直後から考えれば――」

遠山は答えなかった。

そのとき眞理子は、遠山は生活のことを言っているのだと思っていたが、後に、そうではなかったのだと気づくことになる。

結局、眞理子は、白けた気持ちで、遠山と店を出た。

「ごちそうになっちまったな」

「ううん。この店安いのよ」

「送ってゆこうか」

「いいわ。遠山さんはどこに――」

農村文化協会に勤めていたころは、吉祥寺に下宿していた。

「目黒の友人の家に泊まってる」

「そう。じゃ――」

それ以上話すこともなく、それぞれのホームへ向かった。

別に何か期待していたわけではなかったけれど、ちょっぴり寂しかった。でも、「これでいいのだ」という思いもあった。――これでいいのだ。遠山さんとのことは、もう終ったのだから。以前、彼が「農民のために」と情熱をもって語ったときは、彼のその情熱に間違いなくひかれていた。彼が、伯父に対して語気鋭く迫るとき、辛かったけれど、でも、そんな彼をすてきだと思った。しかし、今夜の彼には、あの目の輝きもなく、とどまることなく語り続ける熱気もなかった。ただ、疲れた男が、人を恨み、世を恨んで、すねているように見えただけだった。


朝鮮半島で戦争が始まったのは、そのひと月後だった。

「いやねえ、戦争なんて」

「ほんと、戦争はもうたくさん」

と、和子とキヨ。

「男はバカだからねえ」と智子。

良太が怒ったように言う、

「男だって、戦争はイヤですよ」

「そりゃーそうだ。ひどいめに合うのはどちらかというと、男の方だものな」と節夫。

「戦争となれば、男も女もないでしょう」

良太は、原爆症で亡くなった両親のことを思い出していた。

眞理子は、昼間編集部を訪れた詩人が、もし都心に原爆が投下されたら、自分の家は被爆圏内に入るだろうかと、真剣な表情で聞いていたのを思い出す。

その眞理子だって、空襲の記憶はまだ生々しい。しかし、朝鮮半島の悲劇と混乱をよそに、日本での日々の生活は、何の変化もなかった。

もっとも、朝鮮戦争が始まってから、占領軍は、日本共産党の機関紙『アカハタ』の無期限発行停止を命令した。次いで、官庁、マスコミ、教育機関で働く人々のうち、共産主義者とその同調者とみなされた人々が職場を追われた。

「出版社ではまだそんな動きはないけど、新聞社では即日解雇。NHKなんか、MPに力づくで追い出されたそうよ」

「ひどいことするわねえ」

「つまり、今度の戦争は、アメリカとソ連、資本主義と共産主義の戦争というわけなのね」

「アメリカは嫌いだけど、ソ連もねえ――。おかげで、うちの劇団まで、映画や放送に出られなくなってしまったし、決まっていた地方公演まで、キャンセル、キャンセルよ」

「綾川君はどうしてるの」

「彼は、とっくに劇団やめたわよ。あたしも考えなくちゃね、これじゃ、月給も出そうもないし」

遠山はどうしているだろうか――眞理子は考えていた。新宿駅で別れてからふた月近く、あのとき遠山は、「東京へ戻ってこようかと思う」と言っていたが、こんな状況では、東京へ戻ってきても、仕事をみつけることはとても無理だろう。考えてみれば、あれから間もなく共産党幹部の追放が始まったのだった。あの夜、連絡先も聞かずに別れてしまったことを、眞理子はちょっぴり後悔していた。

女たちの時代

北鮮軍が京城を占拠し、さらに南下した。三か月後、国連軍が仁川に上陸し、京城を奪回し、さらに「三十八度線」を突破し、北鮮に攻め込んだ。翌々月、中国人民解放軍が参戦し、二か月後、北鮮軍が京城を再占領した。だが、さらに二か月後には韓国軍がこれを取り戻した。そして、開戦一年後、ようやく「休戦会談」が始まった。

はじめのころ、戦争に巻き込まれることを恐れていた家族たちにも、戦争が長びくにつれて、あまり気にしなくなっていた。

もっとも、和子だけは別だった。短いあいだだけれど、和子は京城の女学院に通ったことがあった。李恵郷というクラスメートとも親しかった。李恵郷はどうしているだろう——。

日本の敗戦は、恵郷にとっては「解放」だったろう。でも、その五年後に、京城は二度も三度も戦火に見舞われたのだった。空襲の恐ろしさは知っているが、市街戦を、和子は知らない。先月、新聞で、京城の写真を見た。韓国軍の京城奪回を報じた記事とともに掲載されたその写真は、「瓦礫の原」を写していた。空襲後の焼野原とは違うが、あの京城で、人々はどう暮らしてゆくのだろうか。恵郷はどうしているだろうか。

でも、恵郷を知らず、京城も知らない家族たちに、そんなことを言ってみたところで、何になろう。

あんなに戦争を心配していた家族たちは、このところ朝鮮半島のことなど話題にもせず、それぞれ忙しがっていた。「朝鮮特需」の恩恵を直接に受けたわけではないが、その影響がないとも言えない忙しさかもしれない。

智子が経営し、節夫と和子が手伝ってきた英会話学校は、順調に生徒数を伸ばしていた。生活に余裕ができて、英語の勉強をしようという人が増えたのか、これからは英語を身につけなくてはという人が増えたのか。

千代は劇団をやめて、始まったばかりの民間放送局へ転職した。わずかな元NHK職員と、新聞社、雑誌社などで働いていた人々の集まりのなかで、劇団にいた千代は、俳優たちの知り合いも多く、すぐラジオドラマのプロデューサーに登用された。これまでは、映画撮影所への俳優たちの売り込みが主な仕事だったが、その俳優たちを使ってドラマを作る側になって、千代は張り切っていた。眞理子にも、

「ラジオドラマを書きなさいよ。舞台劇なんかより、ずーっとお金になるわよ」と言う。

洋子の夫は、社命でアメリカへ視察に行くことになって、ここのところ、英会話学校の夜のクラスに通ってきているし、洋子は夫の旅支度に追われている。

良太はプレスセンターをやめて、都心にあるホテルの調理場で働いている。外国人記者を相手にするプレスセンターで働いていたことが、新しい職場では有利になった。それに、広島へ帰って姉夫婦とレストランをやるには、プレスセンターよりも、名の通ったホテルで働いた経験の方が役に立つだろう。

広島の店の立ち退き問題はようやく片付いて、正代は、その一帯に三年後に建つビルディングに「店」を持てることになった。新しいビルディングで、レストランを始めるとなると、当然、専門の料理人がいる。良太に早く一人前になって、調理場を引き受けて欲しいというのが、正代の希望だったし、良太としても、それに応えたいと思っていた。

新しく出来るビルに店を出すことができるようになったのは、落合の努力によるものだった。実際、落合がいなかったら、店を失って、巷に放り出されたかもしれないと、正代は思っている。

それに、子供が生まれてからは、落合の表情にも以前の暗さがなくなったし、原爆で失った妻子のことも口にしなくなった。落合は、今や優しい「夫」、子供をかわいがる「父親」だった。

そんな近況を知らせる姉正代の手紙が、良太を安心させ、早く一人前になって広島へ帰りたいという励みにもなっている。

眞理子は、出版社に勤めながら、戯曲を書いていた。「小説を書いてみれば」と同僚にすすめられたが、書きたいものが「舞台のイメージ」で生まれてくるのだから、仕方がない。千代の影響かとも思うが、そうではなく、多分、辛気くさい校正の仕事を続けてきたことへの反動によるものではなかろうか。戯曲の雑誌掲載料は安いし、劇団が取り上げてくれても、上演料は決して高くはなかった。それでも、眞理子は戯曲を書いた。今のところ、出版社から給料をもらっているから、上演料や掲載料にこだわらなくてもよかったのだ。――でも、できたら出版社をやめて、「劇作」に専念したいと眞理子は思いはじめている。そのためには、ラジオドラマも書こうとも思っている。

この家で、以前と変わらないのは、キヨだけかもしれない。いや、キヨにしても、していることは同じかもしれないが、皆が忙しくなっただけ収入も増え、その分家計費も増えてきていることは、毎日の食卓にもはっきり表れていたし、それだけに、キヨも働きがいがあるというものだった。

そんなある日、広島から正代が上京してきた。

ビルが出来上がって店の開店準備に入る前に、一度東京に行ってきたい。弟の良太がどの程度の料理人になったか見てみたい。それに、新しい店についての打ち合せもある。いや、それよりも、正代は和子叔母に会いたかった。落合のことで心配をかけた和子に安心してもらいたい。子供の成長も見てもらいたい――和子の名前をもらったその子は二歳、かわいい盛りだった。

正代の歓迎会を計画したのは、千代と眞理子だった。実際は和子の発案だったが、千代と眞理子が、いとこたちが中心になろうと、実行をかってでた。

当日、食事の支度は良太が引き受けた。それは、新しいシェフとしてのお目見えでもあった。キヨと和子が手伝った。

洋子も、夫と子供を連れてきた。

洋子の夫亮は、この秋からアメリカへ長期出張することになっているので、先輩の節夫と話をするのを楽しみにしていたし、智子も勿論その話に加わった。アメリカでの生活から、仕事の話、そして、自動車産業の未来について、三人の話はつきなかった。

洋子と正代は、洋子の子供の方が半年ほど早く生まれ、男の子と女の子という違いはあったが、子育ての話ですっかり意気投合していた。

千代は、日曜日なのに仕事があると出かけていたが、やっと帰ってきて、眞理子のテーブルメーキングを手伝っている。

賑やかな食事が始まり、良太の作った料理に皆が満足した。

和子は、食卓を囲む人々を見回して、貴子姉さんや、幸子姉さんがここにいたら――と思わないではいられない。

だが、千代、洋子、正代、眞理子たちの関心と話題は「未来」に向かっている。それも当然だ、と和子は思う。若い人たちの時代だもの――と。

アメリカ出張

節夫が体の不調を口にするようになったのは、キヨが亡くなった翌年だった。

「おばちゃんのころと同じようにしてるつもりだけど、わたしの料理が合わないのかしら」和子が心配する。

「いや、歳のせいだろう」

「一度病院に行ってみましょうよ」

「そうだな、この仕事が終わったら」と言いながら、節夫はタイプを打つ手を止めない。このごろは、智子の経営するスクールにも行かないで、家で資料を読んだり、タイプを打っていることが多い。雑誌に頼まれて、アメリカ新聞社の東京支社で働いた半生についてエッセイを書いて、連載しているからだ。

智子の経営する英会話スクールは、英会話を中心にした「ビジネススクール」として、形を整えてきた。

「講和」後、各企業はアメリカの技術導入を競い、そのために渡米するエンジニアやビジネスマンが増えた。洋子の夫もその一人だったが、アメリカへ出張するエンジニアやビジネスマンが、智子の経営するビジネススクールの生徒たちのなかでも目立っていた。

そして、智子もまた、アメリカのビジネススクール視察のためと、いい講師を探すためにアメリカに出張している。

朝出かけて、夜遅く帰ってくることの多かった智子がいなくても、さほど寂しさは感じなかったが、去年、千代が近所のアパートに引っ越してゆき、その後キヨが亡くなってからは、本当に寂しくなった。

「アパートの部屋代もったいないじゃないの。戻ってらっしゃいよ。母屋はおじいちゃん一人なのよ」

和子がすすめても、千代は、

「智子叔母さんが母屋に住めばいいじゃない」と言って取り合わない。

千代の勤める放送会社は、ラジオ局だけではなくテレビ局も兼営することになった。そして、千代も今はテレビ局に移っている。しかし、千代は、まだテレビが好きになれない。

「ラジオなら芸術的なドラマもできるけど、テレビじゃねえー」

「でも、アメリカのことを考えたら、これからは日本もテレビが主流になるんじゃないの」

眞理子は舞台劇を書きながら、その合間に、ラジオ局からの注文でドラマを書いている。出版社は去年やめた。

週末、千代は訪ねてくると、眞理子の部屋に寄っておしゃべりをしてゆく。

「へえー、これが、今度書いたドラマ」

千代は眞理子の机の上から台本を取り上げ、パラパラめくる。

「すごいキャストじゃない」

「開局記念だからね」

「そうか。民放ラジオ局の草分けだもんね」

東京には、二つの民放ラジオ局と一つの民放テレビ局、そして、千代の働く兼営局がある。

「テレビじゃ、これだけのスターは使えないな」

発足したばかりのテレビ局だから、制作費が少ない。もっとも、まだ各家庭にテレビが普及していないのだから、仕方がない。

この家にもテレビはないから、千代のかかわった番組を見るために、眞理子はテレビ局まで行かなければならなかった。さもなければ、街頭テレビか、テレビを置いている飲食店を探すしかない。

「来月から、あたしの企画したドラマが始まるのよ。和子おばさんに、テレビ買うように言ってよ。代理店に頼めば、一割ぐらいは安くなると思うから」

「ママに言うより、智子おばさんに言った方が早いんじゃないかな」

この家は、智子の収入で持っているようなものだった。

「でも、智子おばさんは、テレビなんか見る暇がないんじゃない」

智子は、ビジネススクールの経営に忙殺されていて、家に帰ってきても、ただ寝るだけ、家族と一緒に食事をすることさえほとんどなかった。それに今は、アメリカに行っている。

「ま、ママに頼むよりしょうがないかな」

和子に話すと、

「智子おばちゃんが帰ってからにしたら」と一応は言ったが、結局折れてテレビを買うことになった。和子にしても、千代の仕事の成果は気がかりだったし、節夫にもテレビを見せたいという思いがあった。テレビは、千代がプロデュースした三十分ドラマが放送される日に間に合った。

洋子も、息子を連れて、テレビを見にやってきた。

「うちも買わなくっちゃ。ター坊が、テレビのあるお友だちの家にしょっちゅうお邪魔して。少しは遠慮しなさいって叱っても、駄目なのよ」

「子供はねぇ……」

「買ってやればいいじゃないか、なあター坊」

節夫の名を一字もらった節のター坊は、テレビの前に座ったきり、大人の話は耳に入らないらしい。

「今度のボーナスでね、とは言ってるのよ。でも、ボーナスだけじゃ足りないでしょ」

「智子姉さんが帰ってきたら、相談しとくわ。そういえば、智子姉さんデトロイトにも行くって言ってたから、今ごろ亮さんに会ってるかもしれないわね」

洋子の夫は、二度目の長期出張で、デトロイトにいる。

「そろそろ始まるんじゃないか――眞理子呼んでやったら」

と節夫が言いかけたとき、眞理子が居間に入ってきた。

千代がプロデュースした「ホームコメディ」が始まったが、それは、お世辞にも面白いとは言えなかった。節だけはテレビ画面に引き込まれていたが、大人たちは皆、白けてしまった。

「『電気紙芝居』とはうまいことを言ったもんだな」

「そんなこと、千代ちゃんには言わないでくださいよ」

「チーちゃんだって、わかってるわよ」

洋子は、夢中になってチャンネルを回している節に、気を取られている。

「駄目よ、節やめなさい。壊れたら大変じゃない。やめなさいってば」

その晩の話は、千代にはできないと、眞理子は思っていた。それに、千代もレギュラーの番組を持って忙しく、ここのところ食事にも来ない。

しかし、十日ほどたった日曜日の夕方、千代はフラリとやってきた。

家族は、もう千代のドラマのことはほとんど忘れていた。テレビは、節夫がニュースを見るぐらいで、和子も、それを横からのぞく程度だった。

「あら、テレビ買ったの。ここの家じゃ、テレビなんか買わないと思っていたのに」

「それが、テレビ局員の言うこと」眞理子が冷やかす。

「いや、結構重宝してるよ。新聞よりニュースが早いからね」と節夫。

「あたしのドラマ見た？」とは、千代も聞かなかった。


智子がアメリカから帰ってきたのは、その月の終わりだった。

和子は、空港からの帰りに、洋子に電話をしていた。

「洋子ちゃんもすぐ来るわ。空港に迎えにゆくって言ったんだけど、ター坊の学校もあるし。あ、ター坊におみやげ買ってきてくれた？」

「チョコレートは買ってきたけど。どこかその辺に入っているはずよ」

和子は、姉の荷物を整理する。みやげはチョコレートだけらしい。

「洋子ちゃんのパパには会ったの？」

「会わないよ。シスコには一晩しかいなかったもん」

「今さら」という顔だった。でも、洋子は気にしているのではなかろうか、と和子は考える。洋子の父親が戦後日本に来たのは、十年くらい前だったろうか。あのときも智子はサバサバした態度だった。もっとも、洋子の方も、ちょうど亮と恋愛中だったこともあって、父親の来日を聞いてもそれほど動揺を見せなかった。

「そういえば、亮には会ったよ。仕事の都合で夜着いたので、アパートに行ったの」

「それはよかった、洋子ちゃん喜ぶわ」

「ところがね、女がいたのよ」

「えっ……アメリカ人？」

「それが、日本人なのよ。戦争花嫁で、アメリカに行ってから、亭主とうまくゆかなくて、別れたらしい。なにも、アメリカへ行ってまで、日本人の女と遊ぶこともないだろうにね」

「遊びなの」

「と、思うよ。亮のヤツ慌てて、『ときどき食事を作りに来てくれるんだ』なんて言ってたけど、ありゃ、どう見ても同棲だね」

「そう——。でも、今夜は洋子ちゃんに言わないでね」

「どうして」

「どうしてって、ショックじゃない、洋子ちゃんにしてみれば。ママが帰ってきたって喜んでいるのに」

「うーん、ま、わざわざ言うことでもないか。亮だって、あとに二、三か月で帰ってくるんだから」

「ママー」

母屋の方から洋子の声がした。

「おばぁちゃーん」節の声もする。

「おばぁちゃんはヤダね。せめてグランマくらいにしといてよって言ったのに」

智子は文句を言いながら、それでも窓越しに、母屋に向かって手を振った。

智子は、アメリカから帰った翌日には、もう大阪へ向かっていた。

和子は、そんな智子に不満を感じる。洋子の夫のことをもっとちゃんと聞き、洋子に話すべきか、話さないでおくかも相談したいし、それ以上に、節夫の健康状態が思わしくないことについて話し、今後のことを相談しておきたい。

しかし、経済的にこの家を支えている智子に、ビジネススクールの拡張のために大阪へ行くのだと言われれば、和子には反対できなかった。

節夫の入院

智子が大阪に発った翌日、和子は、節夫を病院へ連れて行った。

診察結果は、入院ということだった。

「癌でしょうか？」

と聞く和子に、医者はレントゲン写真の大腸の一部を指しながら言った、

「良性ということもありますが、とにかく検査してみないと」

節夫の前では暗い顔もできないし、相談しようにも智子はいない。

それでも、眞理子が、

「うちのことはあたしがやるから、ママはおじいちゃんの看病をして」と言ってくれた。

このところ眞理子は、ラジオ局やテレビ局からの注文で、結構忙しかった。しかし新しい仕事を断

わってもいいと眞理子は思っていた。節夫は、幼くして父を失った眞理子にとって、大叔父というより「父親」のようなものだった。

朝食の支度は和子がするが、掃除、洗濯、夕食の支度は眞理子が引き受けた。病院から帰ってくる和子を待って、夕食が始まる。智子はいつも遅いので、和子と眞理子「二人きりの夕飯」になる。かつて賑やかだった食堂で、二人の会話もつい途切れがちになった。しかし、それも一週間と続かなかった。突然洋子が節を連れて帰ってきたからだ。

「おじいちゃん入院してるの？」

「検査入院だけどね」

「じゃあ、検査が終われば帰ってこられるのね」

洋子はひとまず安心すると、夫の亮の浮気について愚痴をこぼしはじめる。社宅の奥さんたちのあいだで、亮の浮気が噂されているというのだ。

「ただの噂なんでしょう」

眞理子は、伯母からも母親からも、その話を聞いていない。

「アメリカ出張から帰った人の奥さんが言いふらしたらしいのよ。亮が、女の人と同棲してるって」

「亮さん真面目な人だから、そんなことないと思うけど……それに、もうすぐ帰ってくるんでしょう。帰ってきたら、そんな噂消えちゃうわよ」和子は、とぼける。

「でも、社宅中の人から変な目で見られて、あたし、あそこに住んでいられない。もう社宅には戻らないつもりよ」

十代から姉妹のように育った眞理子は、洋子ちゃん変わったな、と思う。戦争中、混血児だということで迫害されないように、家族皆でかばった――あのころの洋子ちゃんは、おとなしい子だった。歯がゆいほど、我慢強い子だった。

洋子は、その日から母屋で暮らすようになった。食事、掃除、洗濯を洋子が引き受けてくれるので、眞理子は仕事に専念することができた。

「叔母さんは、おじいちゃんの看病してあげて」

和子は、亮が帰ってくるまでならそれもよかろうと考える。

節夫の検査結果は思わしくなく、そのまま入院が続いていた。和子は、家の事は洋子に任せて、病室に泊まり込んで看病をすることにした。

和子はいないし、眞理子も部屋にこもりっきりで仕事をしているので、母屋は節の格好な遊び場になった。

洋子が引き受けてくれたので、和子は、家の事は気にせず節夫の看病をすることができた。

智子とも相談して、節夫を個室に移した。高級ホテル並みの部屋で、料金もホテル並みだったが、智子も和子も、父親代わりだった節夫のために出来る限りのことをしたいという思いがあった。

「これじゃ大企業の社長並みだな。無理しなくていいよ」と節夫は言う。

「無理なんかしていないわ。智子姉さんがそうして欲しいって言うんだもの。キヨ叔母さんには、何もしてあげられなかったからって」

――風邪を引いたようだとキヨが言ったとき、「温かくして、休んだ方がいいわ」と和子は湯たんぽを用意し、買い置きの風邪薬を枕元に運んだ。しかし、そのときキヨは『肺炎』を起こしていたのだった。

あのとき、どうしてすぐ医者を呼ばなかったか……という思いが、あれからずっと和子を苦しめた。

その思いは、節夫も同じだった。あの夜、節夫は雑誌社から頼まれた原稿を書いていて、書斎で夜明かしをした。朝になって、キヨの様子を見に行った和子が、書斎に駆け込んできて、「叔母ちゃんの様子がおかしい、肺炎かもしれない」と言った。

慌てて病院に運んだが、その夜、キヨは息を引き取った。

そんなキヨへの思いが、節夫への看病の支えになる。

洋子の夫亮が、突然見舞いにきたのは、一週間ほどたった午後だった。

「あら、あなたアメリカから帰ってたの。じゃ、洋子は家へ帰ったのね」

「ええ、まぁ」

亮は曖昧《あいまい》に答えたが、夕方、夕食を届けにきた眞理子は、

「帰ってないわよ。亮さん昨晩迎えに来たけど、洋子ちゃん、話も聞かないで追い帰しちゃったもの」

眞理子は、テーブルに節夫と和子の食事を並べながら言う。

病院の食事は口に合わないだろうと、洋子が作る夕食を、眞理子が毎日届けてくる。

「困ったもんだね」

節夫もベットに起き上がって言う。

「灸を据えるのもいいけど、いつまでも突っ張っていると、本当に駄目になってしまうんじゃないかな。そんなことになったら、節がかわいそうだ」

「そうですよねえ」

「洋子のママはどうしてるんだね」

「智子叔母さんは、夜遅いし、朝は忙しそうに出かけて行くから、話なんかする暇ないのよ。それに、洋子ちゃんが何も言わないのに、あたしが言うのもおかしいし」

「しょうがないな」

「わたし、今夜は家に帰って、洋子ちゃんと話してみますわ」

しかし、洋子はなかなか強情だった。「もう、亮とは暮らせない」と言うのだ。

智子も帰ってきたが、話し合っている妹と娘の横で、ちょっと困った顔をして聞いているだけ。母親役は妹に任せて、まるで洋子ちゃんの伯母さんのようだ、と眞理子は思う。

しかし、その智子が言った言葉が、結局は、洋子を動かすことになった。

「じゃあ、離婚するか。ママはそれでもいいよ」

その言葉に、洋子も、和子も、眞理子までが息を呑んで黙り込んだ。結婚せずに洋子を産み、働き続けこの家を支えている智子の言葉には、それなりの重みがあった。

沈黙のあと、和子がつぶやいた、

「そんな——節のことも考えてよ」

昨夜、亮が訪ねてきたときの節のはしゃぎようを、洋子も眞理子も思い出していた。

「パパが帰ってきたよ。パパが——」

節の声に眞理子は玄関に飛び出したが、洋子はすぐには出てこなかった。

亮が靴を脱いで上がろうとすると、

「帰って」

洋子の声だった。

「洋子ちゃん」

「帰って。理由はわかってるでしょ」

パパの背中にくっついていた節は泣き出しそうな顔で、母親を振り返った。

亮は立ち上がり、頭を下げた。

「悪かった」

眞理子はいたたまれず、居間へ戻った。

玄関からは、亮の言い訳をしているらしい声が聞こえたが、洋子は「帰って」の一点張りだった。

やがて、ドアの閉まる音がし、強張《こわば》った顔の洋子と、泣き出しそうな節が、居間へ入ってきた。

「ひどいじゃない、追い帰すなんて」

「あれでいいのよ。節、こっちへいらっしゃい」

しかし、節は母の手を振り払って、眞理子に抱きついてきた。そんな節の背を撫でながら、眞理子はただ自分の無力を噛みしめていた。

洋子も、昨夜のことを思い出していた。節は眞理子に抱きついた――自分ではなく。あれから、節は口もきかない。母親の顔を見ようともしないのだ。

その日、洋子は節を連れて、家へ帰って行った。

デモのなかで

節夫は手術のあと体調がよくなく、退院はしたものの、家で寝たり起きたりの日が続いていた。起きているときは、新聞を読むかテレビのニュースを見ている。世の中は、アメリカとの『安保条約』の改定期を迎えて騒然としていた。節夫は、かつてはアメリカの新聞社で働いていたジャーナリストとして、当然日本とアメリカとの関係に強い関心をもっている。

十七歳のときに、故郷の広島で通っていた教会のアメリカ人牧師の紹介状一通を持って、貨物船で太平洋を渡った節夫は、それから二十年以上、あるときは農園で奴隷のように働き、都会に出るとハウスボーイ、工場労働者と転々と職を替え、第一次世界大戦が起こると、日本国民の考えを新聞に投稿したのをきっかけで新聞社に雇われ、記者見習いのような仕事をしていた。そして、その新聞社の東京支社で「記者」になることができたのだった。

アメリカ時代を懐かしむには辛い思い出が多かったが、その後二十年の記者生活の土台になった苦労だと思えば、やはり貴重なアメリカ体験だったと思う。そのアメリカと日本の関係に、無関心ではいられないのは当然といえよう。

その点、姪の智子は、アメリカ人の経営する会社で日米開戦まで働き、その間にアメリカ人同僚と恋をし、洋子という娘まで産み、戦後はマッカーサー司令部で働き、現在は英会話スクールから発展したビジネススクールを経営していながら、日米関係に関心をもとうとはしなかった。

「日本人だって、アメリカ人だって、仲良くやってゆける相手もいれば、付き合いたくもない相手もいる。国なんて、関係ないわよ」それが智子の持論だった。

女と男の違いだろうか、それとも、世代の違いだろうか。「智子姉さんはドライだから」といつだったか和子が言った。ということは、女と男の違いでもなく、世代の違いということでもなく、それが智子の個性かもしれない、と節夫は思う。

騒然とした社会のニュースは、新聞、テレビでこの家にも伝えられて、節夫のみならず、家族は皆それなりに気にはしていた。

戦争中の記憶が生々しい和子にとっては、安保条約のために、米ソの戦争に日本が巻き込まれるのではなかろうかということが気にかかる。

それは、眞理子にとっても同じだった。

その日、眞理子は、劇作家の集まりで新橋近くのレストランにいた。戦前から新劇運動の中心人物の一人だった先輩を囲む会だった。

会が終わって、先輩や仲間五、六人と一緒に店を出ると、その日もデモ隊が通りを埋めていた。

「僕たちもデモをしましょう」先輩が言った。

仲間のなかには、思想や政治には興味もないと言っている者もいたが、みんなごく自然に、ちょうど通りかかったデモ隊の切れ目に入り込んで歩き出した。腕を組むわけでも、歌うわけでもなく、ただデモ隊と一緒に国会まで歩いただけだった。

その次は、脚本の執筆を頼まれている新劇団との打ち合せのあと、その劇団のデモ隊をタクシーで追って、途中からデモ隊の一員になった。

そんなことで、眞理子が何回目かにデモに行ったとき、霞ヶ関の近くで、国会の方から戻ってくるデモ隊とすれ違った。そのデモ隊は、放送局の労組のデモ隊だったが、そのなかの数人が、新劇団のデモ隊のなかにいる眞理子に気づいた。

「寺崎さーん」と、すれ違おうとしているデモ隊から声がかかった。

「有田君も来てるよー」

アリタ？　眞理子は思わず立ち止まり、通り過ぎる民放局員のデモ隊を見つめた。知っている顔——通り過ぎる彼ら、彼女らは、眞理子に声をかけたり、手を振ったりした。そのなかに「千代」がいた。千代は、眞理子と目が合うと、照れて肩をすくめ、黙って通り過ぎて行った。

千代ちゃんがデモをするなんて——眞理子はあわてて仲間を追いながら、信じられない思いだった。

「わからないでもないわね。千代ちゃんは戦争でひどい目にあっているもの」と和子は言う。

戦争反対というより、アメリカが憎いという気持ちの方が強いのではなかろうか、と眞理子は思う。

千代の弟裕は、徴兵され、南方へ送られる途中で死んでいる。輸送船が撃沈されたときに、海に放り出されたか、それとも海底の船のなかで永久に眠っているのか、知りようもなく、母の貴子は精神を病み、結局父の敏二郎は、そんな母を殺し、自分もあとを追った。そのことが千代の心に闇をつくっている。眞理子は、そのことを知っている。

伯爵家に生まれた父を愛していた千代は、労組や労働運動が嫌いだった。その千代がデモに参加したのは、心の闇に住みついている憎しみ、弟を殺し、両親を悲劇に追いやったアメリカに対する憎しみだと、眞理子は思う。

しかし、千代の行動が、過去の怨念から生じたものだけではないことも、やがて眞理子は知ることになる。

その週末、ここのところ家には来ない千代となんとなく話がしたくて、眞理子は千代のアパートを訪ねた。

ドアがあくと、六畳一間の千代の部屋は、一目で見えてしまう。

「あ、お客さん？　ごめん」

「うん、報道の江崎さん」

千代は、その江崎に向かって、

「従妹の眞理子よ、ドラマ書いている」

「ああ、お噂は――」

それは、デモ隊のなかで、千代と腕を組んでいた男だった。千代より三、四歳年上だろうか、体格がよくて、その分ゆったりとした感じがする。

「上がってよ」

「別に用じゃないの。このところご飯食べに来ないから、おじいちゃんやママが心配してるよ」

「明日、帰りに寄るって言っといて」

翌日、千代は、約束どおりに来た。夕食が終わると、眞理子の部屋に寄った。

「いい感じの人じゃない」

「うん、まあね」

千代はちょっと黙って、続けた、

「結婚……しようと思うの」

「ほんと。よかったじゃない」

「すぐってわけじゃないけどね。だって、彼、報道でしょ、あたしはドラマ制作で、ほとんどすれ違いだし」

なかなか難しいなと、眞理子は思う。眞理子自身にしても、仕事をしてゆくなかで、好意をもったり、もたれたり、ときにはそれが恋愛にもなることもあったが、結婚しようという気持ちにはなかなかなれなかった。

月曜日、眞理子は、この秋から放送される予定のテレビ連続ドラマの打ち合せで、放送局のプロデューサーや代理店の担当者と、スポンサーの会社に挨拶に行った。

日比谷に近いその会社のビルの周りは、その日もデモ隊の人波に埋めつくされて、歌声やシュプレヒコールが、六階の会議室にも響いてきた。

部長が舌打ちして、

「毎日毎日、よく飽きもせんで続くもんだ」

と言うと、部下の一人が調子を合わせて、

「連中、日当もらってやっているんですから」

「日当稼ぎじゃあ、しょうがないな」

皆が笑った。驚いたことには、放送局のプロデューサーまでが一緒になって笑っている。彼は、数日前、あのデモのなかにいたのに——。眞理子は不愉快になって席を立ちたかったが、その勇気もなく、メモをとっているフリをしていたが、そんな自分が惨めだった。こんな人たちもいたのだ、と眞理子は思った。デモのなかにいたり、テレビニュースを見ていると、東京中が、いや、日本中が、「安保反対」で盛り上がっているような気がするが、そうではなかったのだ。自民党が強気でがんばっていられるのも、そのせいなのだ。

その気持ちは、六月十九日「新安保条約自然承認」の日まで続いた。その日、眞理子は、日比谷公園に座り込んでいるデモ隊のなかにいた。自然承認が伝えられると、隣にいた劇団演出部の女性が、「あたし、今日のことを一生忘れない」と叫んで、地面をたたいた。眞理子は、醒めた目で、それを見ていた。

その日から、眞理子はデモに行くこともなく、デモ隊は、いつの間にか街から消えた。

まだ、出来ることが

翌年の春、節夫の容体が悪化して「再入院」ということになった。

眞理子は、その秋から始まる連続ドラマの執筆に追われて昼も夜もない毎日が続いていて、節夫の再入院も、母の置き手紙で知ったくらいだった。

その夜、和子が帰ってきたときも、眞理子は部屋にこもって原稿を書いていた。

「晩ご飯まだでしょ？　おすしでもとろうか」

「うん。おじいちゃんどう」

「今日は、簡単な検査だけ」

「伯母さんは」

「お昼過ぎに病院に電話かけてきたけど。今夜も遅いんじゃないかしら」

しかし、その夜、智子はいつもより早めに帰ってきた。三人は、すしとインスタントのおすましで遅い夕食をとった。

「病院とうちのこと両方じゃ大変だから、洋子に来てもらおうか」智子が言い出した。

「大丈夫よ。今のところ泊まり込むこともないし、洋子ちゃんには知らせない方がいいと思うけど」

と和子。

ここのところ洋子が何も言ってこないのは、亮とのあいだがなんとかうまくいっているからだろう。それがまたこじれたりすれば、節がかわいそうだと和子は思う。それは、眞理子にもわかった。

「あたし、今のドラマ引き受けなきゃよかったな」

「何言ってるの。仕事は大切にしなさい」

仕事のこととなると、智子は厳しい。

「でも――千代ちゃんも、新番組につかまってるらしいし」

「大丈夫よ、手伝ってくれなくても、手術をするわけじゃないし、今週は検査で、その結果によっては、放射線治療が始まるかもしれないってことだし」

しかし、毎日病院へ行き、家の仕事もちゃんと片付けるのは、六十歳に近い和子にとってなかなか骨の折れることだった。

そんなある夜、広島の正代から電話があった。来週東京へ行くと言う。智子は、てっきり節夫の入院を誰かから聞いて、電話をしてきたのだと思ったが、そうではなかった。

「えっ、おじいちゃん入院してはるの。そんなら、うちこの週末にも行きますわ」

「無理しなくてもいいのよ」

「無理じゃありまへん。大切なおじいちゃんのことじゃけん。それに、うち、ほかにも用があるし」

和子にしてみれば、助かったという思いだった。

正代は、本当にその週末現れた。和子ばかりではない、智子や眞理子もホッとした。

和子は、朝食の後片付け、掃除、洗濯をすませて、午後病院へ行く。放射線治療は午前中なので、特に手伝うことはないのだが、正代が午前中に病院へ行って付き添っていてくれるので、安心できた。

だが、二、三日そんなことが続いたある午後、和子が病院に行くと、正代がいない。

「あら、正代ちゃんは？」

「うん、出かけてる」

「買い物なら、わたしが途中でしてきたのに……」

「いや、そうじゃない。別に、付き添いが必要ってこともないし、正代にも正代の用があるだろ」

「用って？」

「東京に店を出したいそうだよ。いい物件があったとかで、それを見に行ったんだ」

そうだったのか、それで上京してきたのか、と和子は納得したが、胸のなかを風が吹き抜けるような思いもあった。

その夜、

「いい物件あったの？」

「えっーあ、すんまへん、勝手して」

「いいのよ、気にしないで。で、どうなの？」

「なかなか、お値段がねえ――けんど、なんとか東京に店出したい思うとるんです」

「いよいよ夢の実現ね」

「というより、良太をこのまま広島に置いとくのも、かわいそうで」

正代の弟良太は、東京でコック修業をしたのだった。

「そりゃ、そうできたら良太君にはいいことだわね。わかった。明日からは、病院の方はいいから、お店探しをしなさい」

「けんど、それじゃー」

遠慮したものの、結局は、店探しに専念することになって、看病と家事は、元通り和子の仕事になった。
二、三日後、朝、突然洋子が現れた。
「おじいちゃんまた入院ですって？　どうして知らせてくださらなかったの」

「入院って言っても、今のところ――」

「放射線治療ですってね。これからは、あたしが付き添いますから」

「付き添いはいいって、おじいちゃんもおっしゃってるのよ。それより、あなた誰から聞いたの」

洋子は答えなかったが、朝食の後片付けを手伝っていた正代が、

「うち、洋子はん知ってはる思うて……」

節夫に付き添えない後ろめたさから、正代は洋子に電話をしたのだった。

「そうだったの」

「叔母さま、知らせてくださらないなんてひどいわ」

「そうじゃないのよ。あなただって家庭を抱えているんだし、節だって――」

「家のことはいいんです。亮は海外で独り暮らしには慣れていますし、節には学校の帰りにこっちへ来るように言ってありますから」

「それは駄目よ、洋子ちゃん。おじいちゃんの治療はまだひと月は続くのよ。放射線を当てて、あとは疲れないように休んで、経過を見てゆくのだから。おじいちゃんだって、たまには、ベットの上で本を読んだり、原稿を書いたりしているくらいなの。それなのに、洋子ちゃんが家庭を放り出して付き添ったりしたら、おじいちゃん、亮さんや節のことが心配で、治療に専念できないじゃないの」

「節のためにはその方がいいんです」

「どうして」

「高校受験のことを考えたら、こっちへ越してきた方がいいくらいですもの」

洋子は、この家の方が通学に便利な都立高校に、節を入れたがっていた。

それから半年、節夫が入退院を繰り返すあいだに、洋子の一家は、社宅から引っ越してきてしまった。亮の会社へも、節の中学へも前より遠くなったが、通勤、通学に支障があるほどではなかったし、節は来年母親の希望する高校を受験することになるだろう。

そうなればなったで、結局それが一番自然な形とも思えた。母屋には節夫と洋子の一家が住み、別棟にはこれまでどおり智子と和子そして眞理子が住む。智子は、娘の一家と一緒に母屋に住めばよさそうなものだが、全くその気がないようだった。


節夫は『大腸癌』と診断されてから、三年以上生きた。最初の手術のあとは入退院を繰り返し、「放射線治療」を続けたが、結局徐々に衰弱していった。

その三年のあいだに、節の高校進学があり、千代の結婚もあった。その上、良太の上京とレストランの開店があった。

節夫は、千代の結婚パーティーにも、良太の開店祝いにも、出席した。千代の結婚パーティーのときは、和子に支えられて出席し、最後まで付き合ったが、しかし、良太の店の開店祝いには車椅子で、良太の料理を口にすることもなく、店を見ただけで病院へ戻った。正代が料理を箱に詰めて和子に渡したが、病院でそれを食べる気力も、もうなかった。

最期の一週間は、和子と洋子が交代で二十四時間付き添ったし、智子、千代、眞理子も時間のある限り病室に顔を出した。正代も上京した。

その一週間、節夫は昏睡を続けたが、週末の夜、意識が戻った。ちょうど、智子も和子も、娘たちも、病院につめていて、節夫のベットの周りに集まった。

節夫は皆の顔を見回して、

「みんな、来てたのか」と言った。

その後、ジュースを一口飲み、「ありがとう、ありがとう」と言って、目をつむった。——それが最期だった。

葬儀が終わった日の夜、智子と和子は節夫の書斎にいた。

「叔父ちゃん死んじゃって、わたし、もう何もすることがなくなっちゃった」和子が言う。

「何言ってるの。眞理ちゃんだっているし、洋子の相談にも乗ってやってよ」洋子の母親なのに、まるで他人事のように言う。

食堂から、娘たちの談笑する声が聞こえてきた。

「それに、千代ちゃんだって、正代ちゃんだって――」

「みんな、一人前よ。眞理子だって、もうわたしの手はいらないわ」

「そんなものかしらね」

自分の娘にも無関心な智子にとって、一緒に暮らしていない千代や正代のことはほとんどわからない。

食堂では、洋子の息子自慢が、いとこたちの好意ある揶揄《やゆ》の的になっていた。息子が望みの高校に進学して、彼女の関心は早や大学進学に向かっている。

同じような年ごろの娘をもつ正代の関心は、今のところ弟の良太の方にあるようだ。良太の店はなんとか順調にやっている。

千代と眞理子は、洋子の息子自慢、正代の弟自慢を冷やかすのにも飽きて、この秋始まるドラマの話をしている。プロデューサーが千代、脚本執筆が眞理子ともなれば、二人の話も熱が入る。

洋子と正代は、キッチンで皆の夜食を作り始めた。

書斎では、智子が突然言いだす、

「アパート建てようよ」

「えっ、アパート？」

「うん。日本人に言わせるとマンションだったたね。外国から来てくれる講師たち、アパート探しに苦労してるのよ。だから、この家壊して、アパートを建てれば、彼らも助かるし、千代夫婦も、洋子たちも、良太だって、眞理子ちゃんだって、勿論わたしたちも、それぞれ自分の部屋が持てるじゃないの」

「でも、そんなお金ないわよ、マンション建てるなんて」

「なんとかなるさ。銀行だってお金貸してくれるだろうし、土地があるんだから。経理部長と相談してみてよ」

オリンピックを迎える東京の街は、建設ラッシュだったし、そのなかには、マンション建設も少なくなかった。

食堂から、また娘たちの華やかな声が聞こえてくる。夜食の支度ができたようだ。

「マンションねえー」

和子はつぶやく。もう何もすることがないと思っていたが、この姉のために、あの姪たちのために、娘の眞理子のためにも、まだ出来ることがある――その幸せを、和子は噛みしめていた。

そして――

それから三年後、マンションは建った。

ビジネススクールの経理部長の助けはあったが、和子は、銀行との交渉・建設会社との折衝を進め、皆の意見を聞き、設計技師へ注文もし、工場現場へも出かけてゆくと、精力的に働いた。

「驚いた。和子が、対外折衝をここまで出来るとはね」智子でさえそう言った。

「ママ、あんまり張り切り過ぎないでよ」眞理子は心配した。

しかし、和子は疲れを知らないようで、建設が始まる前より、若返ったように見えた。

住宅地なので、高層というわけにはゆかなかったが、瀟洒《しょうしゃ》なマンションが出来上がった。最上階には、智子と洋子の一家、その次の階には和子と眞理子、千代夫婦、それに良太がそれぞれ収まった。

それ以外の階は、ビジネススクールと、等価交換で仕事を請け負った建設会社の持ち分で、スクールの講師たちや、その他の借家人が入居した。

新居に入居して半年ぐらいは、管理人を雇っているのに、何かと入居者の世話で忙しかった和子だったが、その後は、入居者や管理人からの相談もなくなった。

「マンションって、なんだか味気ないわねえ」

「味気ないって?」

「だって、同じ建物で暮らしているのに、一日中誰にも会わないことが、しょっちゅうあるのよ」

「そこが、マンションのいいとこじゃない」

「そうかしらねえ。姉さんは忙しい人だから仕方ないにしても、洋子ちゃんは勤めに出ているわけじゃないのに。それに、千代ちゃんや良太は、同じ階に住んでいるのよ。それが一週間も二週間も顔を合わせないなんて……」

「いいじゃない、顔見せないのは元気で忙しく働いてるってことだから」

しかし、和子の無聊《ぶりょう》は長くは続かなかった。

智子が、突然、経営するビジネススクールで倒れたのだった。その日、午後の会議のあと、理事長室に戻った。夜の授業が始まろうとしていて、事務局員たちは忙しく、その後は夜勤の事務局員しか残っていなかった。皆、理事長は会議のあと自宅へ帰ったものとばかり思っていた。

最後に帰ろうとした事務局員が、理事長室に明かりがついているのに気づいて、明かりを消しに部屋に入って、デスクに突っ伏している智子に気づいた。

その夜、和子は夕食の後片付けを終えてテレビを見ていた。眞理子は部屋にこもって仕事をしているし、話し相手もなく、テレビでも見るしか仕方なかった。

そこへ、洋子が飛び込んできた。

「ママがー、ママがー」

泣き叫ぶばかりで、さっぱり要領を得なかったが、和子は姉の異変に気づいた。

和子は、スクールへ電話をし、洋子を連れて、智子が運ばれた病院へ駆けつけた。

「ママはどこなの?」

それからの和子は、テレビで夜の時間を過ごすことはなかった。

家族、親族の通夜、密葬。理事長を勤めていたビジネススクールが主宰する告別式。

千代夫婦も、広島から駆けつけた正代や、弟の良太も、和子や洋子夫婦を助けて働いてくれた。

しかし、一番の問題は、ビジネススクールの理事長を「誰が継ぐか」ということだった。十人ほどの理事はいるが、これまでほとんど智子一人で切り回していたスクールだったし、和子は、創立当時から四、五年は事務局を手伝っていたこともあって、未だに理事に名を連ねていたが、最近では年に

二、三回理事会に出席するだけだった。
「亮さんに、お義母さんのあとを引き受けてもらうよりないと思うけど」

家族、親族による密葬が終わった夜、和子が提案した。同席していたビジネススクールの専務理事がうなずく。

亮も理事の一人ではあるが、これも名前だけの理事で、「いやー、わたしは――」と辞退し、横から千代の夫の徹が、

「輸出産業のトップを行っている会社の部長さんに、そんな時間はないでしょう」

と助太刀《すけだち》をする。

「いやいや、最近は排ガス規制が厳しいし、日本バッシングもあるし、自動車産業も下り坂ですがね。しかし、だからこそ、全社一丸でがんばってゆかなくちゃならないのでして」

「困ったわね。洋子ちゃん、あなた亮さんの代わりにやってみる?」

「冗談じゃないわ、叔母さん。うちじゃ今それどころじゃないのよ」

息子の節のことを言っているのだと、皆は知っている。

節は、母親の希望どおりの大学に進学したが、学生運動に巻き込まれ、勉学にも運動にも嫌気がさして、日本を飛び出したきり、連絡もなかったが、最近ようやく「パリ」に腰を落ち着けたようだ。

「グランマがこんなになったのに、『今さら慌てて帰っても仕方ないから、パリにいる。だから、金送ってくれ』ですって」

洋子の気持ちもわかるので、皆言葉を失ってしまう。

結局、ビジネススクールの理事長問題は、翌月の理事会で、当分のあいだ和子が「理事長代行」を勤めるということになった。

「代行なんて引き受けちゃって、大丈夫なの」

「次の理事長が決まるまでのあいだだよ」

「でも――」

眞理子は不安だったが、マンションが出来上がってからは、目標を失って元気がなかった母にとって、新しい「生きがい」になるかもしれないとも考えた。

和子自身は、将来ビジネススクールは、智子の婿である亮が継ぐべきだ、そのときがくるまではなんとか自分が支えてゆこうと考えていた。勿論それは、智子が培ってきた事務局体制と講師陣があって可能なことではあったが。

それにしても――と和子は思う。智子姉さんのあとをわたしが継ぐなんて。

四人姉妹のうち、三人の姉たちは、若いころ皆夢を持っていた。夢を持ってないのは自分だけだと思っていた。貴子と幸子はそれぞれ幸福な結婚を夢見ながら、結局は戦争で、その夢を押しつぶされた。夢を実現したと言えるのは、智子だけだと言えるかもしれない。その智子のあとを、夢を持たなかったわたしが継ぐなんて。

「人生なんて、わからないものねえ」和子はつぶやく。

眞理子は考える――わたしたちが若かったときは、戦争の混乱のなかで、夢だのなんだのと言ってはいられなかった。それでも従姉の千代は、劇団の制作部員からテレビ局のプロデューサーになり、正代はレストランの経営者になったし、洋子も含めて三人ともそれぞれ結婚した。あたしは結婚はしなかったけれど、舞台劇を書き、ラジオドラマ、テレビドラマも書いてきた。――これからは、ママたちの人生を書いてゆこうか、ママたち四人姉妹と、自分も含めたその娘たちのことを。

「人生はわからないか……でも、あたしは、自分の人生は、自分で切り開いてゆきたいと思うな」

「だけど、なかなか思うようには」

「いかない、だろうけど。でも精一杯生きてゆけば、それでいいんじゃない」

「精一杯ねえ」

そして、母娘二人は、それぞれ黙り込み、それぞれの「思い」を追い続けるのだった。

著者　寺島アキ子（てらじま　あきこ）

1926年、旧関東州大連市に生まれる。
文化学院卒業。舞台劇、ラジオドラマ、テレビドラマ、映画シナリオを執筆。現在、日本演劇協会常任理事、日本脚本家連盟常務理事。

主な作品

舞台劇／「モルモット」「荷車の歌」「向い風」等
ラジオドラマ／「健太と黒帯先生」
「いのちはぐくむ」等
テレビドラマ／「判決」「愛・その奇跡」
「ママとおふくろ」等
映画／「翼は心につけて」「想い出のアン」等
著書／『働いて愛した女たち』（学習の友社）
『したたかに生きた女たち』（学習の友社）
『旅の記憶』（汐文社）

女たちの世紀へ

2004年11月3日　初版　第1刷発行

著　者　寺島　アキ子
発　行　株式会社　ピープル
発　売　株式会社　水曜社
〒160-0022
東京都新宿区新宿1-14-12
電話　03-3351-8768　FAX　03-5362-7279

編集・制作　みなみくるみ

 ISBN 4-88065-029-3